岩 波 文 庫

32-746-1

王　の　没　落

イェンセン作
長島要一訳

岩波書店

Johannes V. Jensen

KONGENS FALD

1900, 1901

はじめに

ヨハネス・V・イェンセン（一八七三―一九五〇）の『王の没落』は、デンマーク国民に長く読み継がれる傑作である。西暦二〇〇〇年に向けてミレニアム記念の企画アンケート「二十世紀最高のデンマーク小説」が行われた時には、デンマークの二大新聞「ベアリンスケ・ティーデンデ」紙と「ポリチケン」紙のいずれでも第一位に選ばれた。『王の没落』は十六世紀の北欧を舞台とした歴史小説である。多層で緻密に構成されたこの小説の分析は巻末の訳者解説に譲るとして、まずはこの作品の舞台の歴史的背景について概観しておくことにしよう。

さて一四八一年と言えば、日本では応仁の乱が終わり、各地で一揆が頻発していた年である。この年、デンマークでは国王のクリスチャン1世が亡くなり、長男のハンスが王位に就き、弟のフレデリックが南ユランの公爵となった。ハンスは続いて、一四八三年にノルウェー王、一四九七年にスウェーデン王の座に就く。こうしてハンスが北欧三国の王に即位したことをきっかけに、一三九七年の締結以来、変遷を経ながらも存続してきたデンマーク・ノルウェー・スウェーデン三王国間の「カルマル同盟」が再編されていくことになる。本書『王の没落』では、このカルマル同盟をめぐる北欧三国の情勢が重要な歴史的背景をなしている。

デンマークでは王位継承をめぐってハンスとフレデリックとの間でくすぶっていた確執が再燃するかに見えたが、一五〇〇年、兄弟は仲良く肩を並べてシュレスヴィヒ＝ホルシュタイン西南の小国ディットマールシェンへの攻撃に乗り出す。ところが、これがデンマークにとって躓きの石となる。優勢であったはずのデンマークは、軍勢を狭い地域に集結させる失策を犯し、動きが取れなくなったところを突かれて、歴史に残る不名誉な惨敗を喫してしまう。盟主デンマークが小国に簡単に敗れたとの知らせは、スウェーデンとノルウェーで反乱を呼び起こす。ハンスはこれを鎮圧すべく北に向けて進軍したが、またしても敗北し、その結果スウェーデンがカルマル同盟から離脱した。

ハンスが国王の座にあった時代、デンマークの都市と市民生活は著しい発展を遂げたが、そのハンスの後継者であるクリスチャン2世（一四八一―一五五九）が、本書の主人公のひとりである。クリスチャン2世は二十一歳の若さでノルウェーの統治を担当し、反乱を鎮圧した経験が何度かあった。時は大航海時代、彼は北欧全体を広大な海洋帝国と見なし、外国人を排して商取引の利益が北欧にもたらされることを画策していた。西はグリーンランドから東のフィンランド、ノルウェー北端のノールカップから南のホルシュタインまでの全地域の発展を目指し、ストックホルムとベルゲンに商業都市を開き、コペンハーゲンを北欧の中心としてアムステルダム以上に繁栄させるという壮大な構想を描いた。

しかし、クリスチャン2世は夢想家であり、現実の問題に対処する冷静さを欠いていた。優柔不断でありながら事に当たるには性急で、かつ乱暴だった。いざ行動すべき時に決断せず挫折して、現実から逃避するばかりの暴君だった。クリスチャン2世ほど、一個人の複雑な精神的不安定が、一国の運命を左右した例は稀である。

そのクリスチャン2世が王位を継いだ頃、カルマル同盟から離脱したスウェーデンでは、独立派の指導者ステン・ストゥーレが摂政として権力を握っていたが、同盟派との対立により国内は騒然としていた。そして、一五一八年、同盟派の大司教グスタフ・トロレがデンマークと通じて独立派に反旗を翻し、スウェーデンは内戦状態に陥る。紆余曲折の末、クリスチャン2世はスウェーデンに侵攻し、一五二〇年にはストックホルムに入城、独立派をことごとく処刑する、いわゆる「ストックホルムの血浴」が起こった。同年、クリスチャン2世はスウェーデン王として即位、北欧三国を束ねるカルマル同盟が復活し、王の権力は頂点に達する。一方、デンマークの兵士たちは狼藉の限りを尽くし、スウェーデン人たちの間には不満と反感が渦巻いた。武器の所持を許さず、戦費を補填するために増税を課したことで、スウェーデン情勢はますます悪化していった。

ちょうどその頃、デンマークで獄に繋がれていた若きスウェーデン貴族グスタフ・ヴァーサが帰国し、指導者となって反乱を起こす。クリスチャン2世は、反乱を容易に鎮められたにもかかわらず即座に対処しようとせず、事態の拡大を許してしまう。やがて反乱の波はデンマークにも達し、クリスチャン2世は若き女王エリザベスと家族を連れてオランダへの亡命を余儀なくされる。王不在のデンマークでは、ユランの貴族たちに擁立されたクリスチャン2世の叔父フレデリック1世が即位、デンマークとノルウェーの新しい国王となった。スウェーデンでは反乱指導者のグスタフ・ヴァーサがグスタフ1世として即位し、一五二三年にスウェーデンは独立、カルマル同盟はついに解体する。

日本の読者にとって北欧の歴史はあまり馴染みがないものかもしれないが、以上の流れを知っておいていただくと、本書はずっと読みやすくなるのではないかと思う。

なお本書では、現在通用しているデンマーク語のカタカナ表記とは多少異なる人名や地名があるが、訳者の判断で最適と思われる表記を採用したことをお断りしておく。

訳　者

目次

主要登場人物（各部は登場順。実在の人物には生没年を記してある）

ミッケル・チョイアセン　本書の主人公。デンマークの傭兵

クリスチャン2世（一四八一―一五五九）　デンマーク＝ノルウェー連合王国の王（在位一五一三―一五二三）、スウェーデン王（在位一五二〇―一五二一）

第一部

オッテ・イヴァアセン　ミッケルと同郷の若き貴族

クラス　ミッケルがセリツレウ村の旅籠で出会った若いドイツ兵

オーヴェ・ガブリエル　ミッケルが下宿で同居している大学生

スサンナ　ミッケルが想いを寄せる女性、ユダヤ系で多感

イェンス・アナセン　ミッケルと同郷の学者、のちにフュン島の司教（一五三七年没）。ベルデナック（ハゲ首）はあだ名

メンデル・スペイア　ユダヤ人の年寄りでスサンナの父

アネ-メッテ　オッテ・イヴァセンの許嫁
イェンス・シーヴェアセン　アネ-メッテの父親、漁師
イェルク　廃馬処理人
国王ハンス（一四五五―一五一三）　クリスチャン1世（一四二六―八一）の息子で、クリスチャン2世の父。デンマーク王（在位一四八一―一五一三）、ノルウェー王（在位一四八三―一五一三）、スウェーデン王（在位一四九七―一五〇一）
鍛冶屋のチョイア　ミッケルの父親
ニルス　チョイアの息子、ミッケルの弟
フレデリック公爵（一四七一―一五三三）　クリスチャン1世の息子で国王ハンスの弟。のちにクリスチャン2世に代わり国王フレデリック1世（在位一五二三―三三）として即位

第二部

アクセル　クリスチャン2世の伝令騎士
ディドリック・スラウヘックト　デンマークの大司教（一五二二年没）
グスタフ・トロレ　スウェーデンの大司教（一四八八―一五三五）
シグリッド　アクセルの恋人、ストックホルム市会議員の娘

ルーシー　アクセルがストックホルムで出会った売春婦
ステン・ストゥーレ　スウェーデンの摂政（一四九三―一五二〇、在職一五一二―二〇）
スカラのヴィンセンス　スウェーデンの司教（在職一五〇五―二〇）
グスタフ・エリクソン・ヴァーサ（一四九六―一五六〇）　スウェーデン独立派の貴族、反乱の指導者。のちにスウェーデン王グスタフ1世（在位一五二三―六〇）として即位
ケーセ　スウェーデンの森に住む木こり
マグダレーネ　ケーセの娘
インゲ　クヴォーネ村の富農ステフェンの娘
ザカリアス　旅の理髪師／外科医
ヘンリー8世（一四九一―一五四七）　イングランド王（在位一五〇九―四七）
カール5世（一五〇〇―五八）　神聖ローマ皇帝（在位一五一九―五六）。その妹エリザベス（一五〇一―二六）は一五一五年にクリスチャン2世の妃となる
フランソワ1世（一四九四―一五四七）　フランス国王（在位一五一五―四七）
アンブロシウス　デンマークの製本屋。コペンハーゲン市長を務め、生涯クリスチャン2世を支持した。一五三六年に自殺。クリスチャン2世は少年時代にコペンハーゲンの裕福な製本屋ハンスの元にしばらく預けられ、ハンスの息子であったアンブロシウ

スと過ごした

第三部

チョイア、アナース、イェンス　ミッケルの甥、ニルスの息子たち
ヤコブ　旅のバイオリン弾き
イーデ　インゲの娘でミッケルの孫娘
クレメント船長　一五三四年北ユラン農民蜂起の指導者（一四八五―一五三六）。クリスチャン2世の王位復帰のために戦った
ヨハン・ランツォー　クリスチャン3世に仕えたドイツ人将軍（一四九二―一五六五）
ベアトラム・アーレフェルト　セナボー城の指揮官
カロルス　国王の私生子。頭脳が異常に発達した奇形
フェーニャ、メーニャ　北欧神話に登場する碾き臼グロッテ（洞窟）を回す姉妹
バルダー　北欧神話に登場する善良な光の神。火あぶりにされた
チョック　北欧神話に登場する女巨人。泣いてバルダーを死の世界から呼び戻すように乞われたが拒否した

王の没落

第一部　春の死

ミッケル

橋を越えると道は左に曲がり、セリツレウ村(コペンハーゲン北の郊外にあった村)に入る。道の両脇は濃い緑の草に覆われ、その中にちりばめられるようにして黄色い小さな花が咲いている。畑のここかしこに白いヴェールが降りているように見えるのは、霧のように夕闇に浮かんでいる花々だ。陽は沈み、空気は澄んでひんやりとしている。空に雲はなく、星はまだ輝いていない。

干し草を積んだ荷車がセリツレウ村に入ってきた。走りにくい道を左右に揺れながらゆっくり進んでくる。薄闇の中を足音を忍ばせるようにして狭い村の道に入ってくる様子は、毛むくじゃらで短足の動物が、思いに沈みつつ地面を嗅ぎながらのそのそ歩いてくるようだった。

干し草の山はセリツレウ村の旅籠《はたご》の前で止まった。汗だくの馬二頭は後ろを振り返ってうまそうにおもがいを食《は》んでいる。立ったまま休んでいるのが気持ち良さそうだ。馭者は轅《くびき》に慎重に足をかけて地面に降り、手綱をつないだ。そして手鼻をかんでから入口の方に向かって大声を上げげた。

「誰かいないのか?」

あれ?　窓から明かりがこぼれている。中ではもう灯りをつけてるのか。――ちょうどその時、戸口に娘が現れた。馭者は焼酎を一杯注文した。それを待っていると、荷車に積んだ干し草の山が動いて、長い脚が二本、ニョキッと突き出て轅を探っている。上半身は腹ばいで、何やらブツブツ唸っているようだ。ようやく地面に降りて身体を震わせた。ひょろっと背の高い痩せぎすの頭巾をかぶった男だった。

「乾杯」と痩せぎすの男は言った。馭者は赤みを帯びた酒を一気に喉に流し込み、ひどくむせこんだ。馭者はもっと飲むだろうか?　一緒に中に入って焼酎を一杯やるのも悪くない。

二人で灯りのともった中に足を踏み入れると、戸口を入ってすぐのところで馭者が凍りついてしまった。男も危険を感じた。部屋の真ん中のテーブルに、先ごろコペンハーゲンに到着したザクセンの立派な近衛隊の兵士が四人座っていたからだ。軍服が輝いていた。飾りボタンのついた赤い袖口と羽飾りと髭が、大きな篝火のように人目を引いていた。刀剣やら槍やら重々しい武器がテーブルやベンチに立てかけてある。革の剣帯には凹みができていて、よく使いこなされているのが誰の目にも明らかだった。四人全員が馭者たちの方を振り向いたが、すぐにまた向き直って話を続けた。

娘がビールの注《つ》がれたジョッキを二つ持って戸口へ来て、そばの小さなテーブルにろうそくを置いた。娘がそこを離れようとしたとき、部屋の真ん中で若者の一人がベンチに座ったまま身体を伸ばして笑い出した。

「あの男を見てみろ、頭巾をかぶってるやつだ――うまそうだな、あのビール！」とドイツ語で言った。

ほかのみんなも柔和な表情でそちらを向いたが、やはり笑わずにはいられなかった。のっぽの男は、立ったまま膝を曲げて飲んでいて、大きな尖った鼻がジョッキの上で頭巾から飛び出している様子がなんとも言えずにおかしかったのだ。男は飲み終えるとゆっくりと腰を下ろした。ろうそくの明かりがその目に映る。男は目を細めて真ん中のテーブルの方を見た。半ば侮辱されたような、半ば哲学を持った男が他人を嘲《あざけ》るような鋭い視線だった。

すると若者の一人が席を立ち、部屋の中を何歩か進んで丁重にドイツ語で男に話しかけてきた。

「べつに悪意があって笑ったわけじゃありません――どうです、一緒にワインでも飲みませんか？」

「ダンケ」と礼を言ってのっぽの男は、片脚を後ろへ引き上体を屈めて片腕を横に広げて伸ばすご大層なお辞儀を何度かしてから招待されたテーブルの方へ行った。ベンチをまたいで腰を下ろす前に、男は軽い会釈を一人ずつにして自分の名を告げた。「ミッケル・チョイアセンと言います。大学生です」。そして知らず知らずのうちに髪を手ぐしでかき分け、両方の掌《てのひら》でざらついた頬をこすった。四人の名が告げられるのを耳にしたが、そのうちの一つはデンマーク人の名前のようだった。血のように赤いワインが目の前で燃えている。そして祝杯が挙げられた。乾杯！

「諸君の健康を祝して！」とミッケル・チョイアセンはドイツ語で言い、行儀よくワインを口にふくんでから、グラスの脚のように細い身体の姿勢をまっすぐに正した。ワインが喉を流れていく。そしてテーブルの周囲に素早く目を走らせ、紳士たちのうちで一番若い、頬杖をついている男に注目した。その手は白くて頑丈そうで、血管も浮いていなければ節くれだってもいない。指先が薄茶色の髪に差し込まれている。顔は面長で――その表情からミッケルはふと、ある時どこかの市場で見かけた綱渡りを思い出した。若い曲芸師で、病気だったらしく、隅の方で一人、何もせずに座っていた。ミッケルは、その若者の苦しそうな顔を思い出した。目の前の男はまさにそんな目つきをしていた。

それだけではなく、ミッケルはその男を知っているような気がした。誰だろう、どこで会ったのだろう。男は貴族の出のようだった。

ミッケル・チョイアセンのグラスにまたワインが注《つ》がれた。ミッケルはきわめて慇懃にそれを受けたが、テーブルの反対側の男が誰なのかをなんとか思い出そうとしていた。男の茶色の顔にはどこか神秘的なところがあった。今度は正面を向いて胸をこちらに向けてきた。肩幅が目に見えて広く、実に見事な体格をしていた。それなのにこの悲しそうな表情はなぜなのか。陽気な顔つきでいるほうがふさわしかろうに。

話がはずんで、四人の兵士はミッケルが気に入ったようだった。ミッケルも四人のドイツ人をすっかり信頼しているようだった。だがドイツ人たちは、ミッケルが町で「コウノトリ」と呼ばれていたことは知らなかった。ミッケルはドイツ語をかなり巧みに操って話していたが、何度も気もそぞろに、自分のあだ名のことを気にかけていた。けれどもそのドイツ人たちは、ミッケルが仲間うちではラテン語で頌歌を作り対句をひねったりする男として知られていたことも知らなかった――それにしても、向かい側の若者はなぜ一言も口をきかないのだろう?

オッテ・イヴァセンだ！　やっと名前を思い出した。やっぱり彼だったんだ。その途端にミッケルは、今にも崩れそうな灰色の門と壁と尖塔を思い出した。故郷のユランだ。

卑小な自分が、建物の外で惨めに立っているような気になった。そこへは何度か行ったことがある。ずっと昔のことだ。たった一度だけ彼を見かけたことがある。中庭で一日見て以来ずっと思いめぐらしていた痩せた少年が、まさしくイヴァセン家の跡継ぎ、オッテだった。何頭かの犬に囲まれて立ち、親指の上に羽の乱れたハヤブサをのせていた。その彼が今ここに座っている。すっかり大人になり、女の子のようにほっそりとした顔をしている。

若者たちは笑っている。ミッケル・チョイアセンは気を取り直してまた飲みはじめた。馭者が戸口に来た。「荷車を出すぜ」と言いながら、頭陀袋一つと干し草を敷きつめた小さな籠に卵のたくさん入ったのを戸口の内側の床の上に置いて戸を閉めた。それはミッケルの荷物だった。村の外まで出かけて手に入れてきたもの――そのみっともない代物《しろもの》が戸口に晒されている。ミッケルは気まずそうにそちらへ背を向けた。

ところが、ドイツ兵たちが笑って名案を思いついた。せっかくの卵だ、役に立ててやろうじゃないか。ミッケルは、恥辱に堪えながらさもうれしそうに卵をみんなに配った。卵は一つ残らず生のまま飲み込まれた。オッテ・イヴァセンは欲しがらず、相変わらず一言も口をきかない。

ベンチに座り直したミッケル・チョイアセンは恥ずかしくて顔から火が出る思いをし

ていたが、それでも和やかさを装っていた。美味なワインが重くなった心をいくぶん軽くしてくれたものの、手に負えないほどの憂うつを感じていた。彼の魂はなんのわだかまりもなさそうな兵士たちに向かって解き放たれていたが、同時にミッケルは、彼らの言うままにされてしまうのではないかという不安を捨てきれないでいた。ミッケルの気分は、水に浮かんだ木の葉のように揺れだした。そして、オッテ・イヴァセンの方を盗み見た。憧れるような、疑うような、尻尾を振って取り入るような目つきで。……僕のことがわからないんだろうか。――そうらしい。やっぱりその方がいいかもしれない。

ドイツ人の若者の一人は上唇に傷があり、髭でうまく隠せないでいたが、傷のせいで発音に癖があった。ミッケル・チョイアセンは彼の空気の漏れる話し方を面白く聴いていたが、気が滅入っていた。今は見ること聞くことすべてに熱中し、ワインの酔いとその場の居心地の良さが彼の気持ちをほぐしてくれていたにもかかわらず、胸の底にはかたく固まるものがあり、何もかも凍てつかせるような寒気が湧き起こってくるような気がしていた。けれども心の重みは胸の底に沈めたまま、ミッケルは気持ちを取り直した。

三人のドイツ人がカウンターのところで寄り集まり、ミッケル・チョイアセンとオッテ・イヴァセンだけがテーブルに取り残された。どちらも口をきかないでいる。ミッケルは自分の心の内に閉じこもった。テーブルとベンチの間の暗がりに目を落として、苦々しい孤独を味わわされている。でも我慢して、ため息をついてから細枝のような脚を引き寄せ、額の汗を拭って姿勢を正した。オッテ・イヴァセンは座ったままで杯を回している。相変わらずどこか具合が悪いように見えた。

若者たちが新しい別の飲み物を手にして戻ってくると、ミッケル・チョイアセンは先ほどのように動揺することもなく静かに飲んだ。全員が派手に飲みまくり、それ以外のことは何も考えたりしなかった。オッテ・イヴァセンは、注がれるたびに杯を干していたが、まったく平然としている。クラスという上唇に傷のある男が歌をうたい出した。なんとも奇妙な歌だった。

ミッケル・チョイアセンは、両手で扱う大ぶりの刀剣をつかみ、重さを確かめるように手に取ってみた。兵士たちにいろいろな扱い方を見せてもらう。鋭い剣先が自分に向けられるたびに、背筋をスーッと冷たい風が不気味に吹き抜けていくような気がした。――刀を恐れたことなどなかったので、不思議に思った。

クラスが歌っている――

それでおいらは撃ち殺された

だだっ広いヒースの原っぱで。

長い槍に乗せられ引きずられ
おいらの棺桶が用意された。
太鼓がポンポコ叩かれて
牧師の説教なんかより
もう何倍も気に入った。

歌詞の半分以上が髭に飲みこまれてしまっていた。それから戦いの話で盛り上がった。どこそこの砦のこと、銃弾がヒューヒュー飛んだとか、勝戦《かちいくさ》の話、死にそうになった話とかだ。

「ハインリヒ、ブロンド娘のレオノーラを覚えてるか?」とクラスが夢中になって聞いた。「覚えてるさ」とハインリヒ。すぐさまレオノーラにまつわる話がハインリヒの口から飛び出して、クラスとサミュエルが身をよじって笑い転げた。

ミッケル・チョイアセンは、あけすけな話が続く中、黙ったまま身を縮こまらせていた。そしてオッテ・イヴァセンの方に視線を向けた。オッテ・イヴァセンは吐き気をもよおさせるような悪臭を嗅ぎつけたかのように唇をほんの少し歪め、その若く高慢な顔にうす笑いを浮かべたが、それを見とめたのはミッケルだけだった。

ミッケルは息苦しくなり、何度も何度も顔をこすった。けれどもハインリヒは話し続けた。オッテ・イヴァセンはテーブルから少し身体を離し、脚を組んでいた。ようやく話が終わると、みんな決まり悪くなったかのようにあたりはひっそり静まり返ってしまった。オッテ・イヴァセンは、その沈黙が自分のせいだと思ったのかもしれない。彼は自分の信念に変わりはないことを示すかのようにテーブルの方に向いて、話し手にじっと視線を注いだ。

ハインリヒはすっかりまごついてしまった様子だった。そこへサミュエルが別の話を持ち出した。彼は若くない。話も色恋についてではなく、かつて自分も加わった残虐な殺戮についてだった。長靴《ちょうか》の踵で人の腸を引っ張り出し、当人の糞で口を塞いで窒息させたのだ。そんな話のせいで部屋の空気はさらに生臭くなったようだった。クラスが専門的な質問を熱心にしたが、ミッケル・チョイアセンはクラスの上唇が原因の変な口の利き方が急におかしくてたまらなくなり、鼻を上に向けてワッハッハと大笑いし始めた。するとオッテ・イヴァセンが不機嫌そうに顔を上げて、なかば仕方なさそうに口をあけたかと思うと、最後にはとうとう彼も顔を天井に向けてゲラゲラ笑いだした。しかし、急に笑うのをやめて、元どおりに内に閉じこもってしまった。

やがてみんなは、コペンハーゲンの門が閉まらないうちに戻れるよう出発した。外へ出ると、ミッケル・チョイアアセンはふたたび自分と彼らの間には距離があるのを感じた。彼らと一緒にノアポート(北門)に入っていったが、一歩下がって別れを告げた。若者たちは町の中心部に向かっていった。その後ろ姿をしばらく見送ってからミッケルは左に曲がり、家路についた。

夜のコペンハーゲン

ミッケル・チョイアアセンはプスタヴィ小路に近い城壁の真向かいの家に住んでいた。屋根裏部屋で、もう一人の学生オーヴェ・ガブリエルと同室だ。オーヴェは例によって獣脂ろうそくの明かりの下でまだ勉強していた。ミッケルが入っていくとノートから目を上げたが、すぐにまた勉強を続けた。

ミッケルは机の反対側にどんと腰を下ろし、自分のノートを何冊か引き寄せた。その朝も同じことをしたが、まったく何も変わっていなかった。

ミッケルは大きく息をついた。するとオーヴェ・ガブリエルがまっすぐ彼を見つめたまま片手を自分の顔の前に上げ、ゆっくり扇ぐような素振りをした。

「飲んできたな」と、オーヴェはミッケルが大酒を食らってきたと決めつけた。そうして瞬《まばた》きもせずに丸い良識をわきまえたような目で彼を見据えている。ミッケル・チョイアセンはこの賞賛すべき顔をもう三年も見続けてきていた。オーヴェ・ガブリエルは、黙ったまま声に出さずに多くを語り、たえず彼を断罪していた。オーヴェ・ガブリエルの正義の目は彼をしつこく追いまわし、その悪意のこもった視線で見つめられると、ミッケルは椅子に座ったまま枯れてしまいそうになる。もうしばらくするとオーヴェはきっと言うはずだ、「きみは今僕のろうそくで勉強してることを忘れるなよ」。

ミッケルは立ち上がって天窓を開けた。背が非常に高いので、窓から上半身が突き出た。そのようにしていつもオーヴェ・ガブリエルに姿を見られないようにするのだ。

なんと素晴らしい夜だ！　空気がひんやりとして、頭の上では空高く星が輝いている。両側には、藁葺き屋根の家々が、背中を丸めて頭を隠して寝ている動物のように見えた。眼下の通りでは、閉まった戸を夜回りが灯りで照らして回っている。城壁の矢来の向こう側では水面が輝き、堀割の葦の間に星が一つ映っている。苔のような緑色をした闇の先に郊外の平地が広がり、遠く湖の方からはカエルの元気な鳴き声がしきりに聞こえてくる。町は眠りについた。堀割の水が杭を静かに舐めている。ずっと遠くの家の屋根の上では、さかりのついた猫が鳴いている。

ミッケル・チョイアセンは天窓の窓枠の中で身体をよじり、背中を後ろに反らせて煙突と星を見上げた。めまいがした。裸足のまま滑り、何本ものナイフの上に転がり落ちたような感じがした。いや、そうなった方がいい。もう苦しみにたえられない。いっそ天空に綱で吊り下げられる方がましだ。そっちの方がくらくらするようなこの胸苦しさにふさわしい。ミッケルは姿勢を変えて、両腕を冷たい屋根の上においた。

「スサンナ!」と心の中で叫んだ。スサンナ。この上もなく優しいミッケルの想いにふれて、周囲のもの言わぬ命なき物どもまでがことごとく魂を得て鼓動を始めたかのようだった。ひっそり静まり返っていた家々も善意に満たされ、星さえも心動かされたように瞬《またた》いている。その和やかな静けさの中で、ものみな脈打っていた。入江にさざ波が走り、暗い夜の空気までが、自己の秘密と運命をふと思い出した生き物のように震えていた。

彼女の名前を思っただけで心が貧しく卑しくなってしまったような気がしたミッケルは、荒く鼻息を漏らして背筋を伸ばした。

するとと通りの方で人声がした。聞こえてきた叫び声が、明るく照らし出された部屋と、どうやらその中で起こっているらしい事どもを想像させた。

ミッケル・チョイアセンは身体を引っこめて部屋に戻った。オーヴェ・ガブリエルが床の上に裸で立ち、ベッドに入ろうとしているところだった。彼の目は就寝準備ができたことを告げていた。その身体はそっと点ったろうそくのように輝いている。

「ひどく痩せこけてるな、おまえ、……そんなところに魂が宿ってるなんて、不思議だよ」とミッケルは言って、挑発するようにせせら笑い、オーヴェ・ガブリエルの、骨と皮だけになった雌牛のように惨めにやつれきった身体を上から下まで見回した。オーヴェ・ガブリエルは毛皮の寝具に潜り込み、姿勢を整えると、両手を胸の上で組んで同室者に聖書の一節を唱えて聞かせた。そしてくぐもった声で、「灯りを消したまえ！」とラテン語で付け加えた。

「灯りを消せ、灯りを消せ」とミッケルは心の中でつぶやいた。灯りは何度も吹かずともすぐに消せる。ミッケルは腰を屈めてろうそくを吹き消し、ステッキを持って手探りで階段を降りた。上の方からはガブリエルのさも満ちたりたような声が届いてくる。祈りを唱えているのだ。

通りに出てもよい時間を過ぎていたにもかかわらず、ミッケル・チョイアセンはあえて外へ出た。すぐに右に曲がってピーレ通りを行く。が、しばらくしてから躊躇し、足を止めた。人影はまるでなく、家々はみなひっそりと暗闇にたたずみ、庭の木々は葉を豊かに茂らせた枝先をたがいに寄せ合っている。どこもかしこも、雨が上がった時のように、木々の若葉が発する酸っぱいような芳香に包まれていた。

ミッケルはゆっくりと先を行った。ミュンター通りの角を過ぎると、聖クララ修道院から夜の礼拝の歌声が聞こえてきた。澄んではいたが壁に遮られて消音された懇願するような声は、地下に捕らわれた四人が出しているかのようだった。ミッケルは思わず、修道院の薄闇の中で赤と青に染まって立っている十字架を見たように思った。

ミッケルは、ある家の庭の前で立ち止まった。それは両脇をかなり背の高い家にはさまれた家の庭で、通りに面していて柵が立てられていた。ミッケルはそこで二、三分立ちつくしていた。庭の木々の葉っぱが時折かすかな音を立てている。星明かりの中で、露に濡れた切妻屋根の縁が光っていた。――ミッケルはためらいがちに足音を忍ばせて歩いていく。

国王新広場のあたりはまだ明かりが灯され、活気にあふれていた。外国人兵士たちは部屋に閉じこもっていられないようだ。中には町の住人も多数混じっている。

ミッケル・チョイアセンは家に戻ろうと思い、キョブメーア通りの方に曲がろうとした。するとそこへ、ひどく上機嫌な傭兵たちが群れをなしてやってくるのに出くわした。

「見ろよ、学者さまの友だちがまたいるぜ!」と一人が大声をあげた。シューシュー音が漏れるその発音から、セリツレウ村で出会った例の四人とその仲間たちに違いなかった。クラスがミッケルの腕を取り、連れていこうとした。ミッケルは断りきれない。みんなで酒場から酒場へ一杯ずつ梯子酒をして回った。ミッケルは、ほかの連中同様、できれば羽目を外したかったが、オッテ・イヴァセンが相変わらず暗く沈んで不機嫌だったのでおとなしくしていた。ミッケルには、若者たちが自分を相手にするのは、一緒にいて面白いと思ってくれているからだとわかっていた。

ホイブロ広場にやってきた。そこで黄色いズボンをはいた若者が加わったのだが、何やらひどく興味を惹かれることを話したらしく、みんなは一斉に足早に道を急ぎ、一団になってヒュースケン通りの角を曲がっていった。ミッケル・チョイアセンはすっかり忘れられてしまった。しばらく立ち尽くして、あたりを眺める。クリスチャンスボー城はひっそりと闇に沈み、動いているものといえば、運河に浮かんで橋脚脇で揺れている小舟だけだった。お城の塔は泰然として天に突き出し、ひそめた目のような小窓が周囲を見守っていた。ミッケルはウェルギリウスの詩篇を二、三行そっと口ずさんだ。永遠の夜とそれを見張る者についての詩だった。

このまま家に帰り、横になってオーヴェ・ガブリエルのいびきをきくのか？　とんでもない。ミッケル・チョイアセンは見上げていた視線を落として、みんなの後を追った。自分を置いてきぼりにしたとはいえ、もう相手にしたくないという意味だとは限らないだろう。

ヒュースケン通りでは明かりの点っている場所がたくさんあった。ミッケルは閉ざされた門扉の前を忍び足で通り過ぎながら、前にも嗅いだ覚えのあるその界隈特有の香りを味わった。ラフィアヤシのマットやナツメグの香りが、インドのキャラバンやラクダの糞、空気の乾いた地方を思い浮かべさせた。

コンラッド・ヴィンセンス酒場から声が聞こえてくる。ドアは開いていた。ミッケル・チョイアセンはそっと近づき中をのぞいてみた。広間では男たち全員が立っている。何か特別なことが起こっているのがすぐにわかった。ミッケルは中に入っていく勇気が出せないでいる。向こうから見られずに中が見えるよう脇に退いた。すると、大きな秤の横に見知っている姿があった。十六歳の若き貴族、国王の息子クリスチャンだった。ミッケルはびっくりし、身体が火照ってきた。感動したのと動揺が重なって思わず一歩引き下がった。そこで目にした王子クリスチャンの姿を、爾来ミッケルは決して忘れることがなかった。王子はすこし脚を広げて立ち、淡いグリーンのズボンに先の尖った赤い靴を履き、胸をよじって半身に立っている。肩から胸元にかけて金の鎖をかけている。高価な干しぶどうの房を左手につかんで、時折右手で一粒ずつつまんでいる。ミッケルは王子の滑らかで美しい唇をはっきりと見た。顎のあたりにはほんのりと、生え始めたばかりらしい髭が影のように見える。ミッケルを特に驚かせたのは王子の目だった。小さく引き締まっていて、少しばかりこめかみの方に引き寄せられているが、眼光は鋭かった。後頭部は大きく、首は太くて丸みを帯びている。いま、感激してへつらうようにしているコンラッド・ヴィンセンスの方に顔を向けて会釈をされた。王子の髪の毛はフサフサとした濃い赤毛だ。

ああ、僕と同じ赤毛だ、とミッケルは思った。

未成年の、真剣そのものの表情はどうだろう――ほら、いま笑って目を細めた――冷静沈着そのものだ！　すばらしい！　人間というのはこういう風でなくてはならない。

ミッケルは王子を見つめた。目頭が熱くなってきた。なおも感嘆しているうちに、思わず大きなため息が出てしまった。広間の中の変化を逐一追っていく。王子を囲んでいる紳士たちは威厳を保って振る舞っている。みな足を上品に揃えていた。一人が前に進み出て、羽根の付いたベレー帽を、床を掃くようにして巧みに後ろにまわしてお辞儀をした。べつの一人は歯を見せて笑顔で話しながら深く頭を下げた。大きな杯が恭しく高々と持ち上げられ、王子の健康を祝して乾杯がなされた。王子は顎を引いて全員に恭しく会釈を返した。コンラッド・ヴィンセンスは熱に浮かされたようにちょこちょこ歩き回り、頭から光が発しているかのようだった。

けれども中に一人だけ気ままに動いている者がいた。けばけばしい服を着たせむしの小人だ。誰かに話しかけられると、ひょいと片脚で一歩横に跳び、まるで後脚立ちになって吠えるパグ犬のように早口でまくし立てた。何か言うたびに舌の先で右の頬を膨らませたままでいるのがミッケルには見えた。一度みんなをどっと笑わせ、王子までもが歯を見せて笑うと、せむしは大げさに頬を膨らませた。ミッケルもその時は思わず笑ってしまった。店の中で交わされる言葉は実に礼儀正しく物静かだった。龍涎香《りゅうぜんこう》の大きなろうそくが二本灯されている。ミッケルは部屋の一番奥にオッテ・イヴァセンを見とめた。一人でいたが、機嫌はよさそうだった。けれどもミッケルは、彼のことなど気にかけているひまはない。

長いあいだミッケルは我を忘れてそこに立ったまま、色彩豊かな店内の情景と自由に振る舞う紳士たちの姿に見とれていた。慈悲の光が自分にも降りそそいでくるような感じがした。やがて店の中の紳士たちがひしめき合って外へ出て行きそうな気配がすると、ミッケルは急いで脇に退いた。一団が陽気に通りに出てきて道を横切り、向かい側の富豪マーチン・ゲルツェの店に入っていくのをミッケルは見届けた。その時、クリスチャン王子の歩きかたに目を留めた。

それから二、三時間、ミッケルは町をぶらついた。真夜中をずっと過ぎた頃になってドイツ人の友人たちをもう一度見かけたが、彼らはミッケルに気づくこともなく、運河沿いの評判の悪い地下の店に潜り込んでいくところだった。その声から判断して、酔いが相当に回っているようだった。オッテ・イヴァセンはもう一緒ではなかった。

翌日、コペンハーゲンの市民は、国王新広場に面した背の高い家の屋根の棟《むね》に馬車がまたがっているのを目撃した。宵のうちに誰かが馬車を分解し、各部を一つずつ屋根の上まで運び上げ、それをまた組み立て直したのだった。正午前には町じゅうが、その首謀者がクリスチャン王子であることを知っていた。

夢見る人

ミッケル・チョイアセンは真昼になってから目を覚ました。意識がはっきりするまでしばらく横になっていた。不思議な夢を見た気がしたが、何も覚えていなかった。

みすぼらしい部屋に屋根窓から光が差している。オーヴェ・ガブリエルはもうとっくに講義に行っていたが、彼の臭いが鼻についてミッケルはむかついてしまう。

今日は何か起こりそうかな、これから起きて町の連中に混じってみて、何が起きるか運命にまかせるだけの価値がありそうか、とミッケルは考えをめぐらした。きのうは特に決定的なことは起こらなかったが、それでも強烈な体験をしたような感じがしている。それが何を意味していたにしろ、自分の中の何かが突き動かされたようだった。すべての価値がさらに低下してしまい、ミッケルは自分の置かれた状況にもうそれ以上耐えられそうにない気がしていた。

ミッケルは壁に寄りかかり、視線をまっすぐ前に定めて思いをめぐらした。しばらくしてから頭を後ろに反らして目を閉じる。そしてスサンナのことを思い出した。と同時に凄まじい痛いような空腹感に襲われて起き上がり、服に手をのばした。

ミッケルは無一文だった。スズメと同じで、毎日神様と周囲の人々の情けにすがっていた。大嫌いな赤い革のズボンをはきながら、今日はどこへ物乞いに行こうかと考えた。そして、町の外へ行くことにした。郊外の人々なら、学生やら町の有象無象にまだそんなに悪用されていないはずだ。

五月の素晴らしい日だった。ミッケルは元気よくノアポートを出ていった。そして畑が目に入ってくるやいなや、その生きいきとした情景を前にして心が乱れてしまい、思わず決まり悪そうに天を見上げた。大地は春の香りを発散し——そこで何かを思い出したような気がした――緑のライ麦畑が長々と続いている。太陽も温もりをミッケルに恵み与えてくれていた。

ミッケルは道を行進していき、左右を見回した。運のいい日のようで、ミッケルは心も軽く楽天的になっていた。

そのとおり、運のいい日だった。ミッケルは好機を逃さず、やがてお堀端の農家の長椅子にゆっくり腰を落ち着けていた。明るくて感じのいい家で、あれこれ面倒なことを言わずに料理をたっぷり出してくれた。耳からこぼれ出そうなほどお説教を聞かされることもなかった。農夫は泡の立ったビールをジョッキに注《つ》いで出してくれ、ミッケルが訪ねてきたのを喜んで上機嫌になっている。学問のある敬虔そうな人間がそのあたりにやってくることはめったにないようで、ミッケルはその家を記憶にとどめておくことにした。きちんと食べて飲み終わったところで、その日の悩みはひとまず解消した。ミッケルは満足気にコペンハーゲンに戻った。歯に挟まった食べかすを吸いながら雲を見上げ、瞬きしながら一羽の鳥を目で追った。そして、声には出さずにラテン語でひとりごちた。

すると突然立ち止まり、考えをめぐらした。今日こそすべきではないか。長いこと思ってきたあのことを。イェンス・アナセンへの挑戦だ。ミッケルは機会をうかがっていた。その有名な学者は彼と同じ地方の出身だった。やはりするのは今日だ。やってみる勇気がある。

けれども、そう決心をして一歩を踏み出した途端に、頭を垂れ、やる気をなくしてしまった。何度も迷いつつ、イェンス・アナセンが住んでいると知っていた通りにたどり着いた。家の戸の前に立った時には勇気がことごとく消えてしまっていたが、行動を起こした以上、何とか始末をつけたかった。

ミッケル・チョイアセンは大きな広間に入った。壁にフォリオ版の本が立てかけてあるのを目にしたが、その時にはもうイェンス・アナセンが机の椅子から腰を上げて彼の方に急ぎ足で近づいてきていた。イェンス・アナセンは、背は低かったががっちりしていて、額が広かった。革製の上着を着ている。イェンス・アナセンが話しかけてきた時ミッケルは、周囲に髭がなく幅の広い彼の口を見ていた。声は低く、抑揚を欠いている。声を落としたのは、相手が自分と同類の人間だと察したかららしい。「用件は？　名前は？」とミッケルは聞かれた。イェンス・アナセンは時間がないようだ。

ミッケル・チョイアセンは用件を告げた。外国へ行って学びたいんですが、何かいい助言をいただけませんでしょうか。――けれどもミッケルは、いつものことながら別のことに気を取られていた。自分のした観察に目がくらみそうになってしまっていた。ありきたりの鉄製の細くて長い十字架が壁にかかっているのを目にして、イェンス・アナセンはそれで犬を調教したりすることがあるんだろうかという思いに囚われてしまっていたのだ。もともとミッケルは、背が高くて「コウノトリ」という仇名が付いていたように、人をびっくりさせ一目置いて見られるのに慣れていた。けれどもイェンス・アナセンはそんな反応は見せなかった。そういう人なのだ。でもミッケルは、今はいつものように不快な状況に置かれていた方がよっぽどましだと思った。外国に行きたいと口にした時にミッケルは、どうしようもないほどどもってしまった。ローマや遠い南国のことを思っただけで目眩《めまい》がしたようになったのだ。ミッケルはリムフョー地方のただの鍛治屋の息子で、それは揺るぎのない事実だった。

「うーむ！」イェンス・アナセンは床を一踏みし、首を横に倒した。彼の言葉は行商人のように短く歯切れがよい。ミッケルが眉をひそめて目を上げると、雄牛のように太い首と、短く刈ってあるうなじの白っぽい毛が見えた。――やがてイェンス・アナセンの顔がふたたび視界に飛び込んできた。その穿《うが》つような目には輝きがない。視線は礼儀正しいようでいながら冷淡で、権力が秘められて炎を上げているかのようだ。ミッケルは相手の視線から身を守ろうとして一度目を落としてから、イェンス・アナセンの髭がなくのっぺりした大きな顔を見直した。肌は色があまりよくなかったものの、張りがあり皺《しわ》一つなかった。歯が黒い。容貌から一目でユラン出身なのがわかった。ミッケルはそれ以上相手の視線に耐えられなくなり、魔法にでもかけられたように目を逸らして本棚に目をやった。本棚がぐるぐる回っている。

それから十五分ほど経ったあと、ミッケルはまた通りに立っていた。さんざんな結果だった。イェンス・アナセン・ベルデナックは、ありとあらゆることについてまくし立て、あげくにミッケル相手にまんまと「口頭試問」までしたのだった。ミッケルは寝言でも言うように返答していたが、それでも自分の学識をなんとか示すことはできた。けれどもホラティウスの一節は間違って誦してしまい、イェンス・アナセンがすかさず毛むくじゃらの手を突き出し、――「こうだ、ダ、ダ、ダ、ダ!」と大声を出した。

ミッケル・チョイアセンはとぼとぼ歩いていく。濡れそぼって背中を丸め、まるで追い出された野良犬のようだった。

しばらく行ってから、打ち負かされた「コウノトリ」が嘴《くちばし》を突き出すようにして頭巾からふたたび顔を出して辺りを見回すと、ホイブロ広場に来ていた。そこはいつものように賑わっていた。ミッケルは建物の入口の前に立ち、顔をしかめてどうしたものかと考えあぐねている。実際のところ、半分意識を失っていた。いま受けてきた屈辱と失望によって打ちひしがれ、胸の内では巨大な自尊心が危険な獣のように蠢《うごめ》いている。深い思いに沈み込み、じっと立ち尽くしていたにもかかわらず、周辺のすべてを観察していた。けばけばしい色彩が、見る者を傷つけるような輝度でもって視界に押し寄せてくる。魚売りの女がニシンを手に叫び声を上げている。むき出しにされて傷つきやすくなっていたミッケル・チョイアセンは、たった今さばかれた動物の肉塊のように震えていた。

お城でトランペットが吹き鳴らされた！　その鋭い音が頭皮にトゲが刺さったように聞こえた。

ミッケルはぶるっと震え、打ちのめされたようになって先を急いだ。城門の内側から吊り上げ橋が下ろされたかと思うと、すぐに騎士の一隊が音を立てて躍り出て来た。全員が上級将校だった。騒がしく通りに出てから、速足で角を曲がってホイブロ広場の方へ向かってきた。角を曲がるときには、馬も騎士も上体を横に傾けていた。鞍の上で身体を上下に揺する動きが滑稽だった。下げた剣が吊り革でカシャカシャと狂ったように踊っている。騎士たちの色鮮やかなケープは、風になびいて万歳をしているかのようだった。

ミッケルは町を歩いてみた。そこいら中に兵士がいて、馬が騒いでいる。若き貴族のスレンツが、従者を連れて通りを馬でやってきた。国王の威厳に守られ、甲冑で完全武装をしたこの実に立派な鉄人間が、兜を右に左にめぐらしている。面頬《めんぼお》が上げられると、一目見ただけで身の毛もよだつような長い口髭が陽の光に輝いた。スレンツの乗っていた華やかに飾られた馬が鼻を鳴らした。どこにでもいる痩せ馬などではない。

ミッケルは通りから通りへ、町をさまよい歩いた。どの通りもみな、歩き続けていけばいずれは塁壁《るいへき》に突き当たる。ミッケルはこの貧弱で汚い町の中に閉じ込められているような気がした。どの横丁も魚の煮汁とニシンの鱗でべとべとし、修道士たちと豚野郎どもで汚されている。――ミッケルは空を見上げた。自由な空間を味わいたかった。空気が湿っていて、空高く雲が流れている。ミッケルは、水は自由で囚われていないことを思い出し、海岸まで行ってみた。

風が立ち、陽気そうな波が小刻みに揺れていた。青く不穏げな海峡では小舟が落ち着きなく忙しく揺れ動き、休む暇がない。

すると突然、ミッケルは目から霧が晴れたようにありありと昨夜の夢を思い出した。遠い海に行っていて、そこで世にも不思議な光景を目にしたのだった。地平線の彼方に眩《まばゆ》いばかりの白い柱が輝いている。指一本ほどの太さなのだが、気の遠くなるほど彼方なので、恐ろしく高くまでそびえているに違いない。銀でできた雪のように白い頂上が天に向かって延びている。そこから天の四分の一ほど離れたところに、青いガラスのような低い丸屋根が見えた。近くに行けばわかるだろうが、直径は相当なものだろう。ゆっくり動いている何もない海からその光景を眺めていると、海から町の方へ向かって大きな川が流れ込んでいるに違いないと思えた。たしかにそこは町だった。地球の反対側にある町だ。

ミッケル・チョイアセンは家路についた。その日はもう生きているのが辛かった。ピーレ通りは通らなかった。柵のある家の前を通って、スサンナの姿を探したりしたくなかった。

家に戻ると寝床に横になった。オーヴェ・ガブリエルはいなかった。きっと外へ出て、家々の戸口で聖歌を歌って澄んだ目を向けているのだろう。ミッケルは仰向けのまま二、三時間横たわっていた。思いが次々と浮かんでは去っていく。夕方近くになってオーヴェ・ガブリエルが袋を一杯にして帰ってきた。ミッケルは一言も言わずに部屋を出た。

夕闇が降りた頃、ミッケルはヴェスターポート(西門)の外の通りにいた。すると町の方から騎兵がギャロップで馬を走らせてくるのが聞こえた。誰だか見ようと振り向く間もなく、騎兵がそばまで来た。オッテ・イヴァセンだった。あっという間に走り去っていった。鞍で前かがみになり、田舎の方に向かって疾走してゆく。ミッケルはその後ろ姿を見つめていた。全速で走っていく馬が鼻面から大きな音を立てているのが聞こえ、土や小石が蹄に蹴散らされている。

あたりでは緑色の麦が芳香を発していた。静かな夜だった。カエルたちが鳴いている。果てしない夢を見て鳴いていた。

その一時間ほど後でミッケルがノアポートの方に入っていこうとすると、またしても激しい蹄の音が後ろからするのを聞いた。脇へ退き、オッテ・イヴァセンが今度もギャロップで走り過ぎて町の方に急ぐのを見た。

数日後、「コウノトリ」と呼ばれていたミッケル・チョイアセンは、何の前触れもなしに突然コペンハーゲン大学から退学させられた。だが、まったく予期していなかったことではなかった。長期間にわたって礼拝の義務を怠っていたからだ。同じ日にオーヴェ・ガブリエルは、大学生でないただの人になっていたミッケルを目に留めた。

心の底では良心の呵責を感じていたにもかかわらず、ミッケルは自由を味わっていた。最初にしたことは口髭を伸びるままにしておくことだった。それ以来、貧窮や他人の無理解、不安など、不幸がいくつも彼に訪れたが、狐色の赤ひげだけは勝手に伸ばしておいた。左右の口元に一本ずつ、フサフサの筆のような髭が根気よく下に伸び続けていた。

春の痛み

ミッケル・チョイアセンがスサンナについて知っていたことは、彼女がユダヤ人の年寄りメンデル・スペイアの家に住んでいることだけだった。スサンナは娘なのだろう。ミッケルは、彼女が庭のある家に住んでいるのに気がつくずっと以前から、スサンナという名は知っていた。よく家の角の柱に、みだらな絵といっしょにその名がチョークで書いてあったからだ。名前も絵も、何度消されてもすぐにまた書かれていた。ミッケルはある日、年寄りのユダヤ人が家に帰ってくるのを目にした。戸口に入っていく前に家の角に視線を走らせていたが、その時は何も書かれていなかった。

娘の名前はスサンナ。ミッケルは二度しか彼女を見たことがなかったが、一度はっきりと見て以来、家の前に長く佇むことができなくなってしまい、いつも何気なく通りを歩いていくだけにしていた。けれども、柵まで来るとつい家の方を見てしまい、スサンナの姿を一瞬目にすることがあった。お昼頃と夕方に、草に覆われた庭の小道によく出ていた。

庭は雑草だらけで、背の高いドクニンジンや野生のセイヨウワサビが茂っていた。果樹の老木が右に左にいくつも幹を傾けている。通りに面した隅には、巨大なニワトコが屋根のように庭を覆って立っていて、庭に向かっている方が開けた東屋のようだった。ミッケルはそこに時々スサンナが座っているのではないかと思った。葉の向こう側に物音を聞いたことがあったからだ。スサンナはひょっとして、その中に隠れて外をうかがっていたのかもしれない。ミッケルはその木があまり好きではなかった。にもかかわらず惹かれていたのは、彼女がそこにいると思っていたからだった。

夕方に通り過ぎる時、ミッケルは庭に面した切妻屋根の下にある小窓に明かりが灯っているのを見た。夜になると消えていたが、通りすがりによくそこを見上げていた。

メンデル・スペイアの家から通りを挟んだ筋向いに聖クララ修道院があった。敷地にうす暗い一角があり、ミッケルは夕方や夜にそこでじっと立っているのが好きだった。その位置から小窓が見えたからだ。

聖霊降臨祭の夜遅く、町に静けさが訪れた頃にミッケルがその隅に立っていた。

——その日、町は一日中騒がしかった。日が昇ると早速お祭騒ぎが始まり、町をあげて踊りや歌、酒や音楽で聖霊降臨祭を祝っていた。町の北にあった家々の庭ではどこでも木の葉や花で飾り立てたメイポールが掲げられ、森のように見えた。信心深い人々がその周りに集まり、盛んに飲み食いをしていた。ドイツ人兵士たちも羽目を外していたが、戦場に出かける前に英気を養っていたのかもしれない。

ミッケル・チョイアセンは陽気な人たちの流れに加わった。するとたちまち歓喜の渦に巻き込まれ、浮かれ騒ぎの火付け役になってしまった。町の少年たちは彼にすぐ気がついた。今はケープもつけず頭巾もかぶっていなかったが、信じられないほどに長い赤いズボンの脚がすぐ目に入ったようだ。若者たちは彼を祭り上げ、周囲を踊り回ってありがたい歌を歌ってくれた。ミッケルは足早にそこを去り、聖ニコライ教会の墓地に身を隠した。そこでほぼ日がな一日、墓石の間の青々とした草の茂った場所で寝そべり、日を浴びていた。あたりは静かで、小鳥が鳴き、ハエがブンブン飛んでいた。高い塔の上の小窓からトビが飛び出してきて、郊外の方に向かって飛び去っていった。ミッケルは仰向けになったまま、何の当てもなく草と雑草の中に身を沈めていた。頭の近くに生えていた草の茎を折ると、黄色い液が染み出してきた。新鮮な芽を口に含み嚙んでみた。藁を指先で丸めてみた。そうして時間が過ぎていった。町は向こう側で生きていた。時折、遠くの方から甲高い喜びの声が聞こえてくる。

あたりがすっかり暗くなると、ミッケルはこっそり町を出て、質素な農家で晩飯を出してもらった。一口嚙んで飲み込むたびに、お前は人を騙しているのだと自分に言い聞かせていた。もう学生ではなかったからだ。

――そして今、涼しい夜のしじまに立っている。町は静けさを取り戻し、ミッケルは、ほかの音がすべて消え去った後に耳の奥に残る深い沈黙の音を聞きながら、見張りを続けていた。夜気には、露に濡れた庭の芳香が充満していた。ちょうど月が出てくるところで、あたりは明るい。庭の東の方角が光っていた。

誰かが通りをやってくる。ミッケルは足音が近づいてくるのを耳にした。最初は夜回りかと思った。が、やがて拍車の音を聞き分けた。ミッケルは、メンデルの家のすぐ近くで姿を見られたくなかったので、隠れ場所から出て通りをぶらついた。エスター通りのあたりで後ろから来る男に追いつかれ、足音が速まったかと思った途端、いきなり肩を掴まれた。振り向いて見ると、なんとオッテ・イヴァセンだった。やっぱり自分のことがわかっていたんだ。さて、どうなるか。

「こんばんは」と若い貴族が小さな声で言った。優しく信頼のおけそうな声だった。

「ミッケル・チョイアセンじゃないかな?」

「そう、ですけど」

「この間、セリツレウで一緒だった。あれからもう一度会ってたな。君は夕方散歩してるし、うん、天気もいいし、どう言えばいいか……」

イヴァセンは穏やかだが口ごもった話し方をした。ずっと一人でいたような様子で、立ったまま多少決まり悪そうにうつむいている。弱々しい夜の光が、短剣の柄《つか》の飾りをほんのり照らした。

「いい天気で、寝てるにはもったいないくらいで」とミッケルが言った。

「どうかな、……どうせ歩くんなら、一緒に散歩しないか?」

ミッケルは異存がなかったので、エスター通りから連れ立って町を歩いていった。

「僕はこの町には知ってる人がいないもんだから」とオッテ・イヴァセンは続けた。

「デンマーク人はね」

「そうだろうな」とミッケルは、当然だろうと思って言った。そして口をつぐんだ。

二人は黙ったまま並んで歩き、聖母教会まで来てしまった。

「ウム」とオッテ・イヴァセンが咳払いした。「一緒に来て、僕の住んでる家でワインでも一杯飲まないか?」声の調子が変わっていた。冷ややかで沈んでいる。

ミッケルは断る理由がなかったので、オッテ・イヴァセンが宿営していたヴェスター通りの家まで行った。ところが家は閉まっていた。

「戸を叩いて人を起こさないと入れないな」とオッテ・イヴァセンがひとりごちた。

「でも馬のところに蜂蜜酒が一缶おいてある」

二人は月明かりに照らされた中庭を行き、庇のある大きな納屋に出た。オッテ・イヴァセンが入口の戸を押し開ける。藁の寝床から男が跳ね起きたので、「僕だ、明かりをつけてくれ」と言った。

明かりを灯すと男はミッケルの方を横目で見た。大きな馬屋だったが、馬は仕切りの一つに一頭だけつながれていた。オッテ・イヴァセンは近寄って馬を軽く叩き、しばらく構ってやっていた。

「お前はもう横になってろ」と男に言ってから、オッテ・イヴァセンは隅の方へ行って木製の細長い木の容器を見つけ、蓋をこじ開けて中を見た。

「僕はほとんどいつも馬のそばで過ごしてるんで……そこの飼い葉桶に座らないか？酒はまだ少しある。底の幅広いところに残ってる。さ、飲みたまえ！」

ミッケルは飲んだ。強い蜂蜜酒は身を蕩《とろ》かすほどうまかった。胃の腑に収まると、たちまち身体が火照ってきた。次にオッテ・イヴァセンがたっぷり飲んだ。そのまま二人は飼い葉桶の上に並んで座っていた。藁の中に身を沈めた男は、もうぐっすり眠っている。馬が餌を少しかじり、おとなしく嚙んでいた。ちびたろうそくが壁の金具の上で燃えている。あたりには物音ひとつしなかった。戸の外の中庭が、降り始めた雪に覆われてでもいるかのように月光の中で白く浮かんでいる。真夜中を過ぎていた。ミッケルはそっとオッテ・イヴァセンの方を盗み見た。そばにいるのがますます辛くなってきていた。でも、相手の顔には気まずそうな沈思以外はうかがえない。口を固く閉じ、地面にじっと目を落としている。

「ここは蒸し暑いな」オッテ・イヴァセンがついに口をきいた。「もう一度外へ出ないか？　その前にこれは飲み干そう」

二人は容器を干して外へ出て、オッテ・イヴァセンが戸を閉めた。しばらく行くと町を囲む城郭に達し、そこを右へ曲がって壁沿いに歩き続けた。相変わらず沈黙を通している。

けれども、オッテ・イヴァセンは黙っていられなくなった。「そうだ、そうだよなあ！」とふざけたような大声を出した。ミッケルは、彼が笑顔を明るい月の方へ向けるのを見た。「すばらしい天気の五月にこうして歩いている。あと二週間で何かも終わってしまうかもしれないのになあ。月明かりも何もかもだ」

ミッケルはびっくりして若き兵士を見た。悪寒に襲われたかのようにいきなり足を止めたからだ。

「これから行く戦争を、僕は怖がってるんだろうか、どうだろう？」とオッテ・イヴァセンは言ってまた歩き出した。「君はそうは思わないかもしれない……うん、君は結婚してるかもしれないし――許嫁でもいるのか？」

「えっ、いないですよ」とミッケルはびっくり仰天したように言って首を振った。

「許嫁がいて出陣しなければならない、って想像がつくかい？　僕には許嫁がいる。その人を後に残して出発してきた。出かける前に彼女は僕を待っていると約束してくれた。いつまでも、何年たっても」

ミッケルはその場を動けなくなった。それほどオッテ・イヴァセンの困惑ぶりと彼が苛《さいな》まれているらしい重荷に打ちのめされてしまった。

「名前はアネ-メッテ」としばらくしてからオッテ・イヴァセンが小声で言った。――二人は押し黙って先を行った。ところが、オッテ・イヴァセンがふたたび口をきいた時には、弱々しい声だったにもかかわらず温もりがあった。許嫁の名前を言ってしまったからだ。

「僕はユランから来ている。リムフォーの小さな領地の出身でね」と言うと神経質そうに咳き込んで、声が出せるようになるのを待った。「父はもう何年も前に亡くなって、母が領地を所有している」――そこでしばしためらったが、先を続けたものかどうか、考えをめぐらしているのが明らかだった。

ミッケルは、自分が誰だか知らせるべきなのだろうかと思った。しかし、なぜそんなことをしなくてはならないのか。たった今、何も言わないことでオッテ・イヴァセンが余計な気遣いをしないですむようにしたばかりではないか。ミッケルは黙っていた。

二人はノアポートの前を通り過ぎた。警備の兵士が矛槍を腕に抱えて行ったり来たりしていたが、立ち止まって、夜中なのに歩き回っている二人を不審気に見つめている。

「僕は彼女を……僕たちは知り合ってからもう五年以上になる」とオッテ・イヴァセンが言った。「僕がまだ少年の頃からだよ。母は何も知らなかった。変な出会いでね。僕は持っていた小舟に横になって川を下るのが大好きで、そうやって入江の岸までたどり着いた。彼女は入江の近くの小さな家に住んでいる。父親は漁師。そこで彼女を見初めたんだ。十四歳だったけどもう大人同然で、それ以来何度も姿を目にしていた。ある日のこと、入江の入口で、二人で魚釣りをしていたんだ――そこへ行けば彼女を舟に乗せてやることができたからね」

オッテ・イヴァセンはしばらく口をつぐみ、息を整えている。ミッケルは漁師の父親をよく知っていた。イェンス・シーヴェアセンだ。アネ―メッテにも毎日のように会っていた。まだ小娘だった時だが。金髪で、他の子たち同様、白い顔に紅い頬をしていた。それにしても……一体どういうつながりになってるんだろう。

「やがてあたりを見まわした時、とっさに舟が岸から離れているとわかったんだ」とオッテ・イヴァセンが動揺を隠さずに先を続けた。「深いところに来ていたのはわかっていたけど、そんなことになっているとは気がつかなかった。ずっと舟に座って水の中を見ていたからね。僕たち、岸から遠くへ流されてしまった。舟にあった竿に手を伸ばして、それで底を差して戻ろうとしたけど――底に届かないんだ！」

オッテは不安そうに頷いている。

「風が陸から海に向かって吹いていてね。人の姿はまったくない。漁師のイェンス・シーヴェアセンがずっと向こうの方に住んでるけど、今は家にいない。さてどうするか。最初のうち、僕たちは怖くて仕方なくって、一言も口がきけないでいた。助けを求めて叫ぶことさえできなかった。でも、舟がどんどん流されて、岸までの距離が遠くなっていくと、僕は長いこと声の続く限り叫んでいた、そしてとうとう二人とも泣き出して弱音を吐き出した。小舟も左右に揺れて水が入ってきた。僕たちが跳ね回っていたからだ。それほど絶望的だった。舟が転覆して僕たちが水に落とされなかったのが不思議なくらいだ。僕はその頃はまだ泳げなかった。まだ小さい時に父が死んだから、僕はいろんなことを教わるのが遅れていた。あげくに僕たちは二人とも叫ぶのに疲れてしまい、痙攣を起こしていた。――何しろ当時の僕たちは、あんまり賢いとは言えなかったしね――ふたりして舟の腰掛に座って泣きに泣いていた。時折目を上げて、陸がますます小さくなっているのを見ると、僕たちはまた叫び出し、疲れて息がつけなくなるまで叫び続けた。ものすごく危険な状態だった。時々舟の中で眠りに落ちていたようだった。それくらい泣き通していた。流され流され続けていたことは確かだけど、結局対岸のサリンにたどり着いたんだ」

オッテ・イヴァセンは深く息を吐いた。

「その日のうちに土地の漁師が僕たちを送り返してくれた。それから婚約するまで四年が過ぎた。この春のことだよ。僕たち二人ともとっくに大人になっていたからね」

彼は口をつぐんだ。二人は月明かりに照らされた城郭際の開けた場所に来ていた。オッテ・イヴァセンが大きな石を指差し、「そこにちょっと腰掛けようか」。

二人は腰を下ろした。オッテ・イヴァセンにはもっと話すべきことがあったようだった。思いに沈んでいる。ミッケルは何と言ったらよいかわからずにいた。オッテ・イヴァセンが不安げにそこに座り、服の膝あたりにあった細長い小穴に指先を差し入れているのをミッケルは見ていた。彼と僕の間には何の違いもない、とミッケルは思った。僕たちはまったく同じ状況にいる。同類だ。

「でも、僕は彼女とは一緒になれない」。しばらくしてオッテが、深く気落ちしてそう言った。頑なに、じっくり考え込んでいるようだった。「母が反対なんだ、彼女の家の格が下だからってね。もしも結婚したりしたら、僕は邸宅がもらえなくなるのさ。そんな時に、国王が戦争をすると耳にした。それで、兵士の一番下の階級から始めるにしろ、何とか活路があるだろうと思ったわけだ」

オッテ・イヴァセンは、話せるだけのことを話した。あとに残される、その名を口に出して言うのもつらい女性を、ひとりの人間として身を焦がすようにして慕う心と、彼の血を騒がせている心の病を、ミッケルは同情心から納得することができた。

「幸福が人に何をもたらすかなんて、誰にもわからないさ」とオッテ・イヴァセンは疲れた声で言った。膝の間に両手を挟んで前かがみになっている。「邸宅は古くて傷んでいる」としわがれた声でさらに続けた。「ちゃんとしたものなんか一つもない」。そう言ってぶるっと震え、大きなあくびをした。「さ、行こうか!」

二人はまた歩き出した。月は空で色あせていた。日が昇ろうとしているのだろう。町の上には夜明け前の薄くて紅い霧が立ち込め始めていた。ミッケルには、オッテ・イヴァセンが心を打ち明け過ぎたのを後悔しているように見えた。やがて彼は別れを告げ、立ち去った。

ミッケルはどこへも行くあてがなかった。墓場の片隅で横になることにした。もう明るくなっていた。町に日の光が射し始めたのと同時に、眠りについた。

ミッケルが沈む

正午ごろに墓掘りが墓場にやってきて、雑草の中に長い身体が動かずにいるのを目にした。死んでいるのだろうと思って近づいていった。が、男は寝ているだけで、太陽に向けられたまぶたが微かに震えている。

ミッケルは、さらさらの雪に膝下まで足を取られながら大きな険しい山を登っている夢を見た。けれども、頂上近くまで登ったところで力尽き、腰を落とした。頭上の高いところで細い道が左の方に下りていた。そこまで達するには、山をぐるっと一回りして大きく遠回りしなければならない。ミッケルは諦めた。両脚を雪に埋めたままで座っている。上の小道は吹雪の渦中にあった。山の凍った雪が、谷底の方から吹き上げられている。小道に沿って黒いガウンを着た若い娘たちが長い列を作って下りてきた。驚くほどの陽気さでもって娘たちは吹き上がる雪の渦に我先に飛び込んでいく。ガウンが時折左右に吹き飛んで揺れ、寒さのためにすっかり赤くなった肉体をあらわにした。娘たちは途切れない列をなして次々と山から下りてくる。微笑んでいる娘もいれば笑っている娘もいる。みんなスサンナに似ていたが、どれもスサンナではなかった。
午後になって目覚めた時、ミッケルは夢をはっきりと覚えていて不安になった。スサンナが自分の運命の人だと感じてはいても、決して近づけない娘だということを示していたからだ。自分にはとんでもないことが起こりそうだと思い、恐ろしい予感がいつもしていた。不幸が自分の上にぶら下がっている。にもかかわらず、他の大抵の人以上に大きな喜びが訪れるだろうと、一人で予言してきた。そこへ突然、自らの手で死ぬかもしれないという暗く悲しい未来図が彼の上に落ちてきたのだった。

ヴェスターポートの外の急な坂からほど近いところに、廃馬処理場の大きな穴があった。夏の間は大抵霧に覆われていて、底の方の屍肉は見えなかった。道に一番近い穴の縁に廃馬処理業者が棒を立てて馬の頭蓋骨をのせ、穴に落ちたりしないようにと標識代わりにしていた。ミッケルはそこをよく通っていた。墓場か刑場が最適だったのだが、そのあたりでも人に邪魔されないですんだからだ。ミッケルは次第に棒の上の馬の頭骸骨に不思議な親近感を抱くようになっていた。死んで何の力もない頭蓋骨と何か共通するものを自分が持っているような気がした。頭蓋骨は大きく口を開いて、今もなお地獄から声のない、いななきを発しているようだったし、目の穴はじっと見つめ、剝き出しの歯は、悪魔を取り巻いている永遠の灼熱を思い起こさせていた。鼻さえも、執拗な悪意をもって突き当たってくるようだった。ともあれミッケルは、密かに馬の頭蓋骨と親しくなっていた。

ある晩ミッケルは、廃馬処理人のイェルクが自然死した老いぼれ馬の皮を剝ぐところに出くわした。ミッケルは話しかけてみたが、イェルクは長いこと知らぬふりをしていた。イェルクは口数が少ない。そこから少し行った先に彼は小屋を持っていた。ミッケルはその晩、イェルクのテーブルで馬肉を食べることになった。以来、たまにだがミッケルは彼に会い、仕事を手伝ってやった。この廃馬処理人は、胸の内に一種の分別をもち合わせていた。ミッケルは彼を友人と見なした。

ある日、馬の皮を剝いでいた時、ミッケルはナイフを手にしたまま長いこと深い思いに沈んでしまった。

故郷でアナース・グローの馬が病気にかかり死にそうになった時のことを、ふと思い出したのだった。アナース・グローは自分で馬を殺すことにし、石弓で額の白い斑点を射抜いたのだが、馬は次の瞬間、雪を嚙んだ。大地はまず馬の頭を受け取ったのだ。そして馬の膝の関節から力が抜け、続いて身体全体が崩れ落ちた。そう、そうなのだ。大地は何も言わないながら知っているのだ。われわれは、しばしの間大地の上にいることを許されている。うれしければうれしいほど、その上で跳ね回っているわけだ。けれども生きとし生けるものはすべて自然に逆らって造られている。重力の法則に反しているのだ。人間は上体を大地から起こし、二本の脚で立って重力を裏切った。神は生き物を肥やし、より激しく地に落ちるようにした。神と悪魔は同一人物なのだ。けれども大地は……。

ミッケルは自分の立っている地面のすぐ足元に、身体を動かす力もない赤児が横たわっているのをありありと見たように思った。胎児のように四肢を丸めて仰向けになっている。それがみるみる大きくなっているのだ。あまりの速さに、部分部分をすべて一度に追っていられない。賢そうな目が大きく開かれてミッケルを見ている。かと思うと腕が身体の脇で白く伸び、見てみろ、脚が長くなっていく。顔に悲しみの影が落ち、表情に微笑が浮かんだ。不安と困惑が入り混じっている。両手はもう大きくて茶色だ。足の指から頭のてっぺんまでを見てみると、暗い闇の力が広がるように髭が顔の下半分を覆い、額が苦痛のために盛り上がっていた。もう立派な大人だ。しばらくじっとしたままになり、心の内に気を取られているようだ。するともう老人になってしまった。髭が灰色になり、髪の毛が抜け、膝が尖って突き出ている。身体のいたるところが皺になり、皮膚の下で肉が枯れている。そして突然、加齢の悲惨の果てに黒い幕が引かれ、黄色くなった脚が一瞬見えたかと思うと、土が雨のように降らされる中で棺桶の蓋が閉められた。

ああ、大地は自分に属しているものを取り返すのだ。相手をぐるぐる回して引き倒し、地殻の上で長く引き伸ばす。お前の身体に一つでも穴が開くと、肋骨が突き出て大地に当たって砕ける。お前は根が腐った杭のようになって穴の底に突き当たるのだ。

……アナース・グローが馬を射抜いた時、廃馬処理人があとを引き受け、雪の上で屠殺し細かく捌いた。ミッケルはそれを立って見ていたのだった。

月明かりの凍てつくような早朝だった。細長いろうそくが亡霊のように弱々しい光を西の方から届ける中で、雪が辺り一面に広がっていた。畑のずっと先まで青みを帯びていた雪は、丘の上では白く紡錘形になって横たわっていた。どこまでが白い輝きでどこからが雪に覆われた地面なのか、誰にも境界がわからなかった。ひどく寒く、足の下で雪が大きな音を立てて軋んでいた。酷寒のせいで、垂れ落ちる酸に触れたかのように指先がヒリヒリした。畑の真ん中を川が黒く幅広く縫っている。凍死させられた畑をゆっくり抜けて、川は頑固に生き続けていた。

廃馬処理人はアナース・グローの馬を仰向けにさせ、腹を切り裂き始めた。あたりに大きな茶色い血だまりができ、雪に溶け込んでいった。淡く赤い泡がすぐに凍っていく。

ナイフが一裂きするごとに、湯気を上げる馬の体から色彩が飛び出してきた。肉は鮮やかな青や赤い色を踊らせている。見よ、凍てついた空気の中で、肉片がまだひきつったり、ぐいと動いたり震えたりしている。断ち切られた筋肉が、炎に舐められた虫のように縮こまった。

長い気管があらわになり、奥歯が四列の神秘的な文字のように見えていた。きれいなピンク色の膜が出てきたが、それには静脈の青い複雑な模様がついていて、まるで川の多い地方をはるか高いところから見ているようだった。胸部が開けられると、そこは洞窟のようになっていて、大きな青白い膜がぶら下がっていた。焦茶色の血が血管の走っている壁の小さな穴から流れ出て、黄色い脂肪が中の天井から床まで長い房になって垂れ下がっている。肝臓は、世界のどんなものよりも素晴らしい茶色をしていた。脾臓には夜空に浮かぶ天の川のように蒼い斑点があった。他にも、青や緑の内臓や屋根瓦の赤や黄土色をした部分など、たくさんの鮮やかな色があった。

東方の国々の豊かな原色――エジプトの砂のような黄色、ユーフラテス川やチグリス川の上の天空のような青緑色――ありとあらゆるオリエントとインドの鮮烈な色彩が、廃馬処理人の汚れたナイフの指揮のもと、雪の上で祭典を開いていた。

オッテ・イヴァセンの堕落

暑くなるにつれ、コペンハーゲンには次々と人が群がってきていた。諸侯が家来を引き連れてやってきて所々に宿営し、召集された農民たちも毎日大勢で町に集まってきた。町は戦争の準備で大わらわだったが、きわめて無計画で、夏が近づくとともに自然の成り行きで混乱が生じて兵士たちの装備が行われるのだった。ライ麦の花の咲く頃になると、農民たちは毎年コペンハーゲンの町中の階段に群れをなして座り込み、皆それぞれに持参の食料袋に用心深く腰を下ろしているのだった。リングステッド地方やヒンメルビヤオで焼いてきた大きなパンが取り出されるが、あんまり長くしまっておかれていたために形が崩れてしまっている。ブローバンスフックの乾燥塩漬けヒラメは、同じ西ユランのヒースの荒野から運ばれてきた燻製モモ肉と一緒に食べられた。騎士やドイツ人たち、若い貴族らが、朝から晩まで町の通りを往来していた。季節は六月。人々が集結し、船が何艘も岸壁に着けられる。毎年この頃に国王がスウェーデンを侵略するのだ。

暗闇の中、軍隊が出発する前の日に、ミッケル・チョイアセンは道に捨てられていた豚肉ローストの皮を前かがみになって拾い上げた。もう少し行ったところでは、豚の血で作った黒ソーセージの皮を見つけた。用事があって町へ行く途中だった。今朝書いたメモを懐に入れてある。

ある家に通じる高い階段の前を通り過ぎようとした時、ミッケルは首筋でステッキがヒュッと鳴るのを聞いた。身なりのいい男が家のドアの前に立って夕方の新鮮な空気を吸っていたのだが、ミッケルは近くまで寄り過ぎたものらしい。続いて怒鳴り声が聞こえた。ミッケルは震えた。ステッキは背骨の一番痛いところを突いていた。ミッケルはよろめいて一、二歩足を運んだ。胸に秘めていた計画の良い前兆かもしれなかったのだが、突然振り返って、階段の上にいた男の足をつかみ、乱暴に引きずり下ろした。男は股間に手すりの尖った先を挟んでぶら下がった形になり、けたたましい悲鳴をあげて気を失ってしまった。ミッケルは急ぎ足で角を曲がった。

「あ、あいつだ……追え!」と道の反対側から声がした。「あっちだ!」と大声がする。ミッケルは激しい追跡を受けたが、走りに走り、石垣をひょいと跳び越えて墓場の中に入るまで止まらなかった。そこで息を弾ませながら墓石の間に横たわった。

まだすっかり暗くなっていない。今のところミッケルは、見つけたソーセージの皮のことしか考えていなかった。それを取り出し、ゆっくり噛みしめた。ミッケルは暗くなってから墓場に来たことはなかった。いつも昼間に来て寝ていた。闇が深くなるにつれてますます警戒心を強め、あたりをうかがっているうちに不安から身震いがしてきた。すぐに勢いよく横になり、背の高い草の陰に頭を沈める。

しばらくそうしているうちに、カサカサいう音がしてきた。悪魔がミッケルに覆いかぶさるように立って、笑っているのではないか。ミッケルは驚いて見上げたが、何もなかった。

暗闇を丸めて固めたように黒くぼやけた教会が、空を目がけて無関心に立ちはだかっていた。ミッケルは恐怖に襲われて震え上がった。上半身を起こし、無意識のうちに悪魔を呼び覚まし、炎に燃える地獄の名を挙げてさんざん罵りまくった。墓石はどれも悪意を充満させて沈黙を守り、石も刻まれた十字架も闇の中で無神経な親密さを見せて笑っている。目に見えず、誇らしげに姿を見せたりしない悪意を秘めたもののすべてがすぐ近くに漂い、ミッケルの方に吹き流れてきていた。彼は震え、脅すような目でしっかりと前を見据えて悪魔の名を熱い息で囁いた。

ミッケルは、同一の方向を長い間見続けているよう自分に言い聞かせた。死の恐怖にかられて自己をさらけ出し、背後から悪魔の思うままにされないためにだ。今振り返って見れば、忌々しい猿が音もなく地から湧いて出てきているはず――ミッケルは死ぬほどの恐怖にかられながら、さっと振り向いて見た、が、何もいなかった。口の中で歯がガタガタいっている。でもそいつはきっとやってくる。そいつに組み敷かれ、無闇にあがくのだ。一言も発せず何の説明もないまま、そいつは毛むくじゃらの手をミッケルの頭の上にかざし、二本の指を大きく広げてミッケルに狙いを定める。ミッケルは一瞬、この憎しみに満ちた暴力に対して抗う手段はないものか、考える時間を与えられた。二本の指は彼の目に向けられている——やめてくれ！ アー！ 悪の権化は伸ばした二本の指を彼の両の目に突き刺した！ アー！ そしてもう一度。力尽きてミッケルは膝を落としたが、顔は上げたままだ——アー！ 悪の権化は両方の指を彼の目に埋めてくる。

長いことミッケルはその卑怯な暴力に挑戦していた。さあ、来い！ けれどもミッケルは、犬に噛まれそうになっている子スズメたちを救おうとして絶望的になっている親スズメよりもっと不安な状態にいた。ミッケルを取り巻く悪の権化は彼を沈黙でもって殺そうとしているらしかった。あたりの十字架はみな、驚愕と呪いという資産が利子とそのまた利子を産み、ますます激しくなるのを待っているがごとく、じっと何事もないようにひっそりとしている。暗い空気さえも、毒を含んだ嘲笑のヴェールでミッケルを包み込んでいた。暗闇が背後から押し寄せてきて、彼を突き動かした。だが誰も正体を明かすものはなく、残虐な沈黙は静まり返ったままで、ミッケルを憐れんで止めを刺そうとはしない。

「そうさ、みんな悪魔の仕業さ」。ミッケルは横になって、落ち着きを取り戻さなければ、と自分に言い聞かせた。まだメモがあるか、懐を触ってみた。けれどもすぐにまた懐疑が優勢になってしまった。ミッケルは生まれつき異教徒だった。そもそも彼とその一族が宗教から教わったものと言えば、呪いの言葉だけだった。それですべて説明がつくのだろうか。

それはともかくミッケルは怖がっていた。震えに縮こまり、深夜までずっと横になったままでいたが、恐怖のせいで熱を出していた。冷や汗が流れ落ち、胸の毛の一本ずつから雫が垂れていた。恐怖は彼の腹にも襲いかかり、ミッケルはその場で自然の要求に応じなければならなくなった。

時間は這うようにしか進まず、闇が次第次第に深まっていく。静寂がさらに深みを増した。死んでいく者に対するように、何もかもが人知れず取り返しがつかないままに変化していく。ふとした音にさえ空気は凝り固まった。空中には戦慄が大きく口を開け硬直した顔になって浮かんでいた。

教会の塔でやっと鐘が十二を打った時には、ミッケルはすっかり具合が悪くなっていて、ほとんど立ち上がれなかった。彼はもうすべてを投げ出していた。不可能だ。無意味だ。それでもなお、もう信じていなかったにもかかわらず、やってみようとした。ミッケルはそろそろと、羊皮紙の切れ端を手に教会の扉まで歩いていった。紙には呪いの言葉が書かれていた。ミッケルはかがんで鍵穴を覗こうとした、が、すぐに身を引いた。冷たい空気の流れが目の下に当たったたからだ。けれどもそれ以上待つこともなく鍵穴に息を吹き込み、拳骨で扉を三度叩いた。ありとあらゆる悪魔の名称呼称を口に出して並べながら。

悪魔は閉じこもっていて、出てこなかった。

ミッケルは恥じ入って深いため息をつき、その場を去った。

＊

同じ日の昼頃のことだった。オッテ・イヴァセンはピーレ通りを歩いていた時にメンデル・スペイアの娘に目を留めた。彼は思いに沈んでいた。明日は出発の日だ。アネ–メッテはどうしているだろう、美しい金髪のアネ–メッテは。——ちょうどその時にスサンナを見かけたのだったが、そのままで通り過ぎた。

夜になってオッテ・イヴァセンは馬のそばにいた。装備はすべて整い、準備完了。さてどう時間をつぶすか。胸が潰れそうな思いがあった。ふるさとの家が恋しく、人恋しくてじっとしていられなかった。もう遅い時間になっていたが、血の騒ぎが収まりそうにない。

外へ出て町の通りを歩き回り、ピーレ通りを抜けて、若き黒髪の娘を見た庭に差し掛かった。そこでいきなり怒り狂ったように柵の棒を二本揺さぶり抜いて中に押し入り、灌木の間を鹿のように頭から突っ込んでいって通路に出た。左の方で小さく叫び声がして、誰かが逃げていく音がした。柔らかい衣擦れの音がする。彼はとっさに草や雑草を飛び越え、見るというよりは嗅ぎ分けるようにして木の向こう側に回り娘を捕らえた。すぐに放してやり、両手をだらりと下げた。二人はしばらく向かい合って立っていた。彼には娘がはっきり見えない。でも、息づかいの荒いのがわかった。脇に押し分けられていた枝がもとに戻り、ザラザラして冷たい葉がオッテの顔を撫でた。

するとと突然、娘が逃れようとして急に動いた。

「ダメだよ」。オッテは痛ましく懇願するように口ごもった。急いで両手を伸ばし、娘の両脇を押さえる。

「何よ、何するの?」としわがれた声で娘が囁いた。震えて爪先立ちになっている。

オッテは娘を見てみたが、木の下の暗闇ではよく見分けがつかなかった。右手を上げて娘の髪においてみる。露に濡れて冷たかった。オッテは訴えるかのようにため息をついて手を放し、小声で聞いた。

「名前は？」

「スサンナ」。息を切らすような囁き声で娘が答えた。と同時に横に跳び、木の方に身体をあずけたかと思うとくるっと反対側に回っていなくなってしまった。娘が通り抜ける間に灌木がざわざわと大きな音を上げ、その後もしばらく、枝がお辞儀を繰り返していた。そしてまた万事が静まった。

オッテ・イヴァセンは空を見上げた。庭の上に夏の夜空が覆いかぶさり、敬虔な星がいくつも輝いている。左右には暗い三角形の切妻屋根が立っている。娘はいなくなってしまった！　オッテはゆっくりと、胸を締め付けられるような思いをしながら通りへ向かった。深い草の中で足を上げるたびに、薬草と土の清々しい匂いがほんのりとしてくる。いや、この庭から立ち去るわけにはいかない。オッテは通路をたどって灌木の後ろに回り、ニワトコの木の前に出た。庭側の枝が開いていて奥が穴のようになっている。

娘はそこに隠れていたのだった。両手を伸ばして手探りをしながらオッテは娘を見つけた。手が娘の髪の毛に当たった。娘は声を上げたりせず、首を肩の間に深く引っ込めた。震えている。オッテは膝をついて娘を抱こうとした。けれども娘は執拗にニワトコの木の枝にしがみつこうとする。オッテは娘の後を追って膝をついたままで移動し、そこにあったテーブルの角にぶつかってしまった。

「スサンナ」とオッテは囁いた。繰り返して名前を呼ぶ。オッテは気が静まっていた。スサンナがいきなり跳び上がろうとしたが、オッテの両手が彼女の服と膝をしっかりと抱きしめた。

「あんたこそ誰なの?」震え声で娘が聞いた。

答える代わりにオッテはそっと笑った。あっけにとられていた。娘の身体のぬくもりが伝わってくる。娘の服はごわごわした感じの生地だったが、それを両手で触ってオッテは幸せだった。うれしさのあまり両手を伸ばして娘の腰のくびれにまわし、力を入れて自分の前に跪かせた。娘の髪と熱い頬をそっと押さえ、顔を自分の方に向かせようとした。うまく向かせることができたものの、それもつかの間、娘の顔はするりと抜けて反対の方を向いてしまった。オッテは反抗する娘の丸い顔を力ずくで戻そうとした。すると思いがけなく言いなりになったのだが、またもや反対側に顔を隠してしまった。

「ダメだ、ダメだ」とオッテは有頂天になって囁いた。ここは得意な場面だ。強引に娘を引き寄せたが、相手は膝と肘を使って抵抗してくる。オッテは首を伸ばし、娘の気づかないうちになんとかキスした。それからもう一度キスしたが、きつく閉じられた小さな口しか味わえなかった。ところが娘は、ゆっくりとだが素直に身体を伸ばし、やがてオッテの手の中に全身を委ねた。細くて柔らかい身体をオッテは抱く。オッテはふたたびキスをした。娘の口はふくよかな花弁がたくさんついた薔薇のように開かれた。オッテはげっぷをしたような感じがし、気まずくなっていったん身を引いた。それからもう一度スサンナにキスをすると、今度は炎のように燃え上がった。オッテはかえって意欲を削がれ、すっかり意気消沈してニワトコの冷たい葉の間に身体をあずけた。スサンナは彼の胸に、顎のすぐ下で頭を寄せてきた。

そうして長いこと二人は座っていた。町は静かだった。深夜を告げる鐘が唸るような低い音を鳴り響かせ始めた。

「あした出発するんだ」とオッテが言った。それは別に不幸なことではない。オッテが深いため息とともにスサンナの顔を持ち上げたのは、そのせいであるはずがなかった。

「何か悲しいことでもあるの？」とスサンナが聞いた。

「えっ？」叫び声に近かった。かなり経ってからぼそっと、「うん」と答えた。スサンナはオッテの指の関節を噛んでそこにキスをした。

オッテは通りの方に足音がしたのを聞きつけ、一瞬耳をそばだてた。足音が止み、そのことは忘れてしまう。

ところがそこにいたのはミッケル・チョイアセンだった。今、ニワトコの木の下に立っている。通りすがりに柵に穴が開いているのを見つけてその場に立ち尽くし、眠りに落ちた町に教会の鐘が一つ鳴るのを聞くまでいた。すると二人が出て来たのだ。ミッケルはオッテ・イヴァセンに気がついた。ミッケルは、オッテとスサンナが閑散とした庭の潅木の間で包まれるようになっているのを見た。芳香の漂う荒れた庭には古い歪んだ木の幹が立ち並び、その灰色がかった太古の生き物のような幹はあちらにもこちらにも枝を広げ、節くれだった生の知恵をどこに向けてよいのやらわからないでいるようだった。

オッテが階段を登り、スサンナの小さな部屋に入っていく。スサンナが彼の手を引いていた。屋根窓から開放的な夏の夜の薄明かりが差し込んでいる中でオッテは、スサンナがいかに素晴らしいかを目の当たりにした。闇に浮かぶ白い肢体。夜と昼だ。オッテの知らない世界から来た太陽の子。見るがよい。大人になって輝くように白くなる前の、日焼けした黄金色の肌の陰りがそこには備わっていた。そして彼女の血も夜と昼のようだった。激しく、かつ清純無垢。オッテは彼女の輝きに圧倒されてしまった。だが、心の底では怯えてアネ－メッテのことを思い出していた。けれども、死ぬほどの苦痛に襲われるにつれ、スサンナの同情心と喜び、その配慮がますます豊かなものになってきていた。スサンナは、人目を忍ぶ逢瀬の痛みに恍惚となっている。彼女はオッテを愛しく思っていた。オッテが固く口を閉じ、両の目に、見たこともない絶望をみなぎらせていたからだ。スサンナは彼を三度誘った。優しさに輝きながら、金色の影を落とす胸で誘った。彼も三度誘惑に打ち勝った。けれども、身も心も打ち砕かれ、忍び泣きながら、とうとう彼女を抱いた。

夜回りが通りで歌っている──「鐘が四つ打ったよー！」遠くの方で、白い朝の静寂を通して起床ラッパが吹かれた。オッテ・イヴァセンは慌てて小走りで庭の外に出る。そこで夜回りの腕にぶつかってしまい、目の冴えている男から耳元でガミガミ言われた。オッテは先を急ぐ。霧の朝だった。聞くがよい──馬の蹄が中庭の敷石を引っ搔いている。誰もが出発の用意を整え始めていた。

あちこちでドアの隙間から明かりが漏れ、武器の音がかすかに届いてくる。中ではみんなが灯りのそばで床に立ち、甲冑を着けているのだ。……オッテ・イヴァセンは町の道を宿営まで走っていった。ただちに世の果てまで行ってすぐにも戦闘と修羅場に身を投じたかった。今してきたことを胸から吹きこぼれさせ、忘れて、忘れてしまいたかった。走りながらオッテは、思わず目を固く閉じていた。あんなにも炎のように熱く優しくしてくれた娘の姿がいつまでも目に映っていたからだ。自分の髪の毛に彼女の手を感じていた。おお、あの娘は僕の頭をしっかり押さえ、自分の乳房にきつく押し付けていた。——オッテも、彼女の心臓のところで悟られないように泣いていた。……それを思っただけでオッテは、銃弾が当たったかのように空中高く跳ね上がった。朝の霧におおわれた通りを、オッテは無我夢中で走り抜けていく。

目を閉じて走っていたせいでオッテは道に迷い、狭い路地に入ってしまった。速度を落とし、喉でこらえていた嗚咽を解き放して大声で泣き喚いた。激しい苦痛で息が苦しくなり、また走り出した。すると、霧の中に薄汚れた明かりが目に入った。小さな貧しい家の窓の内で灯がともっている。悲しみのどん底で泣きじゃくる子供が壁の石灰を指先で剝がしたりするように、オッテは窓に近づき、窓枠の隅の小さな三角形の穴から中をのぞいてみた。

天井が低く、散らかった部屋だった。すぐ目の前で、窓に背中を向けて男が椅子にかがみこんでいる。椅子には若い女が座っていたが、ピンクの袖口と手の先しか見えない。二人の姿が、テーブルの上の灯りを遮っていた。オッテが小さな穴から中を覗き込もうとしたその瞬間、男が右腕を不吉に持ち上げるのを目にした。そして左手を、前で椅子に座っている女の額においたかのように見えた。——なんということだ！　男が大きな弧を描いて女の首を掻き切ったではないか。押し殺された、喉を鳴らすような声が聞こえた。男はナイフを持ち直し、餌食の女の胸に刺し、刺さったままにした。と同時に膝で椅子の背を押して、殺された女ごとテーブルに打ちつけた。灯りが消えた。

オッテは頭を抱え、気が狂ったように振り返って通りの方を見据えた。そしてまた走り出した。帽子もかぶらず、髪を振り乱して一目散に宿営までたどり着き、すっかり意気消沈して馬のいる納屋に走りこんでいった。

町から石が運び出される

次の日、軍隊は町から去っていた。国王ハンスとその兵士たち、傭兵や農民たち、旗や拍車、火縄銃に糧食袋、何もかもが町から消えてしまった。町の通りからは、端から端まですっかり人影がなくなってしまい、きのうまで鉄具の音やら自慢話で充満していたあたりの空気も、信じられないほど静まりかえっている。いきなり蹴飛ばされたりする危険が去った今、犬やブタがあちらでもこちらでも元気よく姿を現し、軍隊が出発した後に残されたゴミの類を嗅ぎまわっていた。町はようやく内に視線を向けることができるようになった。同じ日の正午、ヴェスターポートの外の絞首台で、ボロを着せられた二人の罪人が吊るされた。一人は大きく、もう一人は小さかった。また、夜の間にあったいくつかの犯罪の調査も行われていた。例えばハンブルグ－ロッテという女は、自宅で首を掻っ切られて死んでいるところを発見された。その晩は、想像を絶することが実にいろいろと起こっていた。軍隊の出発で別れの時が迫っているという思いから、人の心はさまざまに動揺していたらしい。去ってしまった者は、絞首台に吊り下げられることはない。

午後になると市庁舎の前でちょっとした人だかりができた。二人が足枷をはめられている。盗みを働いた男と、淫売の現場を押さえられた女だ。女はとても若い娘で、すばらしく美しい。メンデル・スペイアの娘のスサンナだった。朝早く、娘の客が逃げたところを夜回りが捕らえたのだ。一目見て何を意味するか誤りようのない印が家の角につけられていたので、彼はもう長いことスサンナに目をつけていた。夜回りは片目だった。いつぞや夜中に喧嘩騒ぎがあった時に、悪漢がもう一つの目を抉り取ったのだった。……スサンナがデンマーク人だったなら、彼女の稼ぐ金は町に還元されると思われるから、夜回りも見て見ぬ振りをしたに違いない。善悪を手玉にとることには慣れていたからだ。けれどもスサンナは肌の色が浅黒い外国人だ。今彼女は人目に晒され、人々から唾を吐きかけられた後で、町の外まで石を運び出さなければならない。

処刑台の周りを円陣を作って囲んでいる人々の数が次第に増えていく。盗人の方は用心深い目をキョロキョロさせて座っていて、誰かが近寄りすぎようものなら口から泡を飛ばして大声をあげ、狂った犬のように白い歯をむき出しにして噛みつかんばかりだ。足枷の穴から突き出ていた両足まで、激怒のあまりに震えている。やがて多少落ち着いてきて緊張がほぐれると、悲しくやつれた表情をした。……そしてふと、身なりの良い中年の男が近づいてくるのに気がついた。男は、ライ、ライ、ライとふざけた調子で口ずさんでいる。すると盗人はすかさず、獣同然になって噛みつこうとした。男は腰を抜かさんばかりに驚いて一歩退いた。人々は笑い転げる。見よ、身なりの良い男の顔がこわばり、口元に憎しみが浮かんでいる。そして、武装している見張りが注意を向けているかどうかを確かめてから、足枷の盗人の鼻と口のあたりを蹴り飛ばし、悪意に満ちた目で振り返って、さも「このクズ人間を見てみろ！」と言いたげにして立ち去っていった。盗人は三、四度瞬きをしてから鋼《はがね》のような硬く冷たい視線で男の後ろ姿を見ていた。歯ぎしりはしていたが、怒鳴り声は出さない。鼻の両側に蒼白い痣ができていた。

そこから少し離れたところ、盗人の足枷から穴四つ離れたところにスサンナが座っていた。裸足の両足が足枷から突き出している。その小さくてなんとも可愛らしい足の裏をくすぐってみたいと思った者は何人もいたはず。娘は緑色の服を着ていた。肩には粗い布袋が被せられ、腕を隠している。まったく身動きせずに、顔を胸に落として座っていた。豊かに重そうな焦げ茶色の髪の毛には、そこいら中に唾が吐きかけられている。脇の方に、年取ったメンデル・スペイアが立っていた。長袖丈長の黒いユダヤ服を着ている。細長い憂い顔から髭が長く垂れていた。肩を落とし首を垂れて立ち、浅黒い顔をした若い男と話をしている。その若者のことは誰も知らなかった。ふさふさした縮れ毛をしていて、ネズミのような目は赤黒く、ナイフの刃のように極端に痩せていた。彼はエルシノアの商人で、その日の朝、メンデル・スペイアが使いを送って呼んでいたのだった。

その間に廃馬処理人のイェルクが到着して、大きな石を二つ繋ぎあわせた。それ以上のことはする必要がなかった。けれども、スサンナが足枷から放される前に、父親がためらいがちに自信なさそうに近づいてきた。生気のない目を見張りの方に向けてから、手に持っていた小さな靴に目を落とし、さらに娘の裸足に目を移した。そして同じ動作をもう一度繰り返す。見張りは矛槍に身体をあずけて立ち、凶暴そうな口髭をピクリとも動かさなかった。ダメだとは言わなかった。けれどもそれは「いい」という意味なのだろうか。メンデル・スペイアはためらい、すぐにも引っ込めるように構えながら、急いでスサンナのかわいそうな足に靴をぎこちなく履かせて紐を結んだ。娘に手を貸して立たせる。そこまでで引き下がらざるを得なかった。

イェルクは、男らしい黄土色の顔の筋一つ動かさずに、スサンナの首に二つの石が結ばれた縄をかけた。人々の間には、選ばれた石が小さすぎるのではないかという声もあった。

行列が動き出した。先頭にイェルクとスサンナ。その横をメンデル・スペイアがヨロヨロ歩き、少し後から彼が話をしていた若者モリアンが続く。それから町の正直で真面目な人々から成る陽気な集団。靴屋や魚屋、学生、妊婦や娘たちだ。ヴィンメルスカフテット通りをゆっくりゆっくり歩いていく。スサンナが石の重さのためによろめきながら歩いていたからだ。娘がぐらりとする度に、メンデル・スペイアは慌てて支えてあげようとして、節くれだった茶色の手を差し出していたが、その顔には鞭で打たれた後のような痛みが走っていた。

この日の町の住人の陽気さは最高だった。見てみろよ、「コウノトリ」もブーツを履いてやってきている。赤いズボンの案山子《かかし》のような男が聖霊教会の角のところに現れると、若者たちは歓迎の挨拶を送った。けれども彼は今それを拒み、かわりに鉤付きのステッキを突き出してきたので、若者たちは怒りの叫びをあげて散り散りになった。「コウノトリ」は口髭を蓄えたようだな、と気づいて人々はこっそり笑った。見てみるがいい。あんなに急いで娘を見に行こうとしている。

　広場まで達すると、人々が戸口や窓に姿を現して、騒ぎが一段と高まっていた。一軒の店から若い見習い職人が勇ましく走り出てきて、愉快でたまらないらしく、おどけた嘲笑いを放ったかと思うとスサンナのスカートを掴み、それを高く捲《まく》り上げて腰のくびれまで下半身を露わにさせた。人々はそれをたいそう面白がったが、あってはならぬ、してはならないことだった。イェルクはその悪ふざけをした見習いに向けて厳しい視線を送って警告を発し、スサンナに近づいて、悪いいたずらをさせないようにした。イェルクが周囲を見回すと、ミッケル・チョイアセンがいるのに気づいた。けれどもイェルクは、彼を知っているような素振りは見せなかった。

　スサンナはもうそれ以上石を運べなくなっていた。疲労のために身体を震わせ、激しい動きのせいで頬を紫色に見えるほど紅潮させている。エスター通りに少し入ったところで初めてスサンナは、濡れて輝く大きな目を上げた。そしていきなり泣き出した。じっと立っている。するとイェルクが、一言も発せずに二つの石を持ち上げて地面に置いた。そして、杖で身体を支えて待っている。メンデル・スペイアが急いで何かを娘に囁いた。口の端から泣き声を洩らしているが、彼はしっかりとした口調で話している。スサンナは頭を垂れ、もう泣かなかった。

するとイェルクがもう一度スサンナに石を首から担がせ、一行は町の門を通り抜けた。そこでスサンナに向かって代官が手短に書類を読み上げた。着のみ着のまま、もうどこへ行ってもよいが、コペンハーゲンの町の門内にふたたび姿を現すことがあるようなら、法の裁きを受けることになる、というものだった。少し離れたところに馬車が停まっていた。父親と娘、見知らぬユダヤ人の三人が乗り込み、去っていった。

ミッケル・チョイアセンが追っていく。

みすぼらしい馬車はうまく走れなかった。馭者は、うなじの髪の毛が日に焼けて色褪せている小男の農民だったが、やせ馬を臆面もなく突き回し、大袈裟に元気づけていたので、馬車は下り坂の時はなんとか動いて道に砂埃を舞い上げていた。けれども馬車の全体が軋みをあげ音を上げ始めると、またヨチヨチ歩き同然になるのだった。

空気の乾燥した、七月のある日。道端に生い茂っていた黄色いヤエムグラが、蜂蜜のような匂いを道に漂わせていた。温かい風に吹かれて、畑のライ麦が熟している。海峡の水は濃い青に染まり、左手の森は、夏の半透明の靄に包まれてこんもり丸く盛り上がっていた。だが太陽は西に傾きつつあり、もうしばらくすると日が暮れる。

ミッケルは八里(約三二キロメートル)ほど馬車の後を追っていたが、前方の乗客は誰も一度も振り向いたりしなかった。

エルシノアから四里（約一六キロメートル）ぐらいのところで馬車の連中は旅籠に入って休憩した。闇が下りていた。そこは海岸から一里（約四キロメートル）ほど内陸に入ったあたりで、教会の鐘が夕焼けに向かってまだ鳴らされていた。嘆くような叱るようなその哀れな鐘の音は、納屋のあたりを歩き回り脚についた露を払い落としながら死んだ子猫を探している猫が、なだめようもなくミャーミャー鳴いているようだった。

ミッケル・チョイアセンには旅籠に入っていく理由がない。大きなシナノキの下にあったみすぼらしいベンチに腰を下ろした。しばらくすると中の酒場に明かりが灯されたので、彼は立ち上がり、開けたままになっていた戸口の方へ行った。そして中をのぞいてみる。

スサンナがテーブルに座り、他の二人が立ったままでしきりに彼女に話しかけていた。年取ったメンデルは、自分の積んできた経験のすべてを呼び出してスサンナを慰め、納得させようとしているようだった。心を和ませるような語り口で、その物腰は、自分の子をなんとか助けようとする父親が見せる心遣いと熱心さに溢れていた。縮れ毛が豊かで冷たい目をした若いユダヤ人も、「そうだろう？　そうに違いないだろう？」と、両手を大きく激しく動かしながら話に割って入っていた。けれどもスサンナは、二人の言うことなどすべて聞き流しているようだった。

彼女は椅子の背の上に両手を組んでのせて座り、疲れた頭をそこで休めていた。顔は戸口の方に向けられていたが、何も見ていない。口はわずかに開けられ、そう、それはまさしくスサンナだった。上唇に向かって影のような線がきれいに走り、すばらしい鼻の穴は絶えず微かに動いている。こうした特徴が、悲しみに沈んで和らげられ、えも言われぬほどに美しく哀れだった。目も病的に澄んで、何もかもしっかりと見透しているようだ。……ところがスサンナの悲しみは、そばにいる二人が考えているようなこととは別物だった。苛まれているような口元に浮かんでいたのは謎めいた笑みかもしれなかったし、疲れに疲れきっていた目の光も悲しみのためだけではなかったかもしれない。泣き腫らされた目の表情には、悲しみとうっとりとした優しさが混じり合っていたのである。

ミッケルは身を引いて歩き出した。エルシノアへの道を、丘を上り丘を下りて足早に進んでいった。町の明かりが目に入ってようやく歩を緩め、道端の溝に座り込んだ。もう歩けなかった。それまで丸一日の間、いやなことがたくさん起こっていた。でも、いちばん苦々しいことが今さっきあったのだ。スサンナの悲しみに満ちて霞んでいた目に、オッテ・イヴァセンの姿を認めたことだ。もうスサンナがいやになってしまった。ミッケルは、メンデル・スペイアの家の角に描かれていた忌まわしい絵のことを思い出し

（それは彼が以前こっそり胸の内で思いめぐらしていたものだ）、身体が激しく興奮してしまった。だめだ、スサンナなんかもういい！

そうしてミッケルが道端の溝に座っている間に、彼の生命力が一瞬一人歩きを始めた。ミッケルは溝に横たわり、不安に駆られて喘いだ。彼はまだ若い。彼の熱情はそれ自体では満足していられない。対象を必要としていた。すると彼の痛みのことごとくが憎しみに向かっていった。オッテ・イヴァセンに対する憎しみだ。オッテ・イヴァセンを破滅させること、その思いが彼を救った。ミッケルはたちまち落ち着きを取り戻し、心の中で彼をいたぶり殺すことを考え始めた。……ナイフを目にしたらオッテ・イヴァセンはどれほど驚くだろうか。オッテ・イヴァセンが襲われて踏みしだかれ、四肢を一本ずつ折られていく。そんな想像をした。

遠くの方から馬車がやってくる音を聞いて、ミッケル・チョイアセンは燃えるように熱い復讐の夢から覚めた。静かな晩に車輪の軋む音がしている。丘の上に達した。馭者が馬を急かせている。——ミッケルは起き上がり、できるだけ急いで町へ入った。その日の晩に、ユランのグレーノへ向かう船長に出会い、船に乗せてもらうことになった。スウェーデン側のクーレン岬の沖合で無風状態になったため、ミッケルは船室の前方で、もう二度と目を覚ますことがないかのように眠った。

日が昇っても、相変わらず完全に無風だった。船体はいくぶん北に流され、クーレン岬は今、低く垂れ込めた雲の峰のように南に見えていた。船長と二人の船員がオールで水を搔いてみたが、効果はなかった。

しびれを切らした船長が船室からビールの大樽を運び出してきて、ミッケルを起こした。ミッケルは目をこすり、眩しそうに無風の海の周囲を見回した。甲板の上を片付けて場所を作り、みんなで飲みだした。腹は減っていたし、悩みに苦しめられていたため、まだ目がよく覚めていないうちにミッケルは酔いが回ってしまう。ジョッキを振り回し、泥酔してしまった。挙げ句の果てに他の連中は口を閉ざしてしまい、ミッケル一人がたわ言を繰り出していた。

「俺はね、もうとっくに、地獄に、売り払われてるのさ」と、ヨダレを垂らし喘ぎながら大声で言い放った。「魂がみすぼらしいから、悪魔だって相手にしてくれないんだよ――それはまあいいけどさ。地獄じゃきっとお祭騒ぎだ。もう何もかも諦めたんだ、俺は。本人がもういいって言ってるんだから、たやすい話さ。勝手にどこへでも行けるってわけだ。万歳！　一緒に祭に行こうじゃないか。死んでたって足を引きずってたってかまうもんか。焼き殺されたやつも、額をぶち割られたやつも来るがいい。ほら、テーブルができてるぞ。座る場所を見つけな。そのままでいい、死人の白衣でな――こっちの場所は頬が垂れ下がってるやつと、手の甲が小石でいっぱいなやつ――お前ら杭に吊るされた貧乏人と波打ち際の溺死体のことだよ！　俺はお前らの仲間さ。もう直ぐお返しの訪問に伺うからな。この首なんかどうでもいいさ。俺は誰とも関係がない。まったくの一人ぼっちさ。コウノトリって呼ばれる鳥がいたって、それがどうだって言うんだ。バカがフランスの王位についたって、知ったことじゃない。俺は家に帰る。ああ、もう目が見えなくなった。さらば、さらば、さらば！」

太陽の光の中で、船は死んだように海原に浮かんでいた。陽に焼かれた水が蒸発する音以外は何も聞こえない。船長と二人の船員は大いに楽しんでいた。ミッケルは飲んで泣きじゃくり、長い間デンマーク語で、時にはラテン語で自慢話をしていたが、やがて甲板に寝そべり、またもや寝入ってしまった。

帰　省

ミッケル・チョイアセンが出身地リムフョーの谷間の家に戻ったのは、干し草の刈り入れ時だった。

夏の夜はもう暗くならず、温度も、和やかな薄闇が下りるころに草地と小川が靄に覆われる程度までしか下がらなかった。干し草の山が草地に積み上げられ、近辺の三つの村からやってくる若者たちが、外で夜を過ごしていた。毎晩、コウルム村の若者が「寝る時間だぞー！」と叫ぶと、それが干し草の山から山へと伝えられていき、やがて、ずっと遠くのグロービョーレ村の干し草の山から、か細くても温もりのある娘の声が、「寝る時間よー！」と答えた。丘の上の方で山彦が、小悪魔がどもっているかのようにその声を真似ている。そして遥か遠くから、ほんのかすかに、途切れとぎれに「……だぞー！」と聞こえてきた。谷のずっと奥の、トアイル村の若者の干し草の山からだ。

崖の上のほうから、ガ、ガ、と鳴いている声がする。小川の上で霧が深まった。夜は神秘的なほど静かに横たわっている。空に覆われて、静寂が澄みわたっていた。

谷は入江から一里（約四キロメートル）ほどの内陸に西から東に広がっていた。その東端にモーホルム荘園があり、オッテ・イヴァセンの母親で未亡人の女性が所有し、谷も三つの村も彼女の所有となっていた。

入江の近くに鍛冶屋のチョイアの家と、小さな水車があった。チョイアはそこに三十年以上住んでいた。難しそうな学校に八年も行っているミッケルのほかに、鍛冶屋にはもう一人ニルスという息子があって、父親の家業を継いでいた。

チョイアは息子が帰省したことを喜んだ。箱の上に腰を下ろし、早速話を始める。ミッケルは、父親の両脚が関節炎のせいでひどく内側に曲がっているのを目に留めた。幅広く強面《こわもて》な父親の顔には皺が刻まれ、老齢になったことを容赦なく露呈していたが、息子との再会に心底から感動していたせいもあった。

「服も洒落てるじゃないか」とチョイアは上機嫌で言って、ミッケルの赤い革のズボンに目配せした。ミッケルは目を伏せ、褒め言葉を受け入れようとしなかった。

「何の何の、お前の稼ぎがいいことぐらい、誰にだって分かるはずだ」とチョイアは言い張った。「勉強ばかりしてたせいだろうが、お前の顔は何だかとんがってきてるようだがな……うん、だがその鼻は俺以外の奴からもらったものじゃないぞ」と付け加えて温かく微笑んだ。チョイアの鼻は格別に長く、二度曲がった先がイノシシの鼻面のように多面になっている。それがどこか賢そうな表情を与えていたが、同じ様相はミッケルにも備わっていた。実のところチョイアはかつて優秀な男だった。いろいろな面で昔風の知恵の持ち主で、世の中のすべてに関してごく自然に接することができた。若い時には、自分で「沸かす」と呼んでいた秘術に勤《いそ》しんでいた。ミッケルは子供の頃に、時々父親が小さな鍋で変なものを一緒くたにして溶かしているのを見ていた。木綿、鉛、赤い小石、ネズミの歯などだ。でもチョイアはもう「沸かす」のをやめている。賢者の石を希求する情熱は年とともに消えてしまっていた。確実に。

「金《きん》を作りたかったのさ」と年老いたチョイアが愉快そうに目を輝かせて言った。その打ち明け話は息子の胸を打った。もう二度とは戻らない失われた時のおかげで明かされた秘密だからだ。「だがな、結局金は見つけられなかった。最後の時だったが、いつ頃だったかな……うん、ずっと前のことだ。名案が浮かんでな！　いきなりだ、ハ、ハ、ハ……秘伝に載っていた材料を一度に全部溶かしたら、できるんじゃないかってな！　秘伝はシュチェチン(ポーランド の町)の武具師から買ったものだ。——もうずいぶん昔のことさ——誰にも一度も見せたことがない。武具師からそいつの読み方を教えてもらってな。それから材料を全部鍋に入れて、他にも強力なものをごっそり入れて溶かしたんだ。だが金はできなかった。ダメだったのさ、ミッケル。あとはそのまま立ち消えだ」

鍛冶屋のチョイアは年を取った。禿げて皺の刻まれた頭にはふたたび毛が生え始めていた。頬ひげは年寄りらしく耳のあたりが長く、白かった。顔には一面に白っぽいシミができ、大きな両手も色あせている。

チョイアはたまに鍛冶屋で多少仕事をすることがあった。でなければ碾き臼の番をしていた。ふいごのそばに立って煤に汚れていたのはニルスだ。チョイアは冷静にしかも見事な熟練ぶりで鍛造《たんぞう》できた。鉄床《かなとこ》の前で身体を引き離すのは、遠視になったためだ。

けれども、熱い鉄を上手く扱えてもせいぜい三十分ほどだった。いきなり手を休め、何かを思いついたかのような素振りをして部屋に入ってしまう。そして腰を下ろして息を継ぎ、油断できないほど息が詰まっているのを隠そうとするのだった。

「ちょっと見せたいものがある」と、ある日老人は、古い貝ボタンや金属の破片の入った小さな木製の蓋付きの箱の中を熱心に探し回った。「どこへ行っちまったのかなあ。小銭なんだが、見つかるといいが。お前が帰ってくるまでと思って、もう何年もしまっておいた。何が書いてあるか読めないんでな。この目でも見えるんだが、どうやらラテン語らしくて。あ、ここにあった。いつぞや土の中で見つけたのさ。さあミッケル、なんて書いてあるんだ?」

目を潤ませてミッケルは、その緑青のようなもので覆われた硬貨の上に屈みこみ、刻まれていた字を読み解いた。

「それはお前にやろう」とチョイアは、息子の才能にすっかり満足して言った。「いい銀だぞ」

「ありがとう」。ミッケルは受け取って大事にしまった。以来、身から離したことがない。

チョイアは、息子が帰省してから最初の何日かの間、思慮深そうな視線をたっぷりミッケルに浴びせていた。

「不思議だよな」と彼は言った。「人の才能はどこに隠されてるか知れたもんじゃない。ブロンドムの靴屋の息子を見てみろ！　どのくらい出世したのかい？　聞いた話じゃ、なんでも王様のところで高い地位にあるそうじゃないか」

「そうだよ」とミッケルはまごついて答えた。イェンス・アナセンを訪問した時のことが、まだありありと、そして気恥ずかしいものとして記憶されていたからだ。「でもあの人は、ローマとパリで勉強する機会を与えられていたから」

「うん、そうだったな」とチョイアが呟いた。広い世界のことを思うと、彼のいかにも年寄り然とした容貌がほころんだ。自分も村の外へ出たことがあるが、ドイツ北部までしか行ったことがない。

「うん、そうだった」と彼は繰り返して、両手を組んで親指をくるくると回している。

「そこの荘園の跡継ぎに会ったことがあるのか？　オッテさんとか呼ばれてるが」

質問があんまり唐突だったので、ミッケルはベンチから飛び上がってしまった。「どこの誰？」

「この村の跡継ぎだよ。お前は会ってないかも知れんな。あの人がコペンハーゲンに行ったのはこの春だったし。まあな、まったくとんでもない話だった」

ミッケルは首を振って脇の方を見た。そんな話は面白くないと言わんばかりに。

「うん、お前があの人に会うってことは、まずなかっただろうよ」とチョイアは続けて、「ああいう若い紳士たちとお前らみたいな学のある連中は、それぞれ別の縄張りがあるだろうからな。そう、あの人は四月に首府に行った――母上のご機嫌を損ねて、勝手に出て行っちまった。そんな必要はなかったのにな。戦争が始まったが、母親が未亡人だから跡継ぎは出征しなくてよかったのに、本人が行きたがってな。噂によれば、アネ‐メッテのせいらしい――お前、あの娘のこと、覚えてるだろ？」

ミッケルは覚えている。

「えらい別嬪になってな、あのアネ‐メッテ」と年寄りのチョイアは、つくづく感心したように目を丸くして言った。「あんなしっかり者、俺は見たことがない。母親譲りだな。お前、あの娘に会えるぞ。母親は、農民戦争（一四四一年春、北ユランで農民たちが荘園主相手に蜂起した戦い。農民たちは敗北し、武器を所持する権利を失った）で殺された豪傑クヌッの娘だった。あの時にはたくさん殺された。だが、イェンス・シーヴェアセンはここいら一帯で一番すばらしい女と結婚した。あいつも俺も、結婚した時にはもう年だった――お前の母さんとその人はあんまり仲がいいとは言えなかったがな、何、その……まあ、今じゃ二人とも死んじまってるし。うん。まあな。

……で、イェンスが跡継ぎのオッテになんて言ったかだがな――なんて言えばよかったんだろうね。まさか、棒を手にして跡継ぎを戸口から追い出すわけにもいくまいが。不思議なことに、跡継ぎはあんなにもあの娘にこだわってさ。あの娘は今じゃ父親のところに住んで跡継ぎのことを首を長くして待ってるってわけだ。きっと、宝物でもどっさり持ち帰って二人で一緒になろうとかなんとか約束したにちがいない。わかるもんかい。──荘園の女主人はそんな心づもりじゃない。それだけは確かだ」

「ちょっと一緒に行ってイェンス・シーヴェアセンと話でもしてくるか。きっとお前に会いたがってるぞ」と翌日チョイアが提案した。「川を下っていってから、あとは俺が足を引きずっていけばいい」

チョイアは首に毛糸のスカーフを巻いて出かける支度をした。ミッケルが小舟を漕ぎ、入江の川口に繋いでから、残りの道をイェンス・シーヴェアセンの家まで歩いていった。そこでミッケルはアネ-メッテに出会った。目の前に立って彼女を見るまでは、きれいな肌をした金髪の少女としか想像できないでいたが、今見る彼女は、魔法でもかけられたように背の高い見事な女性に生まれ変わっていた。静まり返った部屋の中で彼女の髪が光り輝いている。肌もまだ子供のように白くきれいで、赤い唇をして淡いブルーの目が透き通っていた。神話の女神フレイアはきっとこんな姿をしていたに違いない。

アネ＝メッテはミッケルに握手の手を差し出した。ミッケルが相手をじっと見つめたままでいたので、彼女の方が視線を落とした。すばらしい娘だった。ミッケルは握手した手の内が燃えるような感じがしていた。オッテ・イヴァセン！　お返しをさせてもらうからな、とミッケルは思った。

漁師の家ではチョイアが会話の進め手だった。さまざまな話題が取り上げられ、かなり個人的なことまで話されたが、アネ＝メッテと若い貴族の関係については一言も触れられなかった。彼女の様子にも変わったところがなく、ほかの娘たち同様、控えめで優しかった。けれども彼女は、幸福感から人より際立っている人間のように見えた。生まれつき整った顔つきは十八歳の娘らしい自由に溢れ、若い心は均整を保ち輝きを放っている。ミッケルは、オッテ・イヴァセンが彼女を手に入れるためなら天地を動かすほどのことをしようとしたのが納得できた。その分、奴を不幸な目に遭わせるいい機会というわけだった。その決心が帯のようにミッケルの心臓を締め付けた。

「お前、アネ＝メッテをものにすりゃよかったのにな」と、帰り道で年老いたチョイアが冗談半分に言った。「お前たち二人はお似合いだ。俺の言うべきことなんかじゃないだろうがな。だがな、いざそうなったとしてもイェンス・シーヴェアセンは金のことにかけちゃ甘くないし。――俺にはお前にやる金などあまりない。お前とアネ―メッテが一緒にローマへ行けるといいんだが――お前の話してたようにな。イェンス・シーヴェアセンはもう何千という燻製ウナギを町まで舟で運んでいって儲かってるんだからな！」

ミッケルが冗談を気まずく受け取っているようだったので、チョイアは口をつぐんだ。それでもなお、しばらくしてから夢物語を次のような言葉で締めくくった。「アネ―メッテはいい娘だ。人の話じゃ、あの二人は「愛し合ってる」ってことだが。それがどんな意味か、お前はまだ若すぎてわからんだろうがな。だけどよ、今までのところ、まだあの娘の泉が汲まれてないのは、誰の目にも明らかなんだ……もういい、ミッケル、急いで家に帰るとしようか」

憧憬

ミッケルは来た道を戻り、その晩も父親の家に泊まった。夜中にまた目が覚め、いつもと同じ大きな星を三つ、屋根の煙抜きの穴から眺めながら、垂木が軋む音を聞いていた。カブトムシやキクイムシが梁や柱の朽木をかじっている。外では夜の風がひっそりと息づいている。ミッケルはその素敵な音をよく知っていた。それ以外には天地のどこもかしこもシーンと静まり返っていて、ミッケルは耳の奥でするジーンという音に悩まされていた。耳の中で鐘のように鳴り、ゴーッと流れ、崩れ落ちる音だ。子供の頃その家で寝ていた時は、夜中に目を覚まして煮えたぎるような静寂の音を聞きながら、いろいろと想像していた。永遠に旅を続けている誰かが家の前を通り過ぎていく様子、どこまでも雪に覆われた道を静かに滑っていく雪ぞり、そして時には、ずっと遠くの方から微かに聞こえるか細い鈴の音。もっと後になってからは、湾の方にいる白鳥の声を聞いたような気がした。ある冬、見張り台の上で、白鳥の凍てついて弱々しい歌声を耳にしたと思った直後のことだった。

ミッケルはふたたびその静寂を聞いていた。けれども今はすっかり別物になり、激しく歌うような鈍い低音に満ちていて、彼を怖がらせた。八年間住む家もなく浮浪者のごとく暮らしていたことを思い出させたからだ。「八年間は結局何一つもたらさなかった」。その言葉が聖歌のように耳の奥で繰り返され、黙することがなかった。

ある晩、えも言われぬほど重い確信が彼の心の底に落ちてきた。ますます強まる空虚の音がどんどん高まり、ある日突然爆発するまでどこまでも彼に付いてまわる、というものだった。その一回限りの恐ろしい爆発は、彼の頭を破裂させ、破滅のどん底まで吹き飛ばしてしまうのだ。

ミッケルは故郷を離れたくなった。

「お前、ずいぶん沈んでるようだな」とチョイアが言った。「魚釣りでもしてこい、気が落ち着くぞ。イェンスと一緒に行けばいい。じゃなかったら、小舟に乗って老いぼれのビョアを誘えばいいさ。あいつはちょっとボケてるが、魚釣りは大したもんだからな」

そこでミッケルはビョアと魚釣りに出ることになった。ビョアは人も覚えていないほど長いことその土地に住んでいた頭の弱い変わり者だ。でも問題はなかった。漁師たちは一日中、湾の広いところで一言も口をきかずにいる。でなければ浅瀬でウナギ取りの仕掛けを操っていた。ビョアはいずれもうまくやっていた。ただ、彼にはこっそりと突飛な行為をする癖があった。たとえば小屋と小屋の間に顔をぴったり寄せて隠れ、何時間も立ち続けて実に愉快そうに一人でクスクス笑っているのだ。たいていビョアの背中しか見えず、それがいつも揺れ動いていた。こっそり笑って楽しんでいたからだ。ウナギ取りをしてみんなで胸まで水に浸かっている時も、ビョアがふと湾の広いところへ向いてケラケラ笑い出すので、水が震え、ビョアの身体から波紋が広がるのだった。

ミッケルはイェンス・シーヴェアセンとも漁に出た。アネ＝メッテも頻繁に見かけた。

彼女の口の端は、皮が少し擦りむけていた。青春と健康の印だ。

＊

その年の夏は長くて、いつまでも変わる様子がなかった。谷にも草地にも、かつてなかったほど草花が咲き乱れていた。太陽も軌道を慌てることなく進み、生きとし生けるもの皆たっぷり時間に余裕があった。鳥たちが、丘を越え谷を渡ったりしているがごとくに高低自在に空を切り、その姿が見えなくなると、屈託のないさえずりの記憶だけがあとに残された。マルハナバチがジメジメした湿原地の上をのんびり飛び交い、川の黒い水底の上に見える鏡の表面では、ミズスマシが字を書いていた。

それは不死の谷だった。ヒースに覆われた丘が両側から額を合わせるようにして谷を挟んでいる。その間を川が悠々と曲がりくねって走り、空では白い雲が、下に脚を伸ばしたような格好をして流れていた。

川の水は石混じりの水底を朗らかに走り抜け、曲がり角では深く沈んで無口になった。魚たちは水面まで上がってきては息を止め、ハエや蚊をパッと素早く捕らえている。光り輝く水の上の空中で人影が鏡に白っぽく反射されたように揺らめき、押し殺された笑い声が響いてきた。そのエコーが上の方の崖の間で儚げに行き交っている。

暑い真昼の静けさは、あたりが硬直する真夜中同様に深かった。息をする者すべての上に、太陽の沈黙が立ち込めていたからだ。それは空の光の中で強制された口止めであり、夜の帳《とばり》よりはるかに多くの脅威を孕んでいた。空高く空気が白いあたりでは「幸福」が飛んでいた。それは、死んで消えてしまうまで誰一人として知ることのできないものだった。

夕闇がようやく下りると、大地のいたるところから音が聞こえてきた。カッコウが目も眩むような高さまで飛び上がり、露を含んだ暗闇の中で叫び声を上げている。沼の中の小島では小ギツネがコンコンと刺すような声をさせている。すると突然、崖の上の方で笑い声が上がった。いくつもの声が混じり合い、恐ろしいほどに荒々しい。やがて静まって、小ギツネたちもまた生意気に動き回った。

夜が来た。川の深い淀みで水が分かれ、底にいた巨人が泥まみれの肩を空中に持ち上げた。人の踏み込めない湿地のあたりでは、黄泉の国の霊が、黒いアジサシのように空中で翼を休ませたまま、じっと深みをうかがっていた。

ミッケルはある晩、家の戸口に立って草原の方を眺めていた。遠くの暗がりで、明かりが移動している。鬼火だ。みんなもうとっくに家に入っている。干し草山の若者たちも、もう草原で夜を明かしたりしなかった。干し草はすでに農家まで運ばれている。八月になっていた。

何もかもが荒涼として静かだった。鳥も動物たちも声を出さずにいる。そのような晩に子供の時のミッケルは、沼に面した戸口から決して外を見ようとしなかった。鬼火を目にするのが怖かったからだ。今でさえ、そこに立って抑えようのないほどの恐怖に駆られていた。痛いくらいの寒気がしていたが、まるで肌を刺すような寒風の中で身にまとうものもなく裸で立たされているようだった。けれども、克服できそうにない不安に満たされていたにもかかわらず、ミッケルは何があろうと毒々しい夜のしじまに出ていかざるを得なかった。あたかも恐怖なしには生きていられないかのように。ミッケルは、心の内に秘めていた落胆と外部への恐怖を秤にかけてみる必要があったのだ。

沼に行くことでミッケルは、夜を統率していた権力者たちに身を委ねた。恐怖は彼の前方から向かってきては後ろに流されていき、まるで燃え上がる炎の中を行くような心持ちがした。前の方に見えていた鬼火は消えた。真夜中ごろにミッケルは、身動きせずに立っていた。ちょうどその時、丘の上の方で笑い声がした。高笑いが飛ぶような速さで横切っていき、反響がそれに何度も応えている。ミッケルは四つん這いになって頭を腕の中に隠した。急いで短い距離を這い、ぎごちない動作で振り向いてから、そのまま一目散に這いずるようにして家に向かった。それからかなり経ち、あたりが静まり返ってからようやく起き上がり、歩いていった。

「夜中に外に出るのはやめてもらいたいな」と翌日、鍛冶屋のチョイアが食事の時に息子に言った。

ミッケルは驚いて黙り込み、その端的な言葉に救われたような気がした。

同じ日の昼間にチョイアは件《くだん》の話を取り上げた。チョイアは、見たことがなかったので鬼火のことなど信じていなかった。そんな場面には出くわしたこともない。いずれにせよ、夜中に出歩くのは健康によくない。わざわざ行ってみることはないはずだ。

自分も別に信じているわけではない、とミッケルは念を押した。夜中に外へ出るのは、眠れない時にするただの習慣だ。それにしても、崖の上の方からしていた笑い声はなんだったんだろう。誰か聞いた者がいるんだろうか。

チョイアは軽蔑気味に眉を吊り上げた。「あれはな、なにか動物が叫んでるのさ。ケダモノかもしれんが」

「ケダモノ？」

「ああ！」チョイアは不快そうに笑った。「説明はできんな。何しろ一度も見たことなどないんだから。お前こそ、学問があるんだから、知っててよさそうなもんだ」

そう言ってチョイアは立ち上がって部屋を出て、熱い鉄を打ち出した。火花が身体の周りで飛び跳ねている。

ミッケルは釣りに出た。川口から少し離れたところでイェンス・シーヴェアセンが舟に乗っていた。ミッケルの姿を見ると立ち上がって大声で呼んだ。ミッケルは舟をそちらへ漕いでいく。

「戦《いくさ》の新情報を聞いてきたぞ」とイェンスが話した。「荘園に行商人が来ててな、俺たちも聞いてきたんだ。上首尾らしいぞ。王様はずっと運に恵まれてるそうだ」

イェンス・シーヴェアセンは目に見えて上機嫌だった。オッテ・イヴァセンのことは話さなかったが、彼についても何かいい話があったらしいとミッケルは納得した。そのことは聞こうとせず、ミッケルは舟を漕いでイェンスから離れた。

「ケダモノのことを話してやろうか」と、夕方になってチョイアが親しみ深く言った。「人の話を信じるとすればだがな、ケダモノは昔たくさんいたそうだ。今でもいるかっていうとだな、ビョアが関わってくるんだ。まあ、お前はそんな顔で俺を見てるがな、人はそう信じていたいのさ。ビョアの身体はともかく、あいつの頭がおかしくなっちまったのが、そのせいらしいんだな。ビョアはもう何年もの間、頭がいかれてる。人が思ってるより、あいつはずっと年をとってるんだ。よく覚えてないんだが、ある春にあいつは狂ってしまった。失恋のせいで頭がボロボロになっちまったんだな。ところがその頃からみんなが、丘の上にいるっていうケダモノの話を始めたのさ。俺も何度も聞かされたよ。もうずいぶん昔の話になるが、塩を焼いてる時に、夜になるとケダモノの声をよく聞いたもんだ。浜で鍋を見てる時にだ。ビョアも俺とよく一緒にいたから、あいつも聞いていた。だけどな、誰も姿を見た者はいないのさ。ケダモノを見てその話をしてくれたやつは、未だかつて一人もいない。ケダモノを見たら最後、死んじまうんだからら」

雷　雨

ある夜ミッケルは、空で重々しくゴロゴロいう音がして目が覚めた。と同時に青白い光がして目が眩んだ。――父親は服を着て、衣類箱のそばに座っている。

「雷雨が来る」とチョイアがぼそりと言った。「お前たちを起こしてもいいかどうか、迷ったんだが」

ミッケルはズボンを穿き、ニルスもすぐに起きてきて服を着た。雷はまだ遠かったが、絶えずゴロゴロ音を立てている。突発的であったにしろ、速度を緩めずにどんどん近づいてきているように聞こえた。稲妻は次から次へと走り、不定期に揺らめく炎のようだった。

「大変なことになりそうだぞ」とチョイアが言い、小さな窓に顔を向けた。そこへ稲妻の光が来た。父親の顔に厳しい表情が浮かんでいるのがミッケルに見えた。

「お前ら、外へ行って水門を上げて来てくれ」と、しばらくしてから父親が言った。「雷雨が来た時に、水がそこいら中に溢れてこないようにな。輪板もしっかり結わえておくんだぞ」

ニルスとミッケルは外へ出た。そんなに暗くはなかった。けれども東の方に漆黒の闇が壁のように立ちはだかり、空が黒々と恐ろしく膨れ上がっている。そこから稲光が飛び出してきて、地面の小さな石まではっきり見えた。頭上高く照らし出された天は、青く澄み渡っている。ニルスは黙って水車の輪板をしっかりと縛った。それがすむとミッケルが水門を開いた。水が水受けの上にほとばしり出てきたが、水車を動かすことはなかった。二人はまた家の中に入り、そっとベンチに腰掛けた。

嵐は速やかに近づいていた。絶えずピカピカと光っているうちにも、時折真っ白のものすごい稲妻が落ちた。そのあとすぐに、前よりもっと近くで雷が轟いた。雷の轟音は勢いよく鳴り響いたかと思うと、やがて遠方で次の落雷を予感させるゴロゴロという音に混じっていった。

外では突風が起こり、家の壁に吹き付けて埃を上げた。すると巨大な雨粒が窓を打ち、その数が増えたかと思うと、ヒースで葺いてある屋根が風にかきむしられた。チョイアは煙抜きの穴を閉じた。凄まじい稲妻が部屋の中を昼間のように明るくし、ミッケルは父親の老人らしい澄んだ目を見とめた。ちょうどその時、非常な激しさでバリバリと音がして恐ろしい稲妻が二つ落ち、さらに崖崩れで岩が落ちてくるような鋭い音が長々と続いてから、力のない雷が一つ来た。

「目に気をつけろ」とチョイアが言った。

次に稲妻が来た時、ニルスは帽子で顔をおおい、空を見上げて目が見えなくなったりしないようにした。そしてしばらくしてから黙って寝床についた。まだ稲妻が落ち続け、部屋の中が黄色くなったり緑色に光ったりしている。ニルスは毛皮の布団を頭の上まで被っていた。両膝をあごの方まで引き上げているので、母親のお腹の中にいる胎児のようだ。バラバラ、とふたたび耳をつんざくような雷鳴がして、天が崩れ落ちてくるようだった。

ミッケルが最後に聞く音に定められているのは、このような落雷の音なのだろうか。稲妻は次々とひっきりなしにやってきて、部屋の中はずっと明るいままになっていた。雷が天地のあらゆる方角から空を揺さぶり続けている。雨が執拗に屋根に当たり、戸口の前の石に突き当たっては川まで走り流れていった。

突然、鍛冶場の方で鉄の音がした。束が崩れて落ちたようだ。「しまった！」とチョイアが叫び、閃光の中で白髪の頭を上げた。と間もなく雷が鍛冶場に落ち、激しく吸い込まれるような音とともに物が軋み散乱する騒音が聞こえた。みんなは真っ暗闇の中で一瞬座ったまま、硫黄の臭いを嗅いでいる。ミッケルは喘いでいた。

チョイアが火口箱を出してきて石を打ち、火を点けた。戸を開けて鍛冶場の中を見る。鉄床が木の台から倒れ落ち、石炭も炉から吹き飛ばされていたが、火が出た様子はどこにもなかった。

やがて嵐が収まった。最後の怒りを放つように、雨がまたポツポツ降ってきた。チョイアとミッケルは外に出てみた。

雷雲が湾の上に青黒く分厚く覆いかぶさっている。稲妻が切り込んできて、水を泡立てていた。東の方の空は洗い流されて透明で、星がまた出ている。川は暗く膨れ上がり落ち着きがない。何もかもが濡れそぼり、空気も汗臭かった。家の向かいの丘まで来た時、二人は恐ろしい光景を目にした。村の方で火の手が上がっていたのだ。十カ所以上で燃えている。大きな炎が、我が物顔に空に上がっていた。

「ああ、なんてこった！」と年老いたチョイアは憤慨して叫んだ。急いでその場所を確かめ、「グロービョーレとコウルムで燃えてる」と、すっかり気落ちして言った。そしていきなり振り向いて……「燃えてない」とホッとして叫んだ。ミッケルも同じ方向を見た。イェンス・シーヴェアセンの家は浜辺で無事に立っている。ミッケルはアネ=メッテのことを思い、とても心を動かされた。自分で思っていたよりも彼女が心の底で気になっていたのだ。

「屋根が崩れてる」と、もう一度草地の方に向き直ったチョイアが呟いた。その場所では炎が一気に天高くまで吹き上がっている。

対岸のサリンの上空には雲が立ち込めていた。稲妻が走るたびに、そちらの方の家々と方形に区切られた畑がはっきり見えた。極めて明るくなったので、斜面に置かれていた麦の刈り束や浜辺に打ち寄せる波の泡まで目にすることができた。サリンの方でも火の手が上がるまでにさしたる時間はかからなかった。稲光が降り注いでいる。チョイアは心を痛めて喘いでいた。

「やられた連中には、厳しい夜だな」と、頭を振り振り言った。「水車を見てこよう」

何も異常はなかった。水路の水かさは増していたが、縛った縄は解けていない。水車の輪板が水の奔流にほぼ隠れてしまっていた。ため息をつきながら、チョイアはまた家の中に入った。けれどもミッケルは高台に出て、自然が演じる壮大な舞台に惹かれて思いに沈んでいた。

雲が低く垂れ込め、雷が遠くの方で落ちている。稲妻はもう目を眩ますほどの威力を持っていない。あちこちで起こっていた火事が、赤い焚き火のように光っていた。

ミッケルは南の方を見てみた。ヴェールをかけられたような高い雲が、天に向かって壁のようにそびえている。上端が明るく光り、その中心が変に動いていた。針のように細い電光が飛び交い、生きているようだ。すると雲は赤い光に染められて、まるで背後で火が発したかのようだった。……そして突然、透き通った天空に、音もなく亡霊が現れ出た。騎士だ。――馬は全速力で跳び走り、尻尾を突き立てている。騎士の両足も空中に突き出されていた。彼の背後では、多くの馬と兵士たちがあげる土埃が波を打って空に舞い上がっている。何千もの槍がいちどきに向きを変え、新たな馬の群れと槍が天に向かって突き進み、開かれた道を滑っていって上下に飛び跳ねて、不安げに震えながら一つも音を立てずに天を走っていく。非常に高いところでは、槍を持ち上げて全速力で突進する騎士たちばかりが次から次へと現れている。疾走してきて槍を下げ、風に吹かれる麦のように前かがみになる。――急がなければならない。遠くまで走らなければならない。内部で脈動しているがごとくに軍隊が消えてしまったかと思うとまた一瞬明瞭になった。――見よ、無数の兵士が空に輝き出てきては散乱し、また集合している。きらびやかな軍服を着た壮健な若者たちが肩に火縄銃を担ぎ、明るい空気の中へ行進していく。甲冑で身を固めた司令官たちは、これ見よがしに指揮棒を腰に当てて馬で乗り出した。大砲と砲弾を山と積んだ車が速やかに走り、鳥が不規則に飛び交い、太った若い娘たちがスカートを持ち上げて歩いている。……あたりを嗅ぎ回っている犬たち、略奪者たち、修道士たち、黒雲のように群がるカラス！　そして飾り立てた若者たちがビロードの服を着て羽根を付け、洒落た靴を履いて鼻高々でいる。羊飼いとして育った紅顔の若い旗持ちが巻き毛の頭を上げると、乏しい髭が目についた。眉毛の下の目はハゲワシのように貪欲だ。行列は星の群れの下に移動していった……幸運を追っている騎士たち、飽くことのない突撃兵たちのことごとくが、底なしの天空に露のごとく消えてしまった。

復讐

九月のある日、ミッケル・チョイアセンは川口で釣りをしていた。アネ―メッテが出てくるのを見て舟を浜に着け、待っている。あと数歩まで来た時に、彼女は立ち止まって微笑んだ。髪を暗い色のスカーフで包んでいる。ミッケルは挨拶をした。しばらく二人とも黙ったままでいる。灰色の畑に鳥たちが群がっていた。空気は驚くほど澄んで透明だ。奇妙に清明な空気の中で、草木はすべて色褪せていた。――ミッケルとアネ―メッテは二人とも、そんな天気のせいでじっと立ちつくしているかのようだった。最初に動いたのはアネ―メッテで、用事を伝えた。

「あんたに会うことがあるんなら、父さんの釣り針を今夜見てくれるか、聞いてみてくれって。モーホルムのところよ――父さんは町まで舟で行ってるの。あんたに会えないんなら、それはそれで仕方ないって」

「いいよ、見てくる」と言ったミッケルは、アネ―メッテから目を離さずにいる。イェンス・シーヴェアセンの釣り針とは全く別のことを考えていた。アネ―メッテは向きを変えて立ち去ろうとしたが、ためらった。もっと自然に行こうとしたらしい。

「お前も一緒に舟に乗っていかないか?」とミッケルは言って微笑もうとしてみた。

アネ―メッテはおとなしく立っている。

「気持ちのいい晩になるよ。日はまだ落ちていないし」とミッケルはさらに続けた。アネ―メッテの顔に見入っている。彼女は川口の方に目を走らせた。ミッケルはその青い目がちらりと動いたのを見届けた。――そうだ、思い出だ、あの時の思い出。

「いいわ」と彼女は優しすぎるほどの声の調子で応えた。そしてまだ水面を見て思いに沈んでいる。

「さあ!」と、しびれを切らしてミッケルが大きな声を出した。彼女はミッケルの荒々しい声をよそに、舟の縁に足を延ばし、手を貸す機会をミッケルに与えぬまま颯爽と舟に乗ってすぐに船尾の腰掛けに座った。ミッケルは潮の流れに漕ぎ出した。

二人は長いこと黙っていた。アネ―メッテは水の上を見ている。太陽が水平線に近づき、あたりが赤く染まり始めた。湾がその光で彩られている。陸の方から鳥のさえずりがはっきりと聞こえてくるほどの静けさだった。アネ―メッテが少しよもやま話を始めたが、ミッケルの返す言葉は少なかった。舟は、湾の外へ向かう弱い流れに乗って進んでいく。アネ―メッテがまた口をつぐんだ。

そして日が落ちた。やがてさざ波が立ってきた。夕闇どきに陸から吹いてくる風のせいだ。

「もう戻ったほうがいいわ」とアネ―メッテが言った。自分の思いを遠ざけるようにため息をついて。ミッケルは応えない。アネ―メッテが彼を見上げると、鋭い視線にぶつかった。その途端にミッケルは、両手でオールを舟からずっと遠くまで投げ捨ててしまった。アネ―メッテが勢いよく立ちあがったので、舟が傾いた。彼女は陸の方に向き直った。遠く離れている。深みに出ていた。――大声で叫ぼうとしたがすぐに諦めた。さまざまな思い出が交錯し、麻痺したようになっている――ポツリと声を出し、しゃっくりをして、ふたたび腰掛けに座った。

ミッケルは持て余している両腕を組んだ。

するとアネ―メッテが爆発し、泣き出して叫んだ。

「どうするつもりなのよ、ミッケル、オールを……」

「流しておくのさ」とミッケルは、怒りを抑えきれないような調子で言った。「お前をオッテ・イヴァセンから奪うんだ」

「いやよ、ミッケル、ミッケル、だめ！」と恐怖に駆られてアネ―メッテは懇願した。泣きじゃくって嘆願し、舟の底で両手を揉みながら一、二歩彼に近寄った。

「座れ！」とミッケルが乱暴に言った。アネ―メッテは素直に腰を下ろし、顔を両手に深く沈めて泣いている。

闇が下りた。水の色が濃くなった。浜辺はもうほとんど見えない。靄がかかっている。西の空が深く緑色に染まっていた。舟はゆっくり流されていく。風が出てきた。波が静かに音をたてている。

ミッケルは、サリンの北側にあと四、五時間で着くだろうと計算していた。

時間が間延びしていた。ミッケルはアネ−メッテの方を見てみた。まだ膝に頭をのせて泣いている。するると突然顔から手を離し、ミッケルを見上げた。

「あんたはいい人だと思ってたのに」と不満をぶちまけた。その声は泣いたせいで疲れ切っている。

「いいやつだぜ、俺は」とミッケルは怯えて応えた。自分をやっとどうにか制することができた。

「アネ−メッテ、お前は、俺が胸に秘めていた人だ」とミッケルは、少したってからどもりながら言った。苦痛でいっぱいだった。それ以上のことは言えなかった。何が何だか分からなくなっている。ことの脈絡が摑めないでいた。感じていたのはただ、痛みと悔恨が自分に覆いかぶさり、不幸に導いているということだった。

舟はひっそりと暗い湾の上を滑っていく。四方どこを向いても陸はもう見えなかった。

報　復

霧雨で視界の悪い十月の朝だった。コペンハーゲンの岸壁に大きな船が横付けになった。スウェーデンから戻ってきたのだ。タラップが下ろされると、何人もの紳士たちが下船して機嫌よく陽気に話しながらすぐに町の方へ向かっていった。

心のこもった別れの挨拶を他の者たちとした後に、一人残って立っている男がいた。オッテ・イヴァセンだ。船腹に入れられていた馬を待っている。スウェーデンでの戦争は首尾よく終わり、彼は名誉も戦利品も勝ち取っていた。今は休暇を取り、故郷へ帰るところだ。故郷へ。

馬を待って辺りを見回していると、無事に戻って来られたことが実に不思議に感じられた。——家という家、何もかもが三カ月ほど前と変わらずにある。——すると、黒い丈長の服を着た老人に目が留まった。慇懃に船に近づいてきて、船長と話している。その時に馬の頭が見えた。二人の男が引いてきて、タラップにおびき出そうとするが、馬は逆らい頭を空に振り上げている。オッテ・イヴァセンは振り向いた。そこへ例の老人がやってきて、彼の前で丁寧にお辞儀をした。

「オッテ・イヴァセンでしょうか」とドイツ語で聞いた。それが確かめられると、彼の顔から卑屈な表情が消え、もっと近くに寄って低い声で言った。ずっとドイツ語だ。

「今から三カ月ほど前に、オッテ・イヴァセンと名乗る男がうちの庭に押し込んできて、うちの娘を犯した。――それはあんただ、そう、見ればわかる……」

老人は首を伸ばし、オッテ・イヴァセンの目をまじまじと見つめ、口を曲げた。鳥のようなしわがれた声が喉から絞り出され、言葉を聞きとりにくくしている。

「いいかね、あんたのような人間はこの世界で責められるべきなんだ。――一時《いっとき》も落ち着くことなく、眠ることも許されずにな。あんたの口にする杯が絶望で溢れ、パンがその口の中で石のようになればいい！　あんたなんか腐っちまえばいい、腐って、あんたの逸物が脚の間で膿んで腐っちまえばいいんだ。父親も母親も、恥じるあまりに死んでしまえばいい。ウーッ！　不幸に見舞われてしまえ！　疥癬病みの犬のようにしぼんじまって、あんたの死体が棺桶の穴から滲み出てくりゃいいんだ。不幸にまみれてしまえ！」

老人は白眼を剝き出し、呪いを込めて骨ばった茶色の拳を空に突き上げた。

オッテ・イヴァセンは一歩退いた。背後に用意のできた馬が立っているのを見て、踵《きびす》を返して手綱を取った。馬が走り出す。オッテはその横を追った。そして、片足で二度跳ねてから鐙《あぶみ》を捉え、鞍に這い上がった。それから数分後、ヴェスターポートの門をギャロップで駆け抜けていった。

馬を走らせながら、意識の世界に鍵をかけ、さっき聞いたことなど考えないようにした。全身を強張らせ、馬の腹を両脚で締め付けて、躍動する馬の疾走にのみ没頭していた。風を切る音が耳元で激しくしている。呪いが遠ざかり、自分のもとに届かないようにしていた。畑や家々、黄色くなった森がめまぐるしく通り過ぎていく。そして、老人のことが思い出されるたびに手綱と拍車を操り、ますます速度を上げていった。そうして忌まわしい出会いを抹消していた。汗まみれになり湯気を立てながらロスキレの町を駆け抜けると、件のことはもうほとんど忘れかけていた。夕方にソーレの森を走っていった時には、激しい騎乗のせいで身体が焼けつくように火照り、いやなことは意識の領域から除外されていた。——コアセーに着いてようやく彼は馬から下り、宿を探した。もう真っ暗になっている。

翌朝オッテは目が覚めて、「アネ‐メッテ！」とひとりごち、寝床から飛び出した。体調もよく、三十分後には大ベルト海峡を船で渡っていた。ただ気がせくばかりで、故郷に惹かれる思いが全身に熱病のように広がっていた。

フュン島でオッテは、自分の馬をあらためて見直した。それまでには気がつかなかったことだった。彼の茶色の持ち馬は騎乗中にストックホルムで撃ち殺され、代わりに脚の長い栗毛の種馬を手に入れたのだった。ものすごい馬でそこいら中を駆け巡ることができた。――ただ、まるで木の幹に乗っているかのような乗り心地だった。走る道を選ぶことなどついぞしなかったからだ！　仕方なく、たえず鞭と拍車を使っていなければならなかった。オッテの以前の持ち馬はそうではなく、気が優しく、限界ギリギリまで走れる馬だった。だが今はスウェーデンで死んでしまってもういない……「さあ、行けっ！」とオッテは栗毛の脚長の馬銜《はみ》を激しく引いた。そうこうするうちにもオッテは、この馬に対して一種の尊敬を抱くようになっていた。ひっきりなしに走って、汗をかいて、大仕事をしていたからだ。

オーデンセを過ぎた頃、北から吹きつける雨を伴った嵐になり、オッテは前かがみになって走っていった。やがてまた激怒する。――この図体ばかりでかい馬が少しでも頑張れるんなら根性を見せてもらおう。オッテは馬の片側にぶら下がるようにして嵐を避け、馬に大声を出して首のあたりに五、六回鞭を入れて、ようやく全速で走らせることができた。嵐はますます激しさを増していく。オッテは歯を食いしばって馬を操った。するといきなり、びっくりするほど無造作にガクガクしたかと思うと馬が足を止めてしまった。オッテは怒り心頭に発し叫ばんばかりになった。必要に迫られやむを得なくなるまで馬を休ませなかった。故郷に帰りたいのだ。

オッテ・イヴァセンは休息を取らないわけにはいかなくなって何度か旅籠に泊まったが、どこでも馬屋の男たちは、馬知りの顔をして真剣な表情で馬を確かめていた。彼らの無言の評価は、今日は馬でも明日は駄馬、だった。

「アネ=メッテ！」と小ベルト海峡でオッテ・イヴァセンは心に思った。「アネ=メッテ」とバイレの近くの森を走って抜けながら一度だけ大声で呼んだ。二日にわたって馬と喧嘩をし、小競り合いを続けながら丘を登ったり降りたり、森をくぐり抜け浅瀬を渡り、農村や掘っ立て小屋や村の教会、行商人や仔牛の脇を通過した。雨が降ったかと思えば日が照った。黄ばんだ森の上を渡り鳥の群れが羽ばたきの音をさせて飛んでいく。ラナースの町に着いたのは夜だった。町の門は閉まっていた。けれどもオッテは町を迂回し、馬に川を泳いで渡らせて旅を続けた。

そして、夜明け近くに急な坂を下りていく時になって、馬が背中を丸めたのに急に気がついた。馬は前脚を折るようにしてつんのめり、頭から崩れ落ちた。オッテは鞍から下りて馬の首を持ち上げてみた。だが、目がすでに生気を失っている。長くて毛深い脚を二、三度痙攣させたが、黙って死んでいった。デンマークのほぼ全域をギャロップで走り、必死に頑張り、驚いて飛び退く時も黙ったままでいた。オッテ・イヴァセンは死んだ馬から馬具を外し、近くの村まで歩いていった。

新しい馬に乗ってオッテ・イヴァセンは昼過ぎに故郷に戻った。丘を全速力で走り下り、谷間もほんの数分で駆け抜けてイェンス・シーヴェアセンの家の前に躍り出た。そして鞍から飛び降り、喘ぎながら戸口に向かった。イェンス・シーヴェアセンが用心深く戸を開けて、帽子なしで出てくる。

「アネ‐メッテは？」とオッテは聞いた。「どこにいるんだ」

「アネ‐メッテはいない」とイェンス・シーヴェアセンがそっと答えた。そしてためらいがちに、「もう家にはいない」と付け加えた。

「えっ、なんだって？　じゃ、どこにいるんだ」

イェンス・シーヴェアセンは冷たい風に当たったかのように身を縮めた。何かを言おうとしたのだが、荘園の跡継ぎの表情が突然曇って弱々しくなったのを目にしてどぎまぎしてしまい、口をつぐんだ。

「どこにいるんだ、アネ‐メッテは」とオッテが怖々と聞いた。

「サリンで、住み込みで働いてるんだが」とイェンス・シーヴェアセンが教えた。そしてさも辛そうに一歩進み、馬のたてがみを撫で始めた。馬は彼の匂いを嗅ぐ。イェンスは撫でてたてがみをならしながら、ゆっくりと出来事について話し始めた。

「うん、もう行ってからひと月ほどになる。同じ頃にチョイアの息子もいなくなってな。コペンハーゲンから戻ってきたミッケルさ。俺が家に帰ってきて聞いたところじゃ、あいつは釣りに出たってことで、二人はサリンまで流されたに違いないって思ったわけだ」

ここでイェンス・シーヴェアセンは自信なさそうに目を上げた。

「俺は何日もずっと向こうであちこち探して、人にも聞いてまわった。でも二人を見た者、何か知ってる者は誰もいなかった。それがやっとつい四日前になって娘を見つけたのさ。西サリンの荘園で、そこのお嬢さんの女中になっていた。でも、俺がどんなになだめてどんな話をしても、家には絶対に戻らないって言うのさ」

イェンス・シーヴェアセンは声を落とした。

「見たところ、外観は別に変わってないんだが、すっかり気落ちしてててな。ミッケル……って名は、聞きたくもないって。あいつもいなくなっちまったんだが」

イェンス・シーヴェアセンはまた目を上げた。その苦々しげな口元に、オッテは真相を読み取ることができた。

「あいつがやったんだ」と、イェンスは取り乱していながらもきっぱりと言い放った。

オッテ・イヴァセンが相変わらず黙っていたので、イェンスはたてがみのもう一房をていねいに揃えながらそっと話を続ける。「鍛冶屋のチョイアも、このことじゃ俺と同じように不満でな。息子は消えちまう、不名誉は残るだ。だけどな、あいつにはまだニルスがいるが、俺はまったく一人っきりなのさ。人にはいろんなことが起こるけどよ、年寄りにもだ、まったくな。なんて言ったらいいか……」

イェンスは馬の首に顎を当て、深い想いに沈んで湾の方を見つめている。湧き出した雲の下で水は冷たそうだ。やがて振り向いて、オッテ・イヴァセンの顔を二、三秒見た。それは顔などというものではなかった。表情がすっかり消し去られ、苦痛が真ん中に集められている。煙のせいで息が詰まった猫のようだった。

イェンス・シーヴェアセンは馬を放し、ぽつりと一言呟いて脇に退いた。祈りのひとかけらだ。

オッテは鞍に乗り、座り位置を確かめた。

「さあ!」と、馬に言う。そしてモーホルムの家に帰っていった。並足で。一歩、一歩、ゆっくりと。

死神

真夏の時期、太陽がいちばん高く天空にあり、陽光に焼かれてすべてがひっそりしている時に、南の空から光が発することがある。真昼のころ、日中の明るい光の中に、それよりもっと明るい輝きが走るのだ。それからちょうど半年後、湾に氷が張り陸が雪に覆われている時に、同じ霊が迷い出る。夜の間に、湾の氷の床の一方から反対側まで割れ目が走るが、その時に出る鋭い発射音のような音は、気の触れた霊の喚き声なのだ。

農民たちは家の戸口から牛小屋まで、積もった雪の間に細い道を掘る。トロールやエルフ、妖精たちはどこにいるのか。自然の声はどこでしているのか。ケダモノも死んでしまったのか。変化がことごとく失われ、宙ぶらりんになっている。生が縮こまってしまった。生き延びるだけになっている。キツネが樫の木の節穴に溜まった雪の中に落ち込み、必死にもがいて出てくる。

静寂の時。凍てついた霧が、永遠に続くかのように湾を覆い隠している。一日中、湾の氷の方から変にため息をつく音がしてくる。一人っきりで穴の側に立ち、槍を刺している漁師だ。

ある夜、また雪が降る。空中には雪と風と寒気の流れのみ。動く生き物は一つもいない。その時、バルプソンの船着き場に騎士がやってくる。海峡を渡ることなどわけもない。速度を下げることもなく、そのまま速足で岸から氷の上に馬を走らせていく。蹄が立てる雷のような音が足元でし、氷がずっと遠くまで悲鳴を上げている。彼は渡り終え、陸に上がっていく。馬は首を伸ばして吹雪を切り裂いて進んでいく。頑強な軍馬で、脚がよく動いた。

嵐が騎士の灰色の外衣を舞い上げた。彼は骨をむき出しにして裸で馬に乗っていた。肋骨の間を雪が音を立てて吹き抜けている。馬に乗っているのは死神だった。王冠が三本の髪の毛の上に載り、大鎌は誇らしげに後ろを指している。

死神は気まぐれだ。冬の空に光が見えると馬から降りてしまい、尻を強く叩いた。すると馬は空中に跳び上がり、そのまま消えてしまった。死神は今、残りの道を人間の姿をして歩いていく。心配事などみな忘れ去り、ぼんやりとしてとぼとぼ歩いている。

降る雪に縞をつけられている夜、道端の木の枝にカラスが止まっている。身体に比べて頭がやたらに大きい。歩いてくる男に気がついたようで、真珠の目を輝かせ、クスクス音をさせずに笑っている。嘴を大きく開けて、尖った舌を喉の奥から突き出して笑い転げているので、今にも枝から落ちそうだ。射るような目をして面白がりながら、いつまでも死神を目で追っている。

死神はさらに漂っていく。突然ある男の脇に出て、その背中を指先で叩いた。倒れた男は転がったままにした。

光だ。死神にはまだ光が見えていて、その後を追っている。光の筋の中に入り、凍った畑の中を長いこと足を引きずっていった。家がなんとか見えるほど近くまで来ると、不思議に身体が温まった。ようやく家にたどり着いたようだ。最初からそれは彼の家だったのだ。なかなか見つけられなかったけれど、おかげでようやく見つかった。家の中に入ると、寂しそうな老人二人が迎えてくれた。彼らには、旅の途中の見習い職人が疲れ切って病んでいるようにしか見えていない。死神が仰向けに横たわる。――二人の老人は明かりを手に部屋を歩き、話をしている。――死神は二人のことを忘れてしまう。

死神は長い間目を覚ましたままじっとしている。そして痛みを訴え始めた。初めのうちは、試すかのように途切れとぎれに小声で。泣いたが、すぐに泣き止んだ。

けれどもずっと訴え続け、どんどん声も高くなっていき、目から涙は出さずに嘆き悲しんだ。それから首筋と足の裏だけを床につけて背中を反らし、深く激しい苦痛から天井を見上げて叫んだ。お産の最中の女のように叫んだ。挙句に崩れ落ち、もうそれほど痛みを訴えなくなる。そしてとうとう黙り込み、じっと横になったままでいた。

再　会

西暦一五〇〇年、若い貴族スレンツは自己の中隊を率いてホルシュタインを行進していた。スレンツは、ディットマールシェンの領土を欲しがっていた国王ハンスとフレデリック公爵に雇われていた。

歩兵隊の右翼でミッケル・チョイアセンが歩いている。半年前にスレンツの軍隊に加わっていた。ミッケルは隊列の中で目立っている。背が高く骨ばって痩せていたが、赤毛の髭は並々ならぬ印象を与えていた。彼は十字架に磔《はりつけ》にされた盗賊に似ていた。――ナザレ人イエスと一緒だった方ではなく、もう一人別の盗賊だ。ミッケルの武器は火縄銃と刃の広い剣で、飾り房のついた青いビロードのズボンを穿き、丈の短い革の上着を着て鉄製の兜をかぶっていた。すべて、ある朝街道で見つけた死体からいただいた武具だった。ミッケルの隣には、まだ生き残っていたクラスが歩いている。

隊列の同志たちはドイツ語で歌っていた。ミッケルもできる限り唱和してみた。

覚えてるか、ボヘミアの夜のこと——
あの素晴らしい夜は、神の拷問だったぜ。
腕一本、脚一本、目を一個失くしてよ、
大勢の若者が、義足でござる。
　その目をねじれ、
その目をねじれ。
ねじって頭ごと
　ねじり取れ！
結婚して、かかあと喧嘩してよ、
神の拷問じゃねえぞ、同志諸君。
結婚して、かかあと喧嘩してよ、
神の拷問じゃねえぞ、同志諸君。
　その目をねじれ、
その目をねじれ。
ねじって頭ごと
ねじり取れ！

巣から飛んでく小さな鳥よ、
外国でもっといいとこ探してこい。
無名の土地から来たんじゃねえか？
胸に深いわけでもあるんじゃねえか？
　その目をねじれ、
その目をねじれ。
ねじって頭ごと
　ねじり取れ！
母さん、生きてるうちに焼酎だ。
母さん、死ぬ時には翼が欲しい。
母さん、生きてるうちに翼だよ。
母さん、死ぬ時に焼酎なのかい？
　その目をねじれ、
その目をねじれ。
ねじって頭ごと
ねじり取れ！

――昼過ぎになるとほとんどの兵士が口をつぐんでいた。長い距離を歩いて来た。けれどもまだ先は長い。夜になってようやく国王の野営地に近づいた頃には、一人残らず引き馬のように疲労困憊していた。月夜だった。地面にはうっすらと雪が積もっている。ミッケルは足元に目を落として歩いていた。死ぬほど疲れていて、それまでの二、三時間は気分が悪かった。すると突然、斜め前方の雪の上に落ちている影に気がついた。自分の隊列の六人の影が揺れ動いている。見ると、影それぞれに違いがあるので驚いた。いくつかは幾分明るかったのに、自分の影だけ他のに比べて色が濃い。ちょっと考えてみているうちに、一瞬恐怖から悪寒が走った。だが、また忘れてしまう。そしてまた思い出し……行進は続いていた。把握できないほど多数の兵士の群れが前進していく。誰もが力尽きて倒れんばかりになっていたが、なお歩き続けていた。ミッケルも歩き続け、周囲の世界のことをふたたび忘れ去っている。

野営地に到着して休憩した。ミッケルは、他の百人ほどの兵士と一緒に穀物倉庫で寝ることになった。眠りに落ちた時に、身体中が我慢できないほど火照ってきて、喘ぎながら跳ね起きた。あたりは倉庫の暗闇ばかりだったが、ミッケルの目には、ずっと遠くの方まで行進し、視界を埋め尽くしている軍隊が見えた。――さらに前方には、雲が低く垂れ込めた空を背景に黒い旗がはためいている。――自分もそこにいた。絶えず動き続ける軍隊の兵士を一人残らず襲う、無言のメランコリーを味わわされていた。ほぼ同時に、隣にいたクラスが、これも喘ぎながら目を覚ました。親密にそっと笑いながら、まだ行進を続けている夢を見たんだよ、とミッケルに囁いた。

その夜ミッケルは、行進の痛苦と息の詰まるような軍隊の光景を夢に見たせいで、何度も跳ね起きた。目を覚ますたびに、居心地の悪い倉庫のどこかの干し草の上に誰かが腰を下ろして呻いているのを耳にした。

時は一月。中隊は国王ハンスの軍隊に合流した。入隊して二年が経過した今、ミッケルはふたたびデンマーク人と話をすることができた。ある日、オッテ・イヴァセンが騎兵隊の旗持ちとして国王軍に加わっているのを知り、憎しみが燃え上がった。会ってみたかった。オッテ・イヴァセンは自分を憎んでいるんだろうか。きっとそうに違いない。けれどもミッケルはオッテ・イヴァセンに出会う機会に恵まれなかった。ところがクラスがある日たまたま彼に会い、そのことをミッケルに話した。クラスは、三年前のある晩、コペンハーゲンであったことをミッケルに思い出させた。妙な気持ちになる、とクラスは言った。ハインリヒ……は死んでしまっている。つまらない農民に殺されたのだった。クラスは頭を振った。ハインリヒのことは決して忘れられない。

いよいよ戦争が始まった。周知のようにこの戦争は、攻撃者側の度を過ぎた尊大さと勝利に対する確信のもとに始められたが、思いもよらなかった不運と刀剣による殺戮によって終結した。その昔、彼らは実に上出来なドラマを演じたのだった。そのコミカルなアンチテーゼに注目するがよい。――一方で、圧倒的な優勢を信じて疑わなかったデンマークの貴族たち。彼らは軍需品を積んだ馬車を装甲し、胸には金の鎖を誇らしげに下げていた。冷酷なスレンツ大佐も、口髭だけでディットマールシェンの住民を突き殺すことができるほどだった。――他方、心臓に熱い血を滾《たぎ》らせていた兵士たちが総勢なんと一万五千。デンマーク貴族たちの側につき道化役を演じた地元メルドルフのペア公爵とヘミングシュテットのポウル伯爵。そして、想像を絶する破格の措置であったと言ってよい、戦利品を載せるためにあらかじめ後方に用意されていた千五百の荷車。これらすべて、目の眩むような戦の舞台装置も、戦いの結果を知らぬ者を驚かすことはあるまい。なぜなら、それは人間のしそうなことだからだ。生きている者が不死をあげつらうことは当たり前だろう。潑剌とした元気はホラ話をしたり人を威嚇する時によく発揮され、人間の最高の威力は、とてつもない嘘をつくときに発現するのだ。人は自己の生命力が最高点に達した時点で、他人を殺さなければならない。生が人を殺すのだ。

そして第二幕が――虐殺場面だ。彼ら高慢な輩たちの頭は、農民たちの棍棒によって殴打された。その背景がまた実に大掛かりに演出されていて、雪まじりの嵐が吹きつけて雪が解け、北西からは雨、荒れ狂う海からは潮が押し寄せていた。お粗末な大砲から砲弾が十発ほど発射されたが、密集した味方の軍列の中に落ちてしまった。死神はご馳走の山を前にして、礼儀もわきまえずに顎を鳴らして死体を貪り食った。溺死した者もいれば、泥の中で踏み潰された者もいる。ディットマールシェンの農民は、敵に血を激しく流させることには実に熱心だった。先を争うように血しぶきが空中に吹き上げている。身体に穴を開けられた年配の兵士たちは、さほど速く血を失ったりしなかったが、若くてたくましい男たちは一気に血を流し出してしまっていた。それがこの劇のシニシズムであり要点なのだ。話の筋そのものは、すでに述べたように、劇内部の対立関係により操られていた。

ミッケル・チョイアセンはクラスが倒れるのを見た。ディットマールシェンの農民が電光石火のごとく脇から現れ、斧で彼の頭の大半を削ぎ取ったのだった。

やがてミッケルも溝の中に追いやられ、身を切るように冷たい水の中に潜った。しばらく流れに身を任せて後退してから、水から上がった。地面にしっかり掴まって息を整えた時に、国王の騎兵隊のところまで戻っていたのに気がついた。戦列などと呼べるものはなく、馬と兵士のごたまぜになっていて、前にも後ろにも動けないでいた。まさに混乱と殺戮の真っ最中だった。……けれどもミッケルはオッテ・イヴァセンを探し、見つけ出した。旗を持ち、ひと群れの兵士たちにぎっしり囲まれ、その真ん中に立っていた。立ち往生している馬の上でじっとしていた。ほとんど無表情に見えた。顔は凍てついて蒼白だった。

ミッケルは、自分が彼を傷つけたことが相手の表情にうかがえるかどうか、好奇心の目で見ていた。オッテ・イヴァセンが自分に目を向けるまで、じっと横になっている。けれどもオッテ・イヴァセンは凍りついていて、動かない。ミッケルを見ても少しも動じなかった。旗を持つ彼の手は、酷寒で青くなっている。寒さの中、肌はきわめて敏感になる。凍った拳にちょっと触れるだけで、大の男さえ涙をこぼしてしまうのだ。寒さの中では嗅覚も失う。ミッケル自身、半分死んだも同然で、寒さのせいで何をする気にもなれなかった。そこからさらに、速い川の流れに身を委ね、泥まみれの雪と屍体の中を流されていった。そして軍隊の背後までたどり着くと這い上がり、生きのびてメルドルフまで逃亡した。

第二部　大いなる夏

アクセル、騎馬で登場

イェンス・アナセン・ベルデナックは、オーデンセの司教邸で宴会を開いた。通りに明かりがもれていたが、暗い町の中で明るかったのはそこだけだった。

騎士がやってきた。馬をつなぐ鉄輪を探していると、邸宅の方から人の声が聞こえてきた。ホッホッホッというものすごい突風のような笑い声だ。アクセルという名の騎士は、長いこと馬を走らせてきていた。聞いていてわかったが、上の方の部屋と部屋の間のドアが開けはなしてあるかどうかによってざわめきの音が違う。突然、騒音がいきなり高まり、水門から水がほとばしるように激しく流れてきた。階段に向かうドアと入口のドアが大きく開けたままになっているらしい。陽気な大声や笑い声が上の方からひっきりなしに届いてくるのを聞きながら、アクセルは急いですぐ近くの適当なところに馬を繋いだ。宴会をしているらしい叫び声や笑い声の中で、ある男の笑い声が際立っているのに気がついた。杖で叩くような笑い声がしたかと思うとそれがしばらく続き、そしてまた息をついて繰り返されるのだ。どんな顔をしてるんだろうと、その笑いの主のことをアクセルは心和やかに思い浮かべていた。笑いを抑えようがなくなった身体から火事が出て、喉を全開にして炎を吐き出すかのごとく吠えるようにばか笑いしているのだ！　アクセルは階段を跳んで上がっていき、宴会場に飛び込んだ。

まさにその時、真鍮の大皿の上に若い娘をのせて、四人の若者が背筋を伸ばしてテーブルの方に向かっていくところに出くわした。娘は大皿の縁に捕まって座っている。真裸で、飾りはさらりと垂れた黒い髪の毛ばかり。何が出されたのかに客人たちが気づく前に、給仕たちは大皿をほかの料理の皿が並んでいたテーブルの真ん中に置いた。漆喰の壁には松明が燃え、部屋には大酒飲みの男たちが二十名ほどいた。笑っていたのはこの連中だった。椅子の上で身体をよじり、ふんぞり返って笑い転げている。その光景にあっけにとられて足を止め両手を打ち合わせたアクセルは、ほかの笑い声を凌駕する高笑いを発していたのは、テーブルの端に座っていた大男だとすぐに気がついた。けれども、笑いぶりほどには楽しんでいるようには見えなかった。司教その人だった。

突然、客間が静まり返った。笑いがいったん収まると、冗談はもうおかしくもなんともなくなったようで、客人たちは涙が出て赤くなった目でおたがいの顔を決まり悪そうに見ていた。目を拭き、もう一度笑おうとしても無駄だった。大皿の上の娘がゆっくりと頭を下げる。黒髪が前にまっすぐ垂れた。

「なんなんだ。その男、何の用だ！」とイェンス・アナセンは叫び、テーブルから離れた。アクセルにずんずん近づくにつれ、司教はたちまち真剣になり、アクセルのすぐ目の前で急に立ち止まって殴りかからんばかりになった。

「なんだ？」

アクセルは胸に手を置き、届けるべき手紙をつかんだ。それでイェンス・アナセンは納得した。

「よろしい」と司教は言った。「その話はまた後でするとして、ま、せっかく来たんだ、何か食べたまえ」

イェンス・アナセンはテーブルの方に向き直って両腕を振り上げた。ふたたび上機嫌になり、それがますます高じて大声を張り上げると、陽気さを取り戻しつつあった仲間たちがそれに応えた。

「もう少し食べたらどうかね、諸君」

そう言ってからイェンス・アナセンは猫のようにアクセルの方に振り向いて、じっと目を見つめた。司教の顔がいきなり、何やら突拍子もない気まぐれを起こしたように輝いた。彼はアクセルの肩をしっかりつかみ、声を落とした。そして幾分の権威と慎重さと一種の善意を込めて言った。

「最後に来た者が一番腹が減っているはずだ。一番いいものが残っている——娘を取りたまえ！」

その合言葉に全員が緊張を解かれ、また激しく腿を叩いて笑い出した。アクセルはお辞儀をして素直に好意を受け入れた。そして穏やかに目を細め、探るように娘の方を見た。その視線に娘は身体を縮こまらせ、髪の毛が揺れた。

「ありがとうございます」とアクセルが言った。その率直な応えが黄金のような声で発せられたのが、ちょうど笑いの途絶えた時だったので、盛んに拍手が送られ天井に鳴り響いた。一瞬、全員が立っている男の方を見た。きちんとした服装をしていたが、濡れていて、馬に乗ってきたために外の汚れがついている。顔は雨のせいで赤くなっていて、髪の毛が耳のあたりで乱れていた。テーブルの上を目を輝かせて眺めまわしている。その間に客人たちはまた杯に手を伸ばしていた。そして娘が運び出されたが、誰もそちらを見る者はいない。けれども娘はドアのところで振り向いて、高いところから弱々しく微笑んだ。隙間風が長い髪の毛を吹き抜けていき、娘は寒さに震え上がった。アクセルは娘に頷いてみせる。司教が呼んだ町の売春婦だった。

「名前はなんていうんだ?」とアクセルは、あとで食べ終わった時に聞いてみた。飲み放題の宴会は続いていたが、アクセルは、見世物の大皿を運び込んだ男の一人と言葉を交わしていた。背の高い赤ひげのとっつきにくい男だった。司教の随員を務めていたミッケル・チョイアセンだ。

「アグネーテ」と、ミッケルが教えた。

「悪くなさそうだね」

ミッケルは黙っていた。アクセルはミッケルの口からあまり多くを聞き出せなかった。アクセルは髪の毛を撫でつけている。服はほとんど乾いていた。たっぷり食べたばかりで、大きく息をついていた。それ以上会話が進みそうになかったので、アクセルはミッケルのもとを去り、飲んでいる連中の方を見た。けれどもすぐに客人たちなどどうでもよくなった。乗馬靴を履いたみすぼらしい貴族が二人、親指に印章付きの指輪をはめた肥満体の市民が何人もいて、フランシスコ会の修道士が一人、書記が一人、それにリューベックから来た船長が何人か。一人残らず酔っ払っていた。アクセルは居間を歩き回り、星形をした大きな拍車を鳴らしていた。

居間は手入れが行き届いてなく、居心地の悪そうな印象を与えた。イェンス・アナセンはその邸宅にはまだそんなに長く住んでいなかった。国王と激しく衝突した後、牢屋に入れられていたが、釈放されて家に戻って来たのはつい最近のことだった。かなり年をとっていた司教は、試練の時以来、頬がいまだにこけたままになっていた。そして今もまた次の旅行の準備をしている。ストックホルムへ行くのだ。その日催した宴会は、歓迎と別離の両方を兼ねていた。

真夜中過ぎになってイェンス・アナセンは手を振ってアクセルを招じ入れた。司教はとても暑そうだった。禿げた頭の天辺まで炎のように真っ赤になり、オーロラのようだったが、足元はしっかりしていた。二人は、書物の匂いのする暗い部屋に入っていった。大きな犬が二匹、低く唸っている。

イェンス・アナセンはろうそくを点し、書き物机の椅子に腰を下ろした。彼が書簡を読んでいる間、アクセルは一匹の犬の頭を膝にのせて座っていた。書斎の床には開けたままになっている書簡箱、袋に入れられた本類や雑多なものが積まれて散らばっていた。

「よし」と言ってイェンス・アナセンはアクセルの方を向いた。彼の大きな灰色の頭がすっかり変貌し、顔に深い皺が刻まれている。声も厳しく冷ややかだった。視線にだけまだ屈託のないものが残っている。アクセルは北ユランのビョールムの司教のところまでいかなくてはならない。一人お供が必要だ……ミッケル・チョイアセンが適任だろう。明日の朝早く、手紙と言伝を取りに来るように。これは急ぎの用件だ。今夜は好きなようにしてよろしい。

そこで司教は重そうな手をのばし、机の上の文房具類をかき回した。視線は内に向けられている。アクセルは腰を上げ、外のみんなのところへ行った。ミッケル・チョイアセンはびっくりしたが、同時に、ビョールムまで行くと聞いて喜んだ。アクセルと彼は、その夜の過ごし方については意見が一致し、アグネーテが住んでいるところへ行って泊まることにした。二人とも、一緒に旅をするにあたって、表面的ながらもおたがい共通の弱みを持つことで仲間意識を得るのはいいことだろうと思ったのだ。

アグネーテは、髪を一房切ってアクセルに贈った。

アクセルとミッケルがオーデンセを発ったのは、翌朝八時だった。二人とも司教の手紙と指示を携えていた。アクセルは途中で届ける貴族たちへの手紙も持っていた。イェンス・アナセンは鉄を熱いうちにいくつも打っていた。馬に乗って町を去るにあたり、アクセルはオーデンセの通りをたった一度だけ見た。切妻屋根の壁のいくつかと朝霧にそっとたなびく風見の旗。その瞬間、アクセルはアグネーテのことを思い出し、オーデンセの町がことのほか愛しくなって、目にした光景を記憶に刻みこんだ。

最初の道のりは二人とも黙って馬を走らせていた。その朝は湿気があって寒かった。どちらの馬も首を伸ばして走り、鼻面が湿っていた。あたりがすっかり明るくなると、アクセルは同僚が細い手首をして、手もやせ細って毛深いのに気がついた。けれども、そうして腕先は弱そうに見えても、二の腕に筋肉がたっぷりついている男がいるのを知っていた。馬をギャロップに移らせるたびにアクセルは、ミッケル・チョイアセンが無理なく制して自己流で馬と一体になっているのに気がついていた。ミッケルは何の不足もない傭兵の格好をしていて、いい武器を持っていた。けれども、派手な服装が顔の貧弱な表情と不釣り合いだった。刷毛《はけ》のような赤ひげは危険そうな容貌を与えていたが、上唇が無言に語っていた「絶えざる無宿者」の刻印を隠すことはできないでいた。上唇が、人知れず一人で泣いていたらしく、厚くなっている。

二人は少しずつ身体が熱くなってきた。ミッケルが咳をしてあたりを見回し始めた。馬は丘を登っていく。

「コペンハーゲンは、どんな様子なんだ？」とミッケルが聞いた。

「ペストや病気だよ」とすぐにアクセルが応えた。「ヴェスターポート(西門)を馬に乗って出た時、振り返って見えたのは火事だった」

「そうか」

アクセルは話し続け、彼の加わった冬の戦争*に触れた。今でも印象が生々しそうに、南スウェーデンのボーウェンソンでの戦いやティーヴェーデンの森での聞いたこともなかったような苦闘について話した。「ものすごい寒さで、甲冑に触ったら指先が張り付いてしまうほどだったんだぜ」と、念を押すようにアクセルが言った。「雪の質がデンマークとは違ってて、細かくて磨き砂のように尖ってる感じで、サラサラ流れて皮膚に当たると火傷をしたようだった。馬に乗ってると松の枝から指の形をした雪の塊が落ちてきて、肌に触れようものなら、貪欲なヒルのように食いついて離れないんだ。スウェーデンの雪は、凍結して固く焼かれて、というか湿気をすっかり取られていて、どっちにしろ手の甲を吸血動物のように「吸い込む」んだ。目にしたものを何でも吸い尽くす。最悪の雪だよ。ただ落ちてくるんではなく、苔のように蔓延《はびこ》ってしまうんだ。兵士の死体もあっという間に覆われてしまう。ああ、もうまったく厳しい毎日だった。日が輝いている時は、空気が細かい棘でいっぱいで、それを吸い込んだら、苦痛で身をよじりたくなるくらいなんだ。夜になると馬が寄り添って立っていて、痛がって咳をするのさ。ゴホッ、ゴホッ、ゴホッてね。年寄りみたいにさ。そして戦いが始まって、ますますひどくなった。傷が痛くて耐えられないんだよ。切られた連中はみんな豚のように泣き喚いてた。大砲の弾が当たると、松の木がガラスのように砕けてね。大勢の兵士が狂ったように野蛮になっていた。だけど、大勝利を収めて、今、軍隊はストックホルムに達している……」

＊（訳者注）クリスチャン２世は一五一九年におよそ二万人のドイツ人、ポーランド人、フランス人、スコットランド人の傭兵を集め、二〇年の元日の夜にスウェーデンに進軍した。一月半ばにボーウェソンで激しい戦闘が行われ、十九日にスウェーデンの摂政ステン・ストゥーレが膝に砲弾を受けて重傷を負ってストックホルムまで退却したが、二月三日に死去。クリスチャン２世はスウェーデン軍を追撃してスウェーデンを北上、復活祭の頃に勝利を収めた。五月にストックホルムに達し、夏中同市を包囲、九月五日に降伏させた。クリスチャン２世は一旦コペンハーゲンに帰ったが十月にふたたびストックホルムに戻り、十一月四日にスウェーデン国王に即位した。

四月の太陽が時々顔を出していた。風が強く潮の流れが激しかったため、もう少しで小ベルト海峡を渡れなくなるところだった。馬は怯えて、船べりを越えようとするので、船体にしっかり結わえ付けておかなければならなかった。陸に上がりふたたび馬を走らせていく段になって、アクセルが顔を上げてあたりを嗅ぎ回った。

「これがユランか」と言って舌を鳴らした。「一度も来たことがないんだ」

ミッケルは黙っていた。アクセルは、背が高く素っ気ない傭兵は相変わらず何か別のことを考えているような気がした。彼を横から見て、顔にある傷を、文字でも書かれているかのように判じている。

「ユランにはね、いつの日か見つけたい宝物が埋めてあるんだ」とアクセルが、しばらくしてから大声で言った。耳元で風をヒューヒュー言わせながらギャロップで走っていた時にだ。ミッケルは顔を向けて、ぼんやりとした表情でうなずいてみせた。「すごい宝物なんだ……」とアクセルは付け加えたが、ミッケルが乗ってこないのが残念で、馬に拍車を入れた。二人はすぐ隣り合って馬を全速力で走らせている。アクセルは口を大きく開け、激しい動きの中、脚をバネのようにしなやかに弾ませていたが、ミッケルの方は膝を曲げ、鞍に低く根を生やしたように腰を下ろし、ほとんど息をしていないかのようだった。

雨雲が西の方から大きく動いて広がってきて、白くて温もりのない太陽を見せたかと思ったらまた閉じてしまった。濡れた畑ではカラスが騒々しく鳴き、葉のない生垣を風が激しく打っている。ずっと前方では雲が地面に足をつけ、二人の騎手の方に向かって進んできた。ひっきりなしに降り続ける苦々しい雨が暗く渦巻く中を、二人は馬を走らせていく。蹄が泥をはねあげる道は、強い雨脚に打たれていた。二頭の馬は湯気を上げながらギャロップで疾走していく。嵐の中で燃えるヒースの野原から立ち上る煙のように、馬のたてがみからむしりとられるようにして湯気が立っていた。このようにして、その日二人は一日中走り続けた。

帰省ふたたび

夜遅く二人はユランの旅籠に投宿した。もうずっと前に寝ているはずだったのだが、アクセルがミッケルに宝物の話をしていた。ミッケルは興味を抱き、テーブルの上で頬杖をついている。灯りが彼の顔のすぐ前に点されていて、アクセルが前のめりになって話をした。

「ユランの真ん中あたりで見つけられる。それ以外何も知らないんだ。書面は誰にも見せたことがない。大変な宝物で、毎日そのことを考えているよ。別に急ぐことはない、確かなことなんだからね。ある日、都合のいいときでいい。誰かに書面を読み解いてもらうさ。これを見てみろ」

アクセルは擦り切れたシャツの胸に片手を差し込み、ごそごそやってから紐に吊るされた大きくて丸い角製の容器を引き出した。爪の先でどのように開けるかを示してから、中には羊皮紙を折ったものが入っている、と説明した。ミッケルは容器からアクセルの顔に視線を移し、相手の若さ、何をするか予測不可能な若さを納得した。アクセルの青い目には人間らしい視線が備わっていない。誰だかわかる人間特有の確固たる表情が欠けていた。オーレでもヨセフでも名前はどうでもいいが、彼らはみな自分が何者であるかを知っている。アクセルは美しい青年だった。暗い色の髭を生やし、口元が優しい。顔の色がとても白く、周囲の空気との境界がはっきりしないほどだった。けれども幅の広い手をしていて、毛がほんの少しだけ生えている。見間違えられることなどない。

アクセルは容器をしまいこみ、何度もうなずいていた。「そうさ、そうなのさ」と自分に言い聞かせるように言っている。

ミッケルはアクセルの年を聞いた。

「二十二」アクセルは真面目な顔をして見上げた。宝物をだまし取られないようにどうするか、話して聞かせた。自分では書面が読み解けない。ヘブライ語で書いてあるので……。

ミッケルはヘブライ語がわかる、と言った。

そうか、読めるのか、とアクセルは言って目を輝かせた。そして前かがみになり、声を落として話した。

「もう少し様子を見てみたい。もう少し待って、誰か教養のある人をいつか見つけて、もう先の長くない神父かなんかがいい、そういう人に目をつけてるんだ。今際の時になって、まだ意識のあるうちに、この書面を読み解いてもらうんだ。それなら安全だ。それでもまだ急がない。ある日、古い防壁かどこかの端の方で、宝物が埋められている場所の砂利を足の先で掘るんだ。埋められているのは小高い丘の上かもしれないし、道の下の石棺かもしれない。そこを掘って金の指輪や、ずっしり重みがあって赤みがかった純金の太い首飾りを見つけるのさ。古い時代の温もりのある金だ。知ってる限りじゃ、僕に残された正当な遺産らしい。二十歳になって結構な額の現金を渡されて、まだ使い切っていないけど、書面はすでに十八の時に、家に訪ねてきた老人から受け取っていた。ずっと大事にしてきた。手放したりしないさ。——まず金の指輪がいくつもあって、もっと下には、古い革の前掛けに包まれた小箱があるんだ。初めて宝物に触る時には、首飾りを一つと、それから自分用に宝石のついた指輪を一つ、一番大きなダイヤがついてるのが欲しいな。残りのものはそっとしておいて、殖えるのを待つ。貴重な宝石が時が経つにつれて芽を出して、土の中から少しずつ生え出して育っていく様を想像するんだ。あとからちょっと指で掘るだけで、見つけ出せるしね。金貨はあまり好きじゃない。お金は多分手元に残さないと思う。お金は使わなくっちゃ。旅をして使うのさ。ケルンに行きたい。パビアにも行きたい……それから見事な刀の柄と鎖と留め金。宝物は当分の間は今の場所でいい」

ミッケルはそっと微笑み出し、がらんとした部屋の中を見回した。そろそろ寝たほうがいいんじゃないかな？

アクセルは即座に同意して立ち上がった。けれども寝台に行くと、毛皮の布団が湿気のためにすっかり腐ってしまっていた。それでは中に潜れない。罵りながら二人は服を着たまま毛皮の上で身体を伸ばした。アクセルはたちまち寝入ってしまった。

ミッケルはしばらく眠れずにいた。すると突然、心地良さそうに笑った。そして物思いに沈んだ。過去の何か特別なことを思っていたのではなく、うだつの上がらない自分の身の上を思い、かつての不幸を密かに後悔していた自分を思い出していた。そして孤独を感じていた。それでも、眠りに落ちそうになった時、どっしりした金貨の山を思い描かずにはいられなかった。地面のすぐ下にあって、砂利や小石を退《の》けるだけで、鈍い色をして傷のついた金貨が地中に根を生やすようにしているのが見える。その上に両足で立つ。溝の向こう側に、白く輝く女たちが何やら手にして輪になって岩の上に腰掛けているのが見える。真ん中には堂々とした女が立っている。鳩を送ってやりたいと思った。やがて全員が岩から降りてくるのが見えた。そして一時間後に、女たちが一人ずつ彼のいた溝のところに現れた。草地を抜けてきたので、手も膝も濡れて緑色だ。彼は背筋を伸ばして金貨の上に立っている。はるか彼方で国王が彼にうなずいてみせた。

次の日二人は、明るく澄んだ四月の好天の中、ふたたび馬を進めた。青空を映した水たまりを、馬が砕いていく。森の外には、うっすら春の色で覆われた大地が広がっていた。新鮮な空気の中で、はるか彼方まで見渡すことができた。遠くの方で、丸い墳墓が丘の背のてっぺんから誇らしげに突き出ている。西側の斜面が露で白くなっていた。

その素晴らしい朝、ミッケル・チョイアセンは一言も口をきかず、思いに深く沈んでいた。二人は彼の故郷に近づきつつあった。もう二十年近く戻っていない。ビョールムへ行くように知らされて以来、そのことばかり考えていた。我を忘れていた時に、鞍の上でびっくりさせられた。

「モーホルム荘園はこのあたりにあるんじゃないか?」とアクセルがたずねたからだ。

「モーホルム? そう、近くだ」

「手紙を預かってるんだ。オッテ・イヴァセンという貴族に」

ミッケルは馬に向けて口笛を吹いた。馬は止まり、彼の方を振り向いたが、彼はすぐにまた馬を進めた。午後になって丘を越えて川が見えるまで、二人はそれ以上言葉を交わさなかった。川は色あせた野原を縫って、むき出しにされた銀の鉱脈のように走っている。湾が西に見えた。故郷の湾だ。少しも変わっていない。ミッケルはよく覚えている崖や、最後に目にした時とまったく同様に透明な青空の下に延びている低い尾根を見た。

二人はグロービョーレ村の旅籠で休憩した。ミッケルはアクセルに荘園までの道を教えた。自分は、弟が住んでいる湾の方まで馬で行き、翌日の朝に、二人はまた旅籠で落ち合うことにした。

アクセルは日が暮れかけた頃にモーホルムに馬で入っていった。壁際に繋がれていた犬が、狂ったように吠えたてた。赤いズボンをはいた少年が、階段のところで掃除をしていた。ほかには人影がなく、荘園はひっそりしていた。アクセルが階段のすぐ前まで行った時に、ドアの中から男が現れた。荘園主本人だった。アクセルの用件を聞くと、居間に招じ入れた。アクセルは机の前に席を取り、オッテ・イヴァセンは暖炉のところへ行って松明を燃やし、壁の金輪に差し入れた。

オッテ・イヴァセンが手紙を読んでいる間、アクセルは彼を観察していた。中年の気難しそうな男で、顔の半分が髭に覆われ、口の周りだけ短く切ってあった。不機嫌そうな目が手紙の上を行ったり来たりしている。何が書いてあるか、顔を見ただけではわからない。するとオッテ・イヴァセンが読むのを中断し、ドアまで行って人を呼んだ。年寄りが肉料理をテーブルまで運んできて、また出て行った。それっきり誰も入ってくる者はなく、家の中には人声がまったくしなかった。

オッテ・イヴァセンは、手紙を読み終えると部屋の隅に置いてあった樽から自ら客人にビールを注いできて側に座り、外の世界の情勢を聞いてきた。アクセルは喜んでスウェーデンでの戦争について話して聞かせた。ボーウェソンの戦いと国王の勝利について、ティーヴェーデンとスウェーデンの雪のこと……料理のおかげで上機嫌になり、戦争の悲惨を、褒め讃えるかのように語った。オッテ・イヴァセンは時々咳払いをしたが、癖になって無意識にするようになった咳払いだった。松明がうまく燃えなくなると、指先で弾いていた。話がしばらく途切れ、アクセルは盛んに食べている。そしていきなり目を上げて聞いた。

「ここはユランの真ん中ですよね、だいたいだけど」

「うん、まあそうだな」

「ここらあたりに宝物が埋まってるんです。書面を持ってますけど」とアクセルが食べながら言った。「ここからそんなに遠くないかもしれない」

オッテ・イヴァセンはすぐには答えなかった。アクセルは杯を干している。どのくらい飲んだか、音でわかる。

ようやくオッテ・イヴァセンがほんのりと微笑を浮かべて、アクセルが何者なのかをたずねた。

今度はアクセルが返事を少し待った。

「名前はアクセルです」とやがてゆっくりと言った。「苗字は知りません。本当はアプサロンというのかもしれませんけど、育てられた家ではアクセルと呼ばれてました。生まれはシェランです」

「なるほど」

「それで今は国王クリスチャンの騎士として仕えています。伝令です。——十八歳になった時、ある年寄りがやってきて書面をくれました。大事にしまっておくようにと、畑を歩きながら言われました。そして自分の名前を言って、正当な遺産の相続人であることを保証してくれました。メンデル・スペイア、と名乗ってました」

そう言ってからアクセルはまた食べ続けたが、自分がおしゃべりなのを後悔していた。目を上げると、オッテ・イヴァセンが彼を見つめていた。アクセルはナイフを置いた。イヴァセンは具合が悪くなったらしいと思ったからだ。けれどもオッテ・イヴァセンは席を立って、咳払いをしてから松明を指で弾いた。そしてもう一度咳払いをした。

メンデル・スペイアか……アクセルは血縁なんだろうか。

そんなことはないと思うが。するとアクセルが顔を上げた。まさにその瞬間、オッテ・イヴァセンはアクセルが誰だか納得した。スサンナの息子だ。

スサンナの息子だった。

しばらくしてからオッテ・イヴァセンは、おどおど口ごもりながら、アクセルがエルシノアの町に誰か知り合いがいるかどうか聞いた。

アクセルは首を振って、また食べ続けた。アクセルが手をのばした時、オッテ・イヴァセンは、自分の一族特有の短い手をしているのを認めた。イヴァセンは動揺した。大いなる不安に心臓を突き動かされた。昔自分が犯した罪の子が、目の前に生きていて貪欲に食べている。古い呪いが功を奏している。ユランの宝物とはなんのことだ。書面とはなんのことなのか。

オッテ・イヴァセンは部屋の中を歩き回った。家の屋根から炎が上がり、助けなければいけないと思いながらもその場を動けず、足をもつれさせて転んでしまう人間のように、麻痺した状態になっている。何をしなければならないのか。

オッテ・イヴァセンは結婚して二十年ばかりになり、子供が八人いた。夫人は肖像画に描かれて宴会用の広間に掛かっている。お腹の上で細い手を重ね、身体を二カ所で曲げてS字にして、控えめで品のよい様相を見せていた。目の周りが赤い。子供たちも立派に育っていた。オッテ・イヴァセンは森で獲れる鳥獣を売り、牛馬の取引をして潤っていた。そのよそ者、スサンナの息子が肉料理の骨をかじっている間、オッテ・イヴァセンの赤児は奥の部屋で眠っていた。身体の弱い妻は六月に出産予定で身ごもっている。この狼は彼の巣に侵入してきてみんなの食料を食い荒らそうとしているんだろうか。とんでもないことだ。オッテ・イヴァセンの母親は、グロービョーレ教会の床の下で、ビロードを敷かれた棺桶の中で永眠している。イヴァセンは母親のことを思い出していた……彼に打撃を与えることが神の意志であるはずがない。

アクセルはもう食べていない。邸宅の中は非常にひっそりとしていた。居間の壁には湿気のせいで雫が走り、松明の明かりが床の冷たい石を見せている。荘園主は薄暗い所に立って、一言も発せずに彼のことを見つめている。アクセルは、このみすぼらしい邸宅に泊まったらどんなことになるだろうと、考えていた。きっとハサミムシとかネズミの子供たちと仲良くなるんじゃないか、と思っていた時に荘園主がまたテーブルまで近づいてきた。不幸な出来事でも考えていたかのようだった。まるで額にカビが生えてしまったような顔つきで、口も髭に隠れて見えない。

「残念だが、今夜ここに泊めることはできない」とオッテ・イヴァセンが、テーブルの端をまさぐりながら非常に低い声で言って目を落とした。「病人がいて、それに一人客人もいるし、で……」そして目を上げた。

アクセルはすぐに席を立った。別に気が重くなったりはしなかった。荘園から馬で出ていった時には、そのケチな荘園主のことはもうすっかり忘れ去っていた。一時間後に湾の近くの鍛冶屋の前で馬を止めた。ミッケルが出てきて迎えてくれた。

その晩は鍛冶屋の家でみんなでくつろいだ。ニルス・チョイアセンは元気にやっていた。妻と子供が三人いたが、それ以外は相変わらずで、見たところは陰気そうだったが堅固で、革の前掛けをしている。

運が良いことにミッケルは、年老いた父親がまだ生きているうちに会うことができた。チョイアは九十歳近くになっている。暖炉脇の隅で、干し草を何層も脚にくるませて座っていた。ほとんど耳が聞こえず、以前のように潑剌としていなかったが、他に悪いところはなかった。だが、息子のミッケルを見ても、だれだかわからなかった。

食事をしながらミッケルは父親の方を見ていた。ニルスの妻がよく面倒を見てくれていた。年取ったチョイアは手がカビのように白く、茹でたようだった。手には蒼白なシミもあったが、震えたりすることはなかった。ニルスの話したところでは、父親は八年前に泥炭の貯蔵に使っていた穴蔵が周囲から崩れてきて命を落としそうになった。ちょうどニルスが村にいなかった時の出来事で、他の者たちも何も気がつかなかった。次の朝になってようやく、どこへ行ったのかがわかり、穴蔵の中で倒れているところを見つけられたのだった。両手で服をしっかり握りしめ、目を大きく見開いていた。幸い、周りに空気が充分にあったため、窒息しないですんだ。けれども穴蔵の中に閉じこめられて以来、時折、ひどく恐怖にかられることがあった。

食事が終わるとミッケルは老いた父親のそばに腰を下ろした。話をしてみようとしたが、うまくいかなかった。そこで、座ったまま、大きいながらも毛むくじゃらで力を失ってしまっている頭を見ていた。ミッケルは、今でこそ表情が消され目から視線が消えてしまっているが、父親の顔つきをよく覚えていた。両方の耳と荒れた額には、何やら柔らかそうな腫れ物と水ぶくれができていた。

そしてようやくミッケルは、古い銀貨を取り出して、しばらく見ていてから年寄りの手にそっと差し込んでみた。だが、受け取れそうにない。

「この銀貨、覚えてるかい?」と、父親の耳に大声で言った。部屋には他の連中もいたことなど忘れて。

「え、え」

「銀貨を、覚えてる、かい?」とミッケルはもう一度、声を途切らせながら大声で言った。他のみんなはあっけにとられて黙っていた。ミッケルは長い間、両手で頭を抱え、年寄りの椅子の前で座っている。やがて年取ったチョイアは、空っぽの口を大きく開けたまま、眠ってしまった。

夜になって全員が同じ部屋で寝た。チョイアが何やらブツブツ言い、眠りながら不満をこぼす犬のように低く唸っているのを聞いていた。

次の朝、ミッケルとアクセルが馬の用意を終えて別れの挨拶を告げた時、鞍の上からミッケルは振り向き、勇気を振り絞って弟に聞いてみた。

「で、アネ―メッテは、どうしてるんだ……?」

「結婚してサリンにいるよ。子供たちはもう大人になってる」とニルスが、歩き出した馬を追って小走りになりながら淀みなく大声で言った。「イェンス・シーヴェアセンはひっそりと亡くなった。アネ―メッテは元気だ、ミッケル、それしか言えないけど……」

もっと叫んでいたが、ミッケルはギャロップで走っている。アクセルが追いついたのは丘の上まで行ってからだった。

「すべてが終わった」

国王クリスチャンがストックホルムに入城しスウェーデン王に即位した火曜日、盛大な祝宴が催された。その間、ミッケル・チョイアセンは城の警護室にいて、イェンス・アナセンに伝令を届けようとしていた。イェンス・アナセンは浴室にいるということだった。けれども、きわめて急を要する伝令だったので、ミッケル・チョイアセンは任務を遂行するために服を脱ぎ捨てた。熱い浴室に入っていくと、初めのうちは一寸先も見えなかった。湯気が白い毛織物のように厚く立ち込めていて、桶の音が聞こえ、釜の石に水がかけられるとジューッと激しい音がした。汗まじりの湯気が濃密な奥の方で、人声がしていた。ミッケルは入口に立っている。蒸気が胸を焦がし、雫になって脚の方に垂れていった。

するとと突然、湯気が人の形になり、近づいてきた。さらにもう一歩進み、熱さで赤銅色になった男が姿を現した。国王クリスチャンだった。ミッケルはすぐに国王の顔から視線を移し、盛り上がって溝のできた胸だけを見た。赤い毛ですっかり覆われている。ミッケルは国王の響き渡る声を聞いた。「ここで何の用だ?」ミッケルは頭を下げて用事を告げた。

「イェンス・アナセン」と国王は乱暴に呼んだ。「お前に用があるっていう男が入口に立ってるぞ」。そしてまた湯気の中に戻っていった。ミッケルは背筋を伸ばした。まだ膝が震えている。しばらくしてイェンス・アナセンが来た。ミッケルは任務を果たし、記憶してきた通りに伝令を告げた。それが何を意味するかはわからなかったが、司教は思慮深く、「ここで待て」と言って消えた。

ミッケルは、むしむしする湯気の向こうで国王とイェンス・アナセンほか、いくつもの声が話すのを耳にした。すると国王が怒りの大声をいくつか発した。浴室の中がひっそりとしてしまう。誰も石に水をかける者はいなかった。上の小窓が開けられ、一瞬蒸気が厚い白い壁のようになったが、やがて透けて見えるようになった。たちまちミッケルは浴室の中にいた全員を目にすることができた。十倍ほど遠くにいるように思っていたのだったが、全員がすぐそばにいた。国王がベンチに座り、そのほかにディドリック・スラウヘックトとヨン・エリクセン、あとミッケルの知らない人物が二人いた。イェンス・アナセンが低い重々しい声で国王に話しかけている。他の者たちは耳を傾けていたが、ミッケルは何が話されているのか聞こうともしなかった。国王の姿から目が離せないでいたからだ。それほど引き締まった胸とそれほど強そうな二の腕を見たことがなかった。胸の筋肉が硬く溝を作って皮膚を持ち上げている。両腕を筋肉の腱が緊密な束になって取り巻いていた。濃い赤毛の髪が国王の頭の上で、雨の後で生え伸びた苔のように、湯気の中で突き立っている。濡れた顔からは雫が髭に垂れていた。見たところ国王は機嫌が悪そうだった。険しい目をして、じっくりうかがうように、一人ずつ順繰りににらんでいる。その表情は重く熱気を帯びていた。

ミッケルはそれまで他の人たちにはあまり気を留めていなかった。ヨン・エリクセンは真っ直ぐに立ち、心配そうにやつれた表情をしていた。恐ろしく痩せていて、まるで骨と皮だけでできているようだった。長い骨ばった足に木靴を履き、足首がかさぶたと真っ白な傷に覆われていた。つい最近まで鉄の足枷をはめられていたのだ。その隣にイェンス・アナセンが立っている。背中にミミズ腫れがあり、毛深い馬乗りらしい股をして前屈みになっていた。ディドリック・スラウヘックトは体格の良い男だったが、残念なことに全身が紫色の星形の瘢痕だらけなのが玉に瑕だった。梅毒の跡だ。聖セバスチャンの身体に刺さった矢じりのように刻印されている。ディドリック・スラウヘックトは猿のような顔をしていたが、鼻柱が凹んでいたからだ。

イェンス・アナセンが急に首をひねってミッケルの方を示し、彼がそこに立っていることをみんなに思い出させた。ミッケルは何も聞いてはいない。けれども国王が目を上げて激怒した。

「そんな男、追い払え！」と苛々して言い放った。イェンス・アナセンが振り向いて、なだめるような顔をミッケルにしてみせた。ミッケルは急いでその場を去る。「水をかけろ！」と国王が叫ぶのが聞こえた。そして、ミッケルが外で服を着て待っている間に、中でふたたび水がしぶきを上げてジュージューいっているのが聞こえてきた。人声を聞き分けることはもうできない。

半時ほどして司教が出てきた。茹であがっていて息をハーハー言わせている。唇に付いていた雫を吹き飛ばし眉を拭った。お湯のせいで指の先にシワが寄っている。ミッケルは、大司教グスタフ・トロレに返すべき伝言を受け取った。ラテン語で、たった二語だった。イェンス・アナセンが、子供相手のようにそれを三、四度繰り返させようとしたので、ミッケルは微笑んでみせた。

「しっかり覚えておくんだぞ」と司教は、ミッケルがドアから出て行く前にもう一度大きな声で言った。


大司教は鵞鳥ペンを手にして窓辺に座っていたが、ミッケルが来ると急に振り向いた。ミッケルから伝言を聞くや、彼は鵞鳥ペンを床に捨て、非常に興奮して部屋を端から端まで行ったり来たりした。ミッケルが伝えた国王からの言葉は、十字架の上の我が主イエス・キリストの最後の言葉だった。大司教はそれを独り言のように低い声で何度も繰り返していた。机の上には旅行用の祭壇が開いて置かれている。彼は何度も何度もうなずいてみせた。

Consummatum est.「すべてが終わった」

ミッケルは伝言の返事があるかもしれないので待っていた。けれどもグスタフ・トロレは考えを変えたようで、もう一度ミッケルの方まで来て、しばらくぼんやりとミッケルの顔を見ていた。彼の血の気の失せた唇が微かに震えている。感動のあまりに出た微笑か、くしゃみの前兆のようだった。ミッケルに、何か望みはないか、と聞いた声はやたらに優しくて、思わずどもっていた。

ミッケルは顔が火照る思いだった。二十年もの間の辛く不毛な兵隊生活が、彼の意識の中でたった一日のように思われ、青年時代の望みを、それが昨日だったかのように思い出していた。望みがないかだって?! 今までに誰かにそう聞かれていたのなら、頭の中では「すべてが欲しい」と答えていただろう。ついさっきまでは——聞かれたらそう答えたかった。けれども今の今は何も望んでいなかった。

ミッケルは力なく目を上げた。そして、国王のお側で仕えることができそうかどうか聞いてみた。そしてまた視線を下げ、両手をしばらくの間揉み合わせていた。まるで、托鉢修道士が戸口に立って、施しが出されるまでの間に、ふと、今日は寒い天気だと思い出しているかのように。

「よかろう!」とグスタフ・トロレは頷いた。そしてミッケルに、ラテン語ができるのだから、書記の仲間に入りたいか、と聞いた。けれどもミッケルは首を振った。国王の側近の騎士になれたらいいのですが……。

通りに出た時、ミッケルは年寄りのようにうなだれていた。長いこと国王の近衛兵になることに憧れていた。目的に達しそうになって胸が熱くなる思いをしていたにもかかわらず、同時に心の奥にわだかまっていた惨めさに押しつぶされそうになっていた。

同じ日の夜、お城では大規模な宴会が催された。

ミッケル・チョイアセンは大きな広間の入口で、栄誉警備兵として立っていた。ピカピカの甲冑を着けて完全武装だった。昇進は速やかになされ、イェンス・アナセンが援助を惜しまず、勤務に功労があったとして褒美まで出た。ミッケルは国王にお目見えしたが、午前中に会っていた男だとはわからなかったようで、極めて慇懃に迎えてくれた。国王がその鋭い視線で浴室のドアに釘付けにしそうになったのは、まさにこの男だった。裸が本人の姿を隠し人の目を惑わすという、常識とは反対のことが起こることもあるんだ、とミッケルは思った。

前の日の晩は、国の上層部の人々だけが参加を許されていたが、その日は国王の将校と兵士たちが招かれ、ストックホルムの一般市民とその夫人たちとともにダンスを楽しんだ。実に愉快な晩になった。ミッケルは入口のドアのところで彫像のように厳かに立っている。頭のてっぺんから足の先まで、甲冑の輝く金属板で覆われ、面頬からごわごわの髭が飛び出していた。踊り回る人々を目で追っている。

そこでミッケルが目にしたのは、なんとアクセルではないか。大胆に身体を前後に揺すり足取りも軽く踊っている。春に一緒に旅をした若者だ！　この比類もなく落ち着きのない若造が何者なのか、ミッケルは未だによくわからないでいた。相手が誰であろうと秘密を軽率に明かしている。見てみろ、あんなに動き回っている。さも自然に歩いているように。じっとしている時にでも彼は、陽の光の中のガラス片のようにキラキラしていた。その視線は今も捉えることが難しい。素敵なお嬢さんを抱えて床の上を踊り回り、右に左に奔放に目配せをしている。ミッケルは彼が人の群れの中を縫うようにして離れていくのを目にした。帽子の黄色い羽根が広間の反対の端まで去っていった。するとまた戻ってきた。飛び跳ねそうに有頂天で、若い娘の顔も、うっとり穏やかな微笑を湛えてずっと彼を見上げている。

ミッケルは重心を別の足に移した。音楽が意気揚々と演奏されている。窓からは十一月の冷たい空気が吹き込んでいた。目を開けて立ってはいたが、ミッケルはもう何も見ていない。思いに沈んでいた。心を苛み始めていることがあったのだ。自分の誠実さをめぐる情けない気持ちと、世間のほかの間抜けども同様に、一度踵を返してやり直してみたいという欲求だった。ミッケルはもう四十を超えていた。だが、二十年前と比べて少しも賢くなっていない。彼の渇望は別に裏切られたわけではなかったが、一つとして叶えられていなかった。ずっと先延ばしになっていた。でもまだ、とんでもないことをする時間は残っている。

音楽はますます高鳴り、嵐のように猛り狂い、大音量で拍子を刻んだ。弦楽器も我を忘れて音階を上下に行き来していたが、ついには一つにまとまり、ゆったり長く続く歓喜の響きで終わった。踊り手たちは床の上で散りぢりになり、話しながら笑っている。

アクセルが寄ってきてミッケルの両肩を叩き、お祝いを言った。これで同じ勤務をすることになったわけだ。今日の任務が終わったら、明日でもいいが、町へ繰り出して友情を温めよう！　そう言ってアクセルは姿を消した。

休憩の時に国王は、高貴な人々を従えて広間を横切った。そして、立ち止まって町の様々な人々と言葉を交わした。国王はクロテンの毛皮をまとい、首には金色のフリースを巻いていた。一、二度愉快そうに大声で笑った。イェンス・アナセンは忙しそうで、こちらの一人あちらの一人へと冗談を飛ばして動き回っていた。国王の横には大司教ストレングネスのマチアスが立っている。この老人は、高価な法衣を床の上に引きずっていた。動作がきびきびしていて、安っぽい冗談を飛ばしていた。なんの楽しみもなかったずっと昔の学生時代から唯一覚えていた冗談だったかもしれない。そして広間中を微笑み回りながら、歯のない口を見せていた。国王たちが退場した時に、この高位聖職者はもう一度戻ってきて、恩恵深い目を向け、陽光に蘇生したかのように生きいきと皺だらけの顔で若者たちにうなずいて見せた。

高貴な人々がいなくなると、音楽がまた、この世の終わりの日が来たのかと思うほど派手な音を立ててダンスに誘った。ミッケルはアクセルの姿を探してみたが、広間のどこにもいないようだった。

やがてミッケルは周囲のことをすべて忘れ去っていた。良いこともあれば悪いこともあった自分の不幸な人生をまたあれこれ思い、不可能を求めてさまよい歩いてきた長い距離を思い出すと、ぐったり疲れてしまった。どうしてそうなったものか、ミッケルは幸福を心から締め出し、陽気な人々に混じって宿無しになっていた。矛槍に身体を預けて立っていた間に、次のような意味の六歩格の詩をラテン語で四行作った。

私は外国での幸運を求めるあまり、デンマークで人生のほんとうの春を失ってしまった。外国で幸運は見つからなかった。どこへ行っても故郷の国が恋しくて仕方なかったからだ。とうとう全世界から無益に誘われたとわかった時には、ついにデンマークも心から去って死んでしまった。そうして宿無しになった。

ガレー船

アクセルは広間で踊っている人々の中にはいなかった。食べ物や飲み物がテーブルに並べられたお城の使用人部屋にいた。ずっと一緒に踊っていた若い娘を部屋の一番奥の暗いところにあったベンチに座らせていた。名前をシグリッドといい、市会議員の娘だった。

アクセルは忙しくシグリッドの機嫌を取っていた。けれども、残念なことに相手は何を勧めてもいらないと言い、プロシアの強いビールもタルトも欲しがらなかった。アクセルははたと困り、どうしてよいかわからずにいた。シグリッドはそらで「ノー」と言うのをわきまえているかのようだった。アクセルは自分もためらいがちに食べていたので、少しも美味しくなかった。シグリッドにケーキを一口食べさせることができた時には胸が躍り、ようやくたっぷりといろいろな料理を味わうことができた。

「一緒に飲んでくれよ、シグリッド！」とアクセルは頼んだ。彼女は戸惑い気味にノーと言った。シグリッドは自分でも飲みたいのかどうかわからないでいた。いや、やっぱり飲みたくない。アクセルは急に憧れるような目で彼女の唇を見た。美しく沼地に咲く花のように瑞々しい。アクセルはビールのジョッキを手に、うっとりとしている。するとシグリッドが朗らかに笑った。アクセルも一口飲んで自分も笑い出した。二人は大声を上げて笑っている。それからのシグリッドは、陽気な様子を目元に浮かべてずっと座っていた。なんて若くて子供らしいんだろう。非常に小さくか弱そうな手をしている。神よ、その清き手を守り給え。

シグリッドは容貌が子供のようで、それでいて母親になった時にどんなになるかがわかりそうなのだった。シグリッドの優しい顔は、人間の生の三段階の神秘を具現しているように思われた。彼女の細い金髪を見ているだけで、息がつまりそうになるほどだった。

アクセルはシグリッドのドレスをじっくり観察した。茶色の服は首元と肘のところで刳り抜いてあって、そこからシルクがのぞいている。アクセルはとうとう深くため息をついてしまった。

やがてアクセルとシグリッドは急いで舞踏会の会場まで上がっていった。力強く音楽が演奏され、みんな息を切らせながらいつまでもすばらしい晩を踊り明かしていた。シグリッドは踊り飽きることがなかった。時間がたつにつれてだんだん大人しくなっていたが、アクセルが誘うと喜んで踊りたがり、疲れを知らなかった。シグリッドの小さな手は湿って冷たくなっていたが、息は軽やかで、ほとんど音を立てていないようだった。一曲ダンスが終わる度に、なぜだかわからぬままに微笑んでいた。

そうして最初からずっと踊り続けていた二人は、夜になると時間が二人にとって永遠になったように思われた。アクセルは、失われた時を思い出す年寄りのように憂愁にとらわれていた。そこでシグリッドの手を握った。彼女は彼の顔を見上げて目覚めたようになり、何のためらいもなしに微笑んだ。心をすっかり彼に委ね、信頼しきっている。けれどもアクセルは、彼女の純白の魂にどう対処してよいやらわからずにいた。二人は前よりゆっくり踊り、周りからぶつかられた。そして夢見心地でゆったりと踊り続けた。

やがてシグリッドの兄が現れ、彼女を家まで送りに来た。アクセルは一緒にドアまで、階段まででもいいから、ついて行きたかった。死刑の宣告を受けた者のように懇願したが、シグリッドはノーと言った。それがシグリッドの、ためらいがちに優しく言った最後のノーだった。

アクセルは階段の上に立ち、大きなガウンをまとって降りていく彼女の姿を見送った。

すっかり下まで降りると、彼女は振り向いてうなずいてみせた。上から降り注ぐ松明の灯りの中で、頭巾に包まれたその可愛らしい顔が白く輝いていた。そしていなくなった。

踊る者はもうほとんどいなかった。大半が下の階で飲んでいた。

アクセルは、そこでジョッキを片手にひとりで座っていたミッケル・チョイアセンを見つけた。甲冑は脱いでいた。アクセルは、口数の少ない戦士の首に抱きつきたい思いがした。彼と一緒に熱い酒の杯を二、三杯飲んだ。

二人はしばらくおしゃべりをしていた。アクセルはミッケルの物静かな声に心を動かされている。お城の広い使用人部屋のあちこちで騒がしい声が高まっていた。そこいら中で杯の音と歓声が起こっている。丸天井から、雑音が歪んだ鏡に反射するかのように大きく反響して降り注いでいた。ドイツ人傭兵たちが酔っ払い始め、小競り合いがここかしこで起こっている。町の市民たちはもうほとんどが家に帰っていた。

するとアクセルがテーブルの上に身を乗り出し、ミッケル・チョイアセンの目をじっと見つめ、ある提案をした。声をひそめて、他の話題などあり得ないかのように。ミッケルは鼻の先を引っ張った。稀にしかしないおどけた仕草だ。胸の内では「ガレー船」を思い浮かべている。そしてうなずき、髭を撫でた。

実は、ストックホルムの港にはリューベックの商船隊が停泊していた。町を占領している間に軍隊に必要な食料品を調達できるように、国王クリスチャンが招いた商人たちだった。一部はすでに去っていたが、有名な大きなカラベル船は「好色女たち」を乗せていて、それはまだ錨を下ろしていたのだった。船の持ち主はリューベックの大商人で、傭兵の大部隊が逗留するところならどこへでも、貨物ともども航海していた。

アクセルとミッケルは即座に腰を上げ、武器を持って町へ繰り出した。暗くて霧が出ている。もう午前三時になろうとしていた。通りに人影はなく、灯りもついていない。二人は何度もガラクタにつまずいて転んだ。そしてようやく南門にたどり着き、うまく口をきいて警備員の脇を通り過ぎた。橋の下、岸壁の下方には、いつもなら小舟がいくつか繋がれていて借りることができたのだが、その晩は一艘もなかった。仕方なく岸壁際の狭いところに沿って東に向かい、しばらく行ったところで舟を見つけた。その綱をはずして漕ぎ出した。

商船隊は港からかなり遠いところに停泊していた。濃い霧の中で船からの明かりを見分けられるまでに相当時間がかかった。目指す船は一番左に停まっていた。夜の海の不快な湿気の中を十分ほど漕いでいってようやくカラベル船に着いた。暗い霧の中で船尾楼を高く持ち上げて錨を下ろしていた。

けれども二人は、近くへ行くまでにすでに船から届いてくる音を聞いていた。中では派手な宴会が開かれていたのだ。マストの一本ずつに吊るされたランタンが三つ、索具《さくぐ》と甲板の上に明かりの輪を広げていた。あちこちで多くの人影がうごめいている。赤い月の形をした三つの明かりの周囲に太い人の輪ができていた。

「小舟はみんなここに集まってるぜ」とアクセルが低い声で言って笑った。舳先の斜檣《しょう》の下に潜り込んだ時にだ。錨の鎖の周囲には、まさしく十艘ほどの小舟がかたまってたゆたっている。

二人は舳先の上からドイツ語で声をかけられた。厳しい船長だ。船首像の血に飢えた竜が、口を開けて歯を見せている。

「こんばんは、船長!」とアクセルはドイツ語で大きな声を上げ、揺れる小舟から綱につかまった。船長が手を貸して甲板の上まで引き上げる。ミッケルも小舟を結わえてから後に続いた。

マストの傍の明かりの下にはビール樽が置かれ、甲板のあちらこちらにはカンバスでこしらえた小さな覆いがこしらえてあった。船尾楼が照らし出されていて、そこからは笛や楽器のにぎやかな音、陽気な声や杯の音が聞こえてくる。娘たちの声だった。塩水の海の上で、彼女たちの声が温かく響いている。至極家庭的だった。過酷な海に慣れていた船の上にあって、優しい声を耳にすると心を動かされる。上でも下でも宴会が開かれ、タールを塗られた甲板が震え、船全体がゆったりと海で揺れていた。船窓からは羽布団が突き出されている。

アクセルとミッケルの近くの甲板で軽い足音が聞こえた。しなやかに弾んでいたが、それでも健康な大人一人の体重の下で甲板の板が軋んでいる。船室の中から明るい色の服を着た娘が二人のところへ急いで出てきたのだ。そして二人に優しく寄り添い、愛撫するような歓迎の声を漏らした。言葉は発していない。近接した彼女の身体が夢のようで、二人はたちまち温もりを感じた。

二人は彼女と一緒に灯りの方に向かっていった。彼らを迎えて杯が振り回され歓声が上がった。アクセルは娘の顔を見た。両の眉がつながっている。すぐに前かがみになって、たどたどしいドイツ語で聞いた。

「きれいな白い歯をしてるけど、なんていう名前？」

娘はか細い温かい声で応えた。あたかも彼のことをずっと前から知っていて、来てくれるのがわかっていたように。

「ルーシー」

歴史の奸策

次の日の正午近くにミッケルとアクセルは帰ってきた。二人はアクセルの宿舎に行く。お城に近い大広場に面した高い家の屋根裏部屋だった。そこでビールの壺を前にして座ったが、二人とも睡眠不足で疲れ、憔悴していた。けれどもどちらもうっすらと目を輝かせていて、頭痛と昨夜の思い出を楽しんでいるようだった。

特にミッケルは内心で有頂天になっていた。挑発的とも言えるほどの歓喜がうかがえる。その視線には何か女性的なものが宿っているのではないか。全世界を抱きかかえたい、同時に、死神も悪魔もくれてやる、とでも言いたげに！

アクセルはミッケルのことがよくわからず、好奇の目で相手を眺めた。一つだけ知っていたことがあったからだ。真夜中に船で誰かが苦しむ声を聞いた。船室から届いてくる長くて痛々しい叫び声だった。人間のものとは思えないその悲鳴には、何か特別おどろおどろしいものが潜んでいた。急遽助けに駆けつけようとすると、それは彼の友人で赤ひげの男が酔い潰れているだけの話だ、と言われた。それでも船室に降りていくと、本人とは思えないようなミッケルが横たわっていた。拷問台の上の罪人のように顔を引きつらせていた。アクセルは、ミッケルが首と踵で身体を反らせて支え、天井を見つめながら深い苦悩のためにあげていた悲痛な叫びが、まだ聞こえているような気がした。唾を飲み込み、歯ぎしりもしていた。それが今は非常に満ち足りて、すっかり満足しきっているようなのだ。

アクセルは丸くて緑色の窓を見た。陽の光が屈折している。窓をすっかり上げて開いた。太陽が輝いている。家々の屋根が光のせいで白っぽくなっていた。狭い運河にはちっぽけな帆をつけて平底船が這うように進んでいる。そしてずっと遠くに、セーデルマルムの大きな塔が、森を背景に鮮やかに浮かんでいた。砲撃を受けて壁にできた穴がはっきりと見える。すぐ下の広場には、昨日の雨でできた泥んこの水たまりがまだ残っていた。

「見てみろ！」とアクセルが叫んだ。「ミッケル、お城でまた宴会があるぞ！」お城に続く通りで、貴族、紳士たちが馬に乗って長い列を作っている。

ミッケルは窓辺に走り寄った。「行かなきゃならんな」と不安げにつぶやいた。何かあるんなら、ずっといなくなっているのはまずい。ミッケルは当然ながらきまり悪そうだった。そしてすぐに出かけていった。

アクセルは立ったまま、ストックホルムの誇り高く富裕な人々がお城に向かってゆっくり進んでいく様子を見ていた。尻尾の長い種馬にまたがった騎士たちがやってくる。帽子に留め金が付き、袖なしコートは毛皮で包まれ、踵では金の拍車が光り輝いている。大司教マチアスはよぼよぼした身体を前かがみにして馬に乗っていた。紅いビロードのガウンが、ごく普通の小さな灰色のまだら馬の両脇に垂れ下がり、太陽の光の中、大きなケシの花のように人の目を射ながら光っている。堂々とした市民たちが徒歩で進んできた。堅苦しい服を着て長いステッキを手にしている。上品な婦人たちは並足で動く馬車に乗っていた。脇道から大勢の人々が来て行列に加わった。全員がアーチ型の煉瓦造りのお城の門を、ゆっくりとくぐっていく。

アクセルは、行列に見飽きると部屋の中に戻って手脚を伸ばしたが、何をしたらよいのかわからずにいた。

シグリッドだ！　大げさに両手を伸ばし、さも感動したように微笑んだ。恋しさに頭と胸に血が上った。もう一度部屋の中を見回してみる。武器と馬具類で散らかっていた。絶望的だった。そこでまた寝台に身体を横たえ、眠った。

何時間かあとに目覚めて、町へ出た。日は傾きかけていて、通りはどこもひっそりとしていた。旅籠からだけ兵士たちの騒がしい声が聞こえていたが、その酔いぶりさえ、幾分音を消されているようだった。町が国王即位の祝賀を始めてから三日目になっている。

なんとなく期待しながらアクセルは通りを歩いていった。シグリッドを探していたのだ。見つからなかったので、木の生い茂った小島の一つに行き、当てもなく歩き回った。木の陰にシグリッドが見つかるかもしれないと思いつつ。

日が沈んだ時、アクセルはまだそこにいた。どろっと固まった血のように赤い波の向こうに、町並みが黒いギザギザになって黄色い空にそびえていた。教会の鐘が夕べのミサを知らせて鳴り響いている。北からは雨を降らせそうな高い雲の塊が集まってきていたが、南の方には低い霧の帯が立ち込めていて、過ぎ去った日の名残をとどめているかのようだった。

町にまた戻ってみると、どこも暗く静かだった。静まり返っていた。アクセルは宿舎に帰った。まさに部屋に入ろうとした時、苦痛から解放されたような女の小さなうめき声が聞こえた。鳥の鳴き声のようだったが、女は彼の首に腕を巻きつけて挨拶をした。ルーシーだった。

一体どうやって来たんだろう。町に姿を現すことは禁じられていたはずだ。それに、どうやって部屋まで上がってくることができたのか。そうだ、アクセルは自分の口からどこに泊まっているかを話していた。彼女は随所にいた見張りの者たちをうまく出し抜いて来たのだった。

アクセルは食べ物とワインを用意した。

＊

その頃ミッケルは、お城の大広間で警備に当たっていた。彼は、北欧の歴史上、運命的な事件の目撃者となった。一人の観衆として加わっただけだったのだが、それは彼の一生に刻印を残すことになる。

何が起きるかは誰にも予想ができなかった。華麗なる一団が大広間で心地好さそうに語り合っていた。清々しく美装をし、陽気な声をあげて、太陽のごとき国王の輝きに暖まっている……それが突然一気に静まった。大きな天井の下で聞こえてくるのは一人のしわがれ声だけだった。感情をうまく抑制できずに上がったり下がったりする声だった。話していたのはグスタフ・トロレだった。声そのものが不吉な予兆になっていた。森の奥深くでキツツキが枯れ枝をつついているのだけが聞こえる、嵐の前の静けさのように。けれども言葉の意味を悟って、聞いていた人々の膝から力が抜けていった。耳を真っ赤にした者は一人だけではない。大司教が煽るように語っていたのは、宿命的な話だった。

　グスタフ・トロレは、ミッケルが知っていた顔ではなくなっていた。盲目的に尊敬していたので、ミッケルはグスタフ・トロレに注目していた。彼は自国スウェーデンでは、イェンス・アナセン同様に最も賢い人物で、かつ最高の権力者だった。比類のない頭脳と鍛え上げられた体軀の持ち主であり、最も神聖であると同時に放蕩も極めていた。同時代の知性と技能の総体を体現し、膨大な資産と財貨に結びつけていたのだった。神学や法学における洞察、ならびに政略における手腕にかけては他人の追随を許さなかった。けれども、評判に反してミッケルが目にしていた彼の顔は、皺が深く、不幸が刻まれ、憎悪のために不健康そうで、卑屈な様相さえ浮かべていた。胸の内に秘めていたことどもを包み隠していた真剣さも、沈鬱な表情しか与えなかった。微笑も似つかわしくなく、活気のない滑稽な書記のようにしか見えなかった。

　その大司教の顔が今は鋳直され――冷酷になっていたのである。思いやりを示していた恋人が、時が来るとがらりと変わってしまうように、憐れみを乞うような優しい目をしていた彼が、打って変わって容赦ない判決をするに至り、過酷な命令を下すようになったのである。

　スウェーデン人たちはこの大司教を、厳しい人間に対処するにふさわしい厳しい仕方でもって容赦なく扱ってきていた。彼の城と要塞を取り壊して土で埋め、彼の教会を略奪しただけではなく、彼の所有になるすべての屋敷から物を奪い取り、彼を盗賊として牢屋に入れて苛み苦しめた。スウェーデン人たちは彼の敵であったステン・ストゥーレが摂政の座に居続けることを望んでいた。北欧人はいつでもほかの北欧人に対して無慈悲なのだが、デンマークのクリスチャンが国王となり、スウェーデン人全員の武器と意志を向こうに回して残虐を極めた。今度は彼らの苦しむ番だった。

ヨン・エリクセンは、才能があったがゆえにその人生は苦々しい不幸の連続であったが、彼が今、集まった人々の前で宣告の根拠を読み上げていた。彼はその同じ堅固極まりないお城で、三年もの間囚人として幽閉されていた。足首の傷はまだ癒えていない。ヨン・エリクセンが読み上げている間、大広間にいた人々はもぞもぞ動いてささやき始め、やがて罠に落ちた動物のように正気を失ってしまった。

そして行列が、その日なるべくしてなるように動き出した。同等でいながら同意できない二人の人間が、ついに「離婚」を成し遂げたのだ。二人は兄弟のような運命を定められていた。おたがいになくてはならない存在なのにたっぷり苛《いじ》めあい、平気な顔をして巧みに傷つけあう。——ところがある日、胸に殺意を抱えて離別するのだ。

その晩、不幸に輪をかけたようなことが起こった。どんな悪意を持っていた者でさえ思いもつかないようなことだった。引き起こしたのは女だった。冬の戦争で死去したステン・ストゥーレの未亡人だ。二十歳そこそこだったというのに彼女は、置かれた状況、先行きを見分けることができたようで、書類を持参していた。国書だ。彼女はただ一人、告発に対して書類を提示することで返答したのだった。それによれば、グスタフ・トロレと教会に対してなされた罪業のすべては、スウェーデン帝国会議の一致した決定によるものであり、国の指導者たちによって封蠟されていたのだった！　しかし、帝国会議の決定そのものに力点がおかれるべきではなく、事の核心こそ問題なのだった。印章の押された罪人たちの名前である。それが、国書によって至極簡単に裁判官の入手するところとなってしまったのだった。水はふつう火を消すものだが、火が手に負えないほどに激しくなると、かえって火を勢いづけてしまう。その書類を机の上に置いてみせたのは、悪魔本人だったに違いない。

大広間の扉が開かれ、武装した警備の兵士たちが入ってきた。甲冑をつけ刀剣を抜いた兵士たちが、告発された者たちを捕らえ始めた。

イェンス・アナセンは法律の専門家たちを呼び寄せて、裁判を始めた。大いなる神の子であり牛の取引人でもあったアナセンは、法律の文面と実際問題の要求する点とをうまく結びつける才能があった。その際に彼は、自らの確固たる心情の動きに従っていた。それが彼に正しい助言を与えるのだった。けれども非常に基本的な真実に則《のっと》ろうとする努力でさえ、今回は不首尾に終わってしまい、北欧の同盟（一三九七年に締結されて以来、変遷を経ながら存続していたデンマーク・ノルウェー・スウェーデン三王国間のカルマル同盟）を救うことはできなかった。同盟により平和を保つというまさにその急進的な救済手段が、すべての希望をことごとく粉砕してしまったのである。北欧の人々の間でかくも意見が相違するのは不可思議であり、彼らが運命に対処する仕方もそれぞれ意固地であった。こうして北欧の領土は、焼け石が割れるように三つに分割されてしまった。

それは一五二〇年十一月七日のことだった。

けれども、すべてを掌の中に収めていた男、国王の地位を得るために御し難い連中を集め、復讐心に燃えていた男たちの才能と悪意と狡猾さを利用した男、国王クリスチャンは、手下の者たちがなされるべきことを遂行している間、たった一人で自分の部屋に座っていた。

ミッケル・チョイアセンは、国王クリスチャンが机に向かっているのを目にした。国王は背筋を伸ばして椅子に掛け、暖炉の炎を背後に黒い影になっていた。ミッケルは灯りを持って入っていった。国王の顔を見た。緊張しているようであり安らいでいるようでもあった。すでに成就されている決定を、いまだに下しきれないでいるような表情をしていた。

ルーシー

ルーシー、黄昏時の娘……だがまだ若い。落ちてきた天使だが、人の子。左右の眉が目の間で生え合わさっていて、夕闇に飛んでいるコウモリのような印が額の上につけられていた。

ルーシーは笑うことができない。言葉を発することの出来ない者が親切そうに警告しようとして歯を見せるように、喜びを見せずにニヤリとするだけだ。ほんの稀に心を和らげるが、そんな折に見せる微笑は、萎びてゆく花々が物知り顔にひっそりしている間に、天真爛漫な小鳥たちが澄み渡った空の下で群れをなして飛び交うデンマークの九月のようだった。ルーシーはもう二十歳ではない。乳房は垂れ始め、残念ながらもう柔らかくなく、枝を離れて落ちた果実のようになっていた。

ルーシーは、歌の一節をハミングすることができたが、少しも嬉しそうではなかった。

海の底に向かって沈んでいく人間のように下に流れ落ちていること以外、何もわかってはいなかった。でもそれは自分の自由意志でしていることだったので、彼女の性格には人を寄せ付けない冷淡さがあった。知らず識らずのうちに、率直に驚きを表現することがあったが、それはまるで、カブトムシが轍《わだち》で仰向けにひっくり返り、車輪に轢き砕かれるまで、その場で足を上に突き出して死ぬまで行進をしているかのようだった。

けれどもその晩は、ルーシーが罪深くも聖油で清めるような厳粛さに輝く瞬間があった。飽くことを知らない情欲と恐怖で暗くなった頭の周辺に後光が射し、彼女の魂は激しく放心したような視線を投げつけた。それはまさしく、胸に下げた献身の十字架の周りで突然赤い血の薔薇が咲きほころぶのを目にした十字軍戦士の視線だった。

アクセルは眠りに落ちた。

眠って夢を見た。夢の中の半分不確かな現実に滑り込み、海岸に座っていた。隣にシグリッドがいた。彼は死ぬほど眠かった。にもかかわらず起き上がり、よろめきながら水の中まで二人のために寝床を作りに行った。長いこと波と取っ組み合って用意を整え、白い波を捕まえて枕にした。けれども用意したものが全部、抱えようとすると消えてしまった。敷布の端を摑もうとしたが、ふわりと舞い上がって消えてしまう。とうとう落ち着かない枕とも格闘した。そして終《しま》いには諦めた。

……やがてアクセルとシグリッドは地面から飛び立った。しばらく空中に浮いていてから、シグリッドが彼の手を取った。二人はところ構わず飛び回り、めまいのするほどの高みに飛んでいった。けれどもひどい眠気に襲われていたアクセルは、空のもっと高いところまで行けるのではないかと思った。世界の果てからの眺めを見なければならないような気がした。ところが、長いこと飛んでいるうちに、シグリッドが遅れだした。重くなって不平を訴え始め、やがて二人とも墜落してしまった。アクセルは目を覚ました。そしてまた眠り、また夢を見た。不思議な夢だったが、覚えていることはできなかった。

「身体のどこかにホクロがあるんなら、見せてくれよ。地獄でお前だとわかるように」とアクセルが、夜明け近くになってから半分呆《ほう》けたように懇願した。

ルーシーは恥ずかしそうに笑った。幸せすぎて泣きそうになっていた。ルーシーは彼に傷跡を見せた。公衆の前で鞭を打たれた時に背中にできた傷だ。黄ばんだ葦に似ていたが、鞭の結び目が肉に口づけした先の方が、茶色の花のようになっていた。

……本人も気がつかないうちに、またしてもアクセルの目が閉じられ、ふたたび飛んでいたが、今度は一人だった。立ったままストックホルムの町中の通りを飛んでいる。建物の屋根の高さだ。走者のように両の腕を強いて脇に置き、内なる力で浮力を保って音もなく速やかに滑っていく。通りはがらんとしていて夕闇が近い。路地のずっと向こうで人影が動いたのが見えた。背中を見せて急ぎ足で去っていく。けれども彼の飛んでいくところには生きた者が一人もいない。空は眩しいほどに黄色く輝き、何か幸運な知らせを孕んでいるようだった。

すると道が高い家に遮られ、アクセルは飛んで薄黒い壁にぶち当たるのではないかと恐れた。不明瞭な顔が窓から外を覗いている。アクセルは気を引き締め、斜め上の空に上昇、危ういところで屋根の棟を飛び越えることができた。そこからは低く漂い、両足で小枝や梢に触れていく。だが突然、強い意志に胸を膨らませ、空に舞い上がった。空気はさらに深く、さらに黄色味を増している。急角度で上昇していき、明るく開けた空気の中で斑点のように見えている町のいくつもの塔の上を滑空した。

アクセルは飛ぶ。ずっと下の方で、無音の波を立てて水が窪みを作っている。斜め下に船が見え、今の角度で船に達することができるだろうかと心配げに考えた。自分の力で飛んでいたとはいえ、その標的まで操縦していくには非常な努力が必要とされているようだった。とはいえアクセルは、無事に船の甲板にたどり着いた。

それは幸福の船だった。

船首には野人が立って、この世には他に何もすることがないかのように夢中で見張りをしていた。海に霧が出ているかどうか、それだけを見張っている。船は走り、生き霊のように上下に揺れて海にお辞儀をしていた。

それはコロンブスの幸福号だった。遭難した船長自身が舵を取り、羅針盤の上に骸骨のようになった顔を落としている。進路は真南。両横には裸の肌が赤い密林の小人がいて、年月を経て、有毒な液体を身体中から滲ませていた。帆は紡錘のような形になって帆桁で膨れ上がり、満帆を星の光が射抜いている。

けれども船尾にはいきなり櫓が立っていて、甲板の上にも下にも、隅から隅まで世界中の女が侍っていた。地球上の数千の風景の中から一人ずつ選んできたようだった。多くは白人で、少年のような脚をして胸が膨らみかけているごく若い小娘から、粗い服のせいで膝が荒れているでっぷりした婦人まで、朝晩身体を洗って身ぎれいにしている娘から、口から乳の臭いをさせ、毛深くがっしりした身体が棍棒のような田舎娘までいた。煙でいぶされたような肌をして目が無垢に輝いている娘もいれば、炎のように赤い髪をして雪のように白い足をした女もいた。薔薇のように赤い口元をした黒人のお姫様は、背筋が通って煤のように黒い身体に虎の歯で作った輪を巻いている。アラビア人の処女は細くてしなやかな身体が豹のようだ。ポーランドの豊かな農園から来た豊満な娘たち、中央アジアの小柄で花に飾られた女たち、そして、ヨーロッパ人がまだ見たことのない大洋の島々から来た女たち。

どれも背の高さ、年齢、体格がまちまちで、心映えにも思いにも差があった。瑞々しい口元で屈託なく微笑み、若いながらもなんでも知っている風に素直に話す娘がいれば、明るそうに笑っていながらも憂愁を隠している娘もいる。目に見える欠点をかえって誇らしげに見せる者がいるかと思えば、非の打ち所のない肢体を恥ずかしがって目を落とす者もいる。幸福号には地上の不恰好な者もいるはずなので、誰もが同じわけではない。肌の白くない者もいるし、別の者は驚くほどの肉の塊であたりを占領している。もちろん幸福号にはやせた美人の娘たちもいた。一人として完璧な者はいなかったが、一人も欠かすことはできなかった。多くの者が一緒になって完璧さを目指しているのだ。幸福号では全員がほぼ同じ共通点を持っていた。すなわち、ひとりびとりがそれぞれに魅惑的だったことだ。

幸福号は生き霊のように船体を揺らしながら海を走っていく。アクセルは幸福号に乗っている自分を夢見ていた。そしてシグリッドが近くにいるのを感じていた。

するといきなり目が覚めて、ルーシーがいた。

明るい日だった。下の広場ではトランペットが吹き鳴らされている。激しく、誇るようなシグナルだ。

「トランペットを吹いてるだけよ」と眠そうにルーシーがつぶやき、目を開けずにベッドで心地よさそうに身体を丸めた。

だがアクセルは起き上がり、窓を引き上げた。矛槍を手にした兵士が、お城から広場を越えて市庁舎まで二列になって身動きもせずに立っているのが見えた。そのほかには広場は無人だった。市庁舎の門のすぐ外に……。

「処刑台ができてる」と言ってアクセルは窓から離れた。服を掴み取って急いで着た。すっかり目を覚ましたルーシーは仰向けになり、何も言わずに彼の姿を見つめている。アクセルは宿舎の階段を降りていった。

けれどもすぐにまた上がってきた。扉が閉められていると聞いてきたのだ。先刻、ストックホルム市民は誰一人家から出てはならぬという命令を、伝令官が伝えたことも。

アクセルは窓際に立って待っていた。半時間が過ぎ、一時間が過ぎた。時が経てば経つほど、どういうことになっているのか、知りたくて仕方なくなっていた。けれども何一つ起こらない。男が二、三人、処刑台のそばで何か準備をしている。それ以外には、広場を越えてお城にいたる一直線に、不動の兵士の列が二つ続いているだけだった。兵士たちのきわめて押し殺されたつぶやきとささやきの声が聞こえてくる。凍てつくような天気だった。時折指揮官が耳をつんざくようなギャロップで兵士の列に沿って駆け抜け、整列させた。そしてまた、閉じられた城門の脇で静止していた。

それからさらに一時間ほどしてアクセルが下を見たときにも、兵士の列は相変わらずだった。

血浴

ストックホルムの町は静かだった。通りに聞こえるのは、騎兵隊の一団がどの家も扉を閉ざしているか見張るために走り過ぎる時の蹄の音だけだ。

何が起ころうとしているのだろうか。家に閉じ込められている人々はなんと思っているのだろう。みんな扉の向こうで黙って座り、どの窓でも何もわからずにいる顔が外を見つめ、隙間という隙間にも外をうかがう目があった。町全体が蟻塚のように島に集められて盛り上げられ固められているようだった。島のどの一端でも吊り上げ橋が空中高く上げられ、島全体が大きく開けた口のように見えた。町の何千もの部屋の中で人々は、心をかたく閉ざし、とんでもない憶測をしたり、抑えられない不安に駆られたりしていた。蟻塚からは酸味のある悪臭が立ち昇り、興奮した蟻たちは怒ったように蠢いていた。

スターズホルメン島（ストックホルム宮殿の一帯で国の中心部）の上空には、恐怖の幻想に毒された目に見えない空気が立ち込めていた。

昼近くになってやっと――アクセルは下の広場でいつまでも辛抱強く整列していた兵士の列を半分激昂して眺めていたのだが――昼近くになってそれが始まった。

前日、思う存分に着飾り、お国のために尽くしているという自負心に満たされてお城に赴いていた人々が全員、ふたたび戻ってきたのだ。

あたかも、これらスウェーデンの高貴な人々は、前より上手に行列を作れるよう一晩かかって練習をし続けてきたかのようだった。昨日はなるがままに集まってきていたのに引き換え、今は地位に従って一団となって歩いている。上位の聖職者を筆頭に、貴族たちがそれぞれふさわしい順に続き、最後にストックホルムの実力者たち、市長や議員、富裕者たちが加わっていた。騎乗している者は一人もおらず、全員が忍耐強く怯えた羊のように地面を滑るように歩いている。死刑執行人は朝から待ち続けていて、気が急いている。行列が処刑台に着いた。関節炎で弱っていた年寄りの司教たちはまっすぐ立っていられず、貴族たちの中には、挑戦的な雄羊のように地面を踏み鳴らす者がいた。繋がれている綱を振りほどこうとする羊のように頭を振り回す市民も一人二人いたが、ほぼ全員が大人しく群れになって歩いていた。総勢七、八十人。

大司教ストレングネスのマチアスが、その最高の権威のゆえに真っ先に処刑されることになった。彼はまだ赤いビロードのケープをまとっていた。彼がひざまずき、小さな顔を上げて両手を組み合わせた時、アクセルは大司教を見とめた。ほどなく大司教は立ち上がり、大空の下、処刑人の前で服を脱ぎ始めた。

するとアクセルは、波を打つほどの動揺に襲われた。すぐ後ろに立っていたルーシーの方へ向き直り、居間まで押しやった。「見るんじゃない」とひどく興奮して言ったので、ルーシーは震え出した。そしてベッドに横になってしまった。

アクセルが窓のところへ戻ってくると、もう済んでいた。ズボンと靴下をはいただけの大司教マチアスの身体が地面に横たわり、少し離れて首が転がっていた。赤いケープ……いや、彼の血が身体の下で広がっている。

その哀れな切り離された首をアクセルが見ていた時に、処刑人の刀が空を切る音がして、命中した。もう一つまた処刑台から首が転がり落ちて地面を打ち、血しぶきが上がった。スカラのヴィンセンス司教だった。エリク・アブラハムセン・レイオンフーヴドが立って着物を脱いでいる。広場は大混乱だった。大勢の者が叫び声や悲痛の声をあげていた。

アクセルは窓際で興奮し、顔を紅潮させていた。背が高い大男の貴族が両手を上にあげて空を突いているのを目にした。その間にも何か言っているようだったが、荒々しい声を聞き分けることはできなかった。広場の反対側の家でも、窓から外を見ている顔が多数あった。激怒している貴族の男は、彼らに向かって言葉を発しているようだった。けれどもそれに応える者はいなかった。アクセルは低い灰色の雲が家々の屋根の上を流れていくのを見ていた。雲は時々低く垂れ、広場の空間を薄い靄で満たしている。

アクセルは、一人また一人と処刑台に連れていかれるのを目にしていた。スウェーデンの上位にある人々がすべて含まれているのがわかった。ある者は忙しげにぎこちなく服を脱ぎ、他の者は処刑人のなすがままに服をむしり取られていた。人の群れはぎっしりと寄り添っていて、その周囲を、武器を手にした兵士が固めている。アクセルは、その中にミッケル・チョイアセンほか、同志が何人もいるのを目に留めた。

アクセルは平静を取り戻していた。窓辺に立ち、盛装したヨアン・ホームッが処刑人たちを指導し、手袋をはめた手で命令を下している様を見ていた。

すでにたくさんの首が血まみれの地面に置かれていた。泳いでいる者が水面から首を出しているようだった。血が広場に流れて広がり、巨大な文字のような印をつけている。アクセルが窓に近づくたびにその象形文字は新たに枝を広げ、別の読み方を要求するのだった。処刑は恐ろしく単調に進んでいた。どんよりした日はますます雲が厚くなり、今にも雨になりそうだった。処刑される人の群れはだんだん小さくなり、死体の山が大きくなっている。

アクセルは静かに息をしていた。神聖で高貴な人々がみな殺され、処刑人がますます張り切って市民たちの首を切っているのを目の当たりにして、アクセルはめまいに襲われたような気がした。このような事態を起こるままにさせておくほどの恐ろしくかつ知られざる権力をわが国王が持っていたなど、理解の領域をはるかに超えていたからだった。アクセルは、北欧に君臨する王の姿を思い浮かべてみた。背は低くても堂々とした体躯で、筋骨隆々、腕も並外れて太い。文字通り重荷に耐え、いざとなったら人前で地面から重い石を持ち上げて見せるような男だった。アクセルは、突き出された槍のように鋭い国王の視線、目まぐるしく動く眉を覚えていた。誇り高いがゆえにぶっきらぼうな国王の声を思い出していた。アクセルは、国王の専制的な決定の吐息を感じたような気がし、陛下の力に屈服した。

そしてようやく窓から離れて閉めた。

アクセルとルーシーは食事をとることにした。ルーシーは外で何が起こっているのか、少しも興味を示さなかった。そのあとで二人は横になって眠った。外は土砂降りだった。

＊

その日の夕暮れ、アクセルは同じ屋根裏でする物音で目を覚まされた。軽やかに走る足音だった。それが床を横切って消えてしまった。アクセルは、中庭に面した側に空いた部屋があったのを思い出した。飛び起きて屋根裏の床を走っていった。

その部屋の戸を開けるや否や、誰かがいるような気配がした。アクセルは戸口に立って中を見回した。部屋には空っぽの寝床しかなかった。屋根の小窓が半分開いている。すると寝床から男が起き上がった。立派な身なりをして細長い顔が蒼白な若者で、寝床から脚を下ろし、半分驚いたような、半分面白がっているような顔をしてアクセルに微笑みかけた。非常に背が高く、腰が細くて、上唇に暗い線が一本走っている。その服装には何か欠けているところがあるように思われた。すると突然、若者が武器を一切身につけていないのに気がついた。同時に、手首に縄を巻かれていた赤い跡があるのに気づいた。

それでアクセルは納得がいき、部屋に飛び込んでいって、二人は一度に話し出した。「こっちへ来い」とアクセルが急いで言った。「追われてるんだ」と相手は弁解するような声で言った。「僕の名前は……」

　ちょうどその時、下の方で階段がきしる音がして、荒い声が家の静寂を破った。逃亡者は振り向き、部屋の中を見回して隠れ場所を探した。混乱していたが、不安ではなさそうで、気を取り直して微笑もうとした。今にも飛び出しそうにしていながら、結局その場を動けないでいる。ドタドタと長靴の立てる音が屋根裏の床で鳴り響いた。アクセルは、少なくともほかの場所より暗い隅の方に立たせようとして逃亡者を乱暴に押した。逃亡者は二、三歩よろめいたが、まだ半分微笑んでいた。が、すぐに姿勢を正し、眉をひそめた。そこへ革の服を着て肩幅の広い傭兵が鎧の鉄を鳴らしながら、脚に引き具も横木も付けたままの鼻息の荒い雄牛のように戸口からなだれ込んできた。彼の長い剣が戸の脇柱にぶつかり鞘の中で音を立てた。アクセルは下着のままで武器を持っていなかったので、脇に吹き飛ばされたような格好になった。片手を斜めの天井に伸ばし、脆くなっていた木ずりを一本もぎ取った。何が起こっているのかよくわからない。足が踏みならされ、他の二人の間で水牛と若い馬の間のようなもみ合いがあった。アクセルは兵士の兜を打ったが、木ずりは粉々になってしまう。兵士の熱い息が聞こえ、闘いは思いがけないほどあっけなく終わってしまった。みなお互いから離れた。見知らぬ若者はあとじさり、息を整えようとするかのように一瞬ためらったが、すぐに激しく鋭い叫び声をあげた。

それはたった三、四秒ほどのことだった。半ば狂ったようになっていた大男の兵士は屋根の小窓に飛び上がり、身をよじってそこから出ていった。

「何やってんだ、馬鹿者！」とアクセルは思わず叫んでいた。下まで十二、三メートルあるのを知っていたからだ。窓枠のすぐ上に男のゴツゴツして汗をかいている顔が見えた。息を切らせて頬を膨らませ、下へ降りようとしている。今はもう片手だけで窓枠につかまっている。それも一瞬。その手も消えてしまった。アクセルは駆け寄り、男が素早く軒下の装飾に無事に乗り移って横に進み、夕暮れの中庭の回廊に向かっていくのを見届けた。

「あいつに刺された」とスウェーデン人の若者がきまり悪そうな顔で囁いた。胸を思い切り突き出し、両手で脇をおさえている。痛みのせいか懇願するかのように視線が多少ふらついていた。するといきなり空いた寝床の方に振り返り、後ろ向きに倒れるように横になると背中を脇板に押し付けた。苦痛の声を一声発し、続いて痛みにかすれた声が喉から絞り出された。アクセルが触れると、息を引き取っていた。

心臓のど真ん中を刺されていた。顔がまだ少し震えている。上唇が一、二度持ち上がった。たったの十八歳、目に見えて痩せていて、早く老けすぎているように見えた。先日の幽閉で飢えていたせいかもしれない。アクセルは若者の身体を伸ばしてやり、そばに座って見つめていた。そして悲しみのために心を砕かれてしまった。胸の内のすべてが一度に迸り出てきて、激しい苦痛から我を忘れてしまっていた。

屋根裏の床で忍び足がする。戸が軋み、アクセルが顔を上げると、ルーシーだった。その場の様子を目に収め、彼女はそっとアクセルの脇に腰をおろす。ルーシーの髪の毛が、死んだ男の顔に落ちた。

そうして座りながら、アクセルは思い出していた。冬の夜、ティーヴェーデンの凍てつく森の中では焚き火が焚かれていた。アクセルは毛布を頭まですっぽりかぶって横になり、身を切るような悲惨のうちに死んでいった男のことを考えていた。デンマーク軍のもとに、スウェーデン独立派の指導者ステン・ストゥーレが死んだという情報がもたらされた時のことだ。デンマーク人たちは大いに満足してその報を聞き、酷寒の野営地は一晩中喜びにあふれていた。長靴の下で雪が愉快そうに軋り、空の星は殺風景な梢で虹色の光を放っていた。その危険人物がどんなふうに死んだか、楽しげに論議された。けれどもアクセルは、すでにボーウェソンの氷の上で傷を負った男を自分の目で見ていた。敵が突然倒れたのを喜んでいた。――馬や騎士たちは、氷の上に映る同じ馬や騎士たちに向かって突き進んでいた！――アクセルはふとその孤独な男のことを思ったのだった。ストックホルムへ帰還する途上、メーラレン湖の凍りついた流れの上で、砕かれた脚を引きずり橇に乗ったまま死んだ男は、死すべき死を死んだのだった。

黒い空気の中を雪が降り落ちていた。あるいは空そのものが傾いて落ちてきそうになっていたのかもしれない。橇の下では湖がため息をつくような声をあげていた。表面全体が沈まずに保たれているのを疑っているようだった。その時に、王の苦悩を背負った一人の人間の心臓が破れたのだった。スウェーデンの広大な領土が彼の手から離れ、ため息をつく氷の湖のようになって沈んでしまった。王のごとく国を思っていたステン・ストゥーレ、彼の病、彼の痛みが、狭い橇の中で、泣いていた子供が泣きやむように、揺りかごが止まるように静止してしまった。人々がステン・ストゥーレを見た時にはもう亡くなっていた。彼の顔の上で、雪はもう溶けなかった。目の届く限り、どこまでも氷と雪ばかりが広がっていた。ステン・ストゥーレ、あなたはじっと座っていた。凍てついた荒野のはるかかなたから、助けを求めるような声がかすかに聞こえてくる。そしてその声が歌うように反響している。ステン・ストゥーレよ。

＊

夜になってミッケル・チョイアセンがやってきた。アクセルとルーシーがそれぞれ小さなろうそくを手に死人を見守っていたところに出くわした。ミッケルは何も言わなかった。ぐったりして、頬がくぼんでいる。床に横たえられていた殺された若者の方をちらと見ると、中庭に引き摺り下ろして始末しようと提案した。アクセルとルーシーは部屋に戻って床につき、ミッケルがやっと聞こえる声で独り言を言っているのを聞いていた。

死体を片付けてからミッケルがアクセルの部屋に入っていくと、アクセルは眠っていた。ルーシーは目を開けて横になっていたが、ミッケルのことなど気にせず、彼が部屋を去った時には、横になったまま気まずそうな信心深そうな顔をして、じっとろうそくの火を見つめていた。

翌日最初に目を覚ましたのはルーシーだった。机の上のろうそくは燃え尽きていたが、外はもう明るくなっている。ベッドで身体を起こし、あたりを見回した。誰か自分を呼んでいる者がいるかどうか耳をすましているかのように、目をきょろきょろさせている。

そして、アクセルが首に掛けていた丸い角製の容器をたやすく開けて羊皮紙を取り出し、自分の手提げ袋に入れた。アクセルは宝物についてルーシーに話していた。寝言でもその話をしていた。ルーシーはしばらくの間そっと横になったままでいたが、アクセルは熟睡している。やがてベッドを抜け出し、服を着て、音を立てずに出ていった。

ミゼレーレ（憐れみたまえ）

どんよりとした灰色の十一月の朝が、朝焼けもなくストックホルムの町を沈鬱に覆っていた。最初の生きた物の証しは、処刑台から空に浮かび上がり二度三度ふらふら動いていた人影らしきものだった。

時間が経つにつれ、何が起こったのかを見に町の人々が姿を現し始めた。広場には、首を刎ねられた者たちが、まだ血と夜の雨に濡れたまま放り出されてあった。兵士たちが警備に立ち、厳しい天気の中、ビールとワインで士気を高めている。正午過ぎに、処刑人がまた何人かの確信的な異端者と反逆者たちの処刑を開始した。

その日はまったくひっそりしていた。いつもよりつまらなく短い日のように思われ、何事もないままにいきなり夜になってしまった。

沈み際になって太陽の炎が燃え上がり、空の雲はことごとく、ゆっくりと目を開けるように移動していった。日が沈みきると、天空は長い間雲ひとつなく白みがかっていた。ずっと沖合の海には、やっと見えるほどの点が十ほどあったが、それはその日の午後に帆を上げていたリューベックの船団だった。夕焼けが西の方で色を濃くしていく。空は物思いに沈み、暮れてゆく日が果てしなく広がって、夜の冷気は穏やかだった。

その静寂の中で、大聖堂の聖ニコライ教会の鐘が悲痛な音を響かせて鳴り始めた。「そうだ、そうだ」とすぐにノルマルム（ストックホルム宮殿のあるスターズホルメン島の北に広がる一帯）の聖クララ修道院と聖ヤコブ教会が応えた。セーデルマルム（スターズホルメン島の南の島）からはマリー・マグダレーネ教会の鐘が声を張り上げてくる。これらの教会がそれぞれ非難の声を震わせて鐘を鳴らしていた間にも、いくつもの小さなチャペルから嘆きの早鐘が唱和してきた。

町は今、水の上に盛り上がった暗い土の塊のようだった。不幸のどん底にあったスターズホルメン島では、ありとあらゆる音が嘆きになっていて、鐘の舌が叫び声を上げて空気を不安にし、痛みで揺らめいている空の下で何もかもがため息をついていた。時折空気はまるで責め苦に身悶えする生き物のように振幅し、鐘の音が高く泣き叫んで生まれては、力尽きた波のように大気の中へ死んでいく。すると同じ抗議の声が再来し、空気は痛みに呻き、見たこともない口蓋が、苦痛を持続させたまましわがれ声を出すように震えていた。

町の鐘は長い間激しい苦痛を訴えていたが、その音がいきなり高まり、嵐のように音を絞り放つかのように鳴り響いた。たちまち騒擾のごとき鐘の音が空中に叫び声となって放たれ、ずっと高いところでは、よく通る金切り声の咆哮が迸った。地上で聞くどんな音よりも純粋なその荒々しい響きは、消えることなく大気の内に留まった。それはまるで、目に見えない生き物が黄色く火のように輝く高みの空気の中に身を投げ出し、その大きな白い身体が稲妻の力をもって天空の高みで暴れ回り、叫ぶかと思えば歌い、恨み言を言いつつ歌っているかのようだった。

ミッケル・チョイアセンがセーデルマルムから橋を越えてやってくる。鐘の音を聞きつつ、町に入って歩き回った。地面を歩くというのがそんなにも低く感じられたことはかつてなかった。彼の人生は自由ではなかったが、これほど底辺にいると思い知らされたことは一度もなかった。底の底だ。みすぼらしい家々でさえ底を離れ、下を歩いている彼より高いところにある。うす汚い木造のあばら家を見上げてから、頭をうなだれ、くびきをかけられた動物のように歩いていった。通りの片側の家々の土地に沿って溝《どぶ》があり、古い濁った血が漂っていた。広場から流れてきたものだ。風があり、空気は澄んでいたが飢えているようだった。寒かった。身を切るほど寒かった。

ミッケルは、処刑された者たちがまったく動くことのない死体の堆積となって横たわっている広場を横切った。聖ニコライ教会の方へ行く。

その階段の上では病気の者、手足の不自由な連中がミッケルの方を振り向いて見ていた。みなそれぞれに自分の惨めさを誇示するのに忙しかった。彼らが立ち上がると、服から腐った傷の悪臭が放たれた。

白い手織りのボロを着た男がもう腐り始めている両手を前に出して見せ、唇を突き出して施しを求めた。音を頼りに少年がこちらを向き、かつては目玉がついていた大きな血だらけの肉の穴で見た。別の若者は座ってむき出しの脚を板の上でおさえている。膿の重さが何キロもありそうで、生暖かい異臭を放っていた。熱があって汗をかいている連中のせいか、階段のあたりは暖かかった。

けれども夕暮れの教会の壁際には、包み一つと頭だけしかない者がいた。女の顔だった。水腫のために歪んで膨らみ、手足がなくて目だけを動かしている。視線が夕闇を射抜いていた。ミッケルが憐れみの目で女を見下ろすと、悪意に満ちた表情をして彼をおののかせた。彼だけではなく誰に対しても向けられる動物的な敵意だ。

ミッケルが教会の中に入ると、香煙のにおいがした。教会の中の空間には崇高さが満ち、四角に切った重い石の堆積が音を紡いで暗く奏でているように思われた。低い音で演奏されていたオルガンだ。高い丸天井の暗がりの下で、音が尾を引いて流れているようだった。数少ないろうそくが素晴らしい祭壇の上に灯されている。

ミッケルは教会の中の方には入っていかなかった。入口の近くの隅に留まり、疲れて脚が棒のように感じられていたので、暗闇の奥で腰を下ろした。そして目を閉じた。

オルガンは静かに演奏を続けている。その音が心を鎮めただけではなく、胸を重くした。彼はいつものように局外者だった。そのために、なだめるような音楽を聞くと、窒息させられ遠く突き放されたように感じるのだった。彼は無宿のよそ者だった。

ミッケルがそう思っていたちょうどその時に、オルガンが最大の音を響かせてメロディーを奏で始めた。大きな扉がすべて開け放たれたようだった！　明るい声の合唱が湧いて出た。聖歌だ。オルガンの美しいパイプがことごとく、若く陽気な音を低い悲しみの音と血を流す最も暗い音とともに嵐のように奏でている。聖歌は高まった。

ミッケルは胸の内で崩れ落ちてしまう。「我が主、イエス！」と思わず口に出た。彼は全能の神に身を委ねた。何年にも及んだ孤独の重みが溶け去っていくのを感じた。

彼はたしかに孤独だった。だが、孤独な者は咎められ、いずれは明るみに出される。

支離滅裂な日々を過ごしているうちに考えが固まってしまい、もっとも単純な明白なことがらがすべて遠ざかり離れていってしまう。世界にたったひとりだと誇りをもって自分のうちに認めていた見事な才能も、疑問によって弱められていく。世の中を支えられないなら、お前の妄想など何になるんだ？　お前はほかの連中と同じだ。連中より強くなんかない——でも、世界で一人だけの人間ではいたい。だから孤独なのだ。

それでどうなったのか。お前の心の生まれつきの優しさ、青年時代にお前を不眠にしていた、心の底から人のために善行をしたいという思いはどこへ行ってしまったのだ？　人生は、幸福になりたいというお前の並々ならぬ欲求を満たそうとはしてくれなかった。代わりに人を憎み、復讐をせずにはいられなくなり、お前は宿無しになってしまった。そしてとうとう、世界の果てのまったく見知らぬ土地を自分の居所にすることで満足しよう、などとうわごとを言うようになった。そこで文句たらたら、わけの分からぬ病を泣いて忘れようなどと思ったりするのだ。けれども、それでさえ、お前の魂の際限のない不満と痛みからさえ、人生は解き放してくれなかった。

オルガンは救済の音を流している。痛みと喜びがついに一緒になり、幸せそうな不平に変わっている。聖歌の音色は、人の心を癒しの光景に導いて行く。胸の奥で、まだ胎児のようだった意志が生きいきと育ち、心が突然動き出すのだ。

聞け、澄んだ声が痛みをもって、しかも明るく歌っている。オルガンは叫び、嵐のように哮《たけ》り狂い、囁いている。ありとあらゆる動物が話をし、口をきけない生き物たちが荒々しい声で歌っている。審判のトランペットと天国の白い笛の音が聞こえてくる。

その時に明かりが射し、死の国からの道が大いなる夏に向かっているのが見えた。疲弊した者たちが全員、戦場から町々から一緒になってそちらに向かっていく。鋤を捨て、浜辺に着いて船を去り、墓場から出てきて一緒に同じ道を行くのだ。

彼らの周囲では落胆の風が音を立てて吹き荒れている。彼らは同情と哀れみを求めて旅をしているのだ。生きていた間には悪いことしかなかった。歯を鳴らし、千人もの人々が泣いている。地上の国では苦々しいことばかりなので両手を揉み合わせている。歩いていきながら、嵐のような不満を天に投げ上げている。蒼白な顔を上げ、星の世界の慈悲を求めて夢中で祈っている。

遠い土地から向こうで起こっていることを知らせる音が届いてくる。時が破壊するものすべてが立てる風音だ。地上に永遠の枯渇をもたらす風が吹く。万事が朽ちる風。あらゆる地帯で一番冷たい風だ。どんな冬よりももっと毒々しく、氷の針が雲の中でゆっくりと踊り回って音を立てながら内側で反響している。蹄の音、笑い声、生活の音の反響だ。それがやがて、ひっそりと不平をかこつコンサートになっていく。シーッ、静かに！　人の脚が密かに音を立てている。一番真ん中の音は、棺桶の中でそっとうごめくような音だ。

静かに！　お前がものを思うと、記憶の中で風が吹く。凍てつくような忘却の突風が吹いている。お前の冬の思い出の中では、雪が吹き溜まる歌しか聞こえていない。お前の意識に一本針が通され、堪え難い暗闇にお前を追いやるのだ。

地上に取り残された不幸な人々はこのように音楽を聴くのだ。そして怯えてしまい、ひと塊になるのだが、団結するためではなく、収穫期の嵐の時に小島にいる家畜たちのように、島の突端まで行って陸に向かい必死な叫び声を上げるのだ。

ここでの暮らしは薄暗く、暖かくない。追放された者たちは差別され、人の親切さを味わうことはない。寒さに震える者は、隣にいる者にも隙間風が届くようにし、人を恋しがり絶えず苦痛にあえぐ者は、一緒に監獄に入っている者の心に嘲笑を浴びせる。孤独な者たち、庇護されていない者たちにとって、夜は長く不穏だった。

ところがミッケルは、痛みの神を見たのだ！　聖歌の中で耳にした。彼は、救世主である人が慰めようのない人々を受け入れているのを目にした。一人また一人と道から救い上げられた。裸だったが、神は気にしない。慈悲深い救世主は、温もりでもって慰めた。ミッケルは、厄介者たちがみな公正な扱いを受けるのを見届けた。彼らは立ち上がり、天国の秩序に場を与えられた。音楽が彼らの上に鳴り響いた。ミッケルは一生のうちに見知った人々を全員そこに見た。年月とともに散りぢりになっていた者たちがふたたび集合している。戦場で倒れた兵士たちの間でほんの一瞬しか目にしたことのなかった哀れな顔が、今また堂々と起き上がっているのを見た。父親のチョイア・ニールスソンが神の前に立っているのが見える。年齢に蝕まれている身体を、重い人生の証拠にしていた。ミッケルは空が広がるのを目にする。とっさに心のうちで神にひれ伏した。そして教会の床に出てひざまずき、崩れ落ちてしまう。

小さな運命

雪が降っていた。ストックホルムの大広場は、柔らかく輝く絨毯に覆われていた。雪はひっきりなしに降り続いている。まだ夕闇はすっかり下りていなかったが、家々の窓には明かりが灯されていた。

広場に達するどの道からも礼装した人々が出てきて、降ったばかりの雪の上を歩き、市庁舎の階段をめざしていった。市庁舎の窓は宴会のために明るく照らし出されている。

ストックホルムの市民が国王クリスチャンの栄誉を祝して歓迎の宴を開くのだ。大広間での食事が終わると、若者たちがどっと流れ込んできた。扉の外に群がって、長いこと待ちくたびれていたのだ。さあ、踊りの時間だ。

すぐにも音楽の演奏が始まった。アクセルは最初に踊り場に出た。がむしゃらに一時間ほど踊り回り、踊って動くことだけに夢中になって、誰と一緒に踊っているかには無頓着だった。喉を潤すために階下に下りてきて外を見ると、漆黒の夜だった。白い雪の粉が、光に群がる蛾のように扉の内側に舞い込んでいた。アクセルは忍び出て、通り二つほど先まで走っていった。病に倒れているミッケル・チョイアセンの様子を見にいくためだ。もう一週間ほど横になっていて、かなり弱っているようだった。

ミッケルが宿泊していた質素な宿屋では、傭兵の一団が酒場に座っていた。アクセルは挨拶をしてその横を通り過ぎ、ミッケルのいる奥の部屋まで行った。中は暗く、息が詰まるような空気だった。熱を出して横になっていたミッケルが、誰だ、と聞いた。弱々しく熱っぽい声だった。アクセルは灯りを点け、ミッケルの湿った手を握った。

「具合はどうなんだ?」

あまり良さそうではなかった。赤い顔をして横になり、眉から汗が流れている。痩せこけていたため、不気味な印象を受けた。やっとの思いで疲れ切った目を開いたが、すぐにまた閉じてしまう。目はどんよりして血走っている。

「やれやれ」とアクセルが気落ちして言い、ベッドの横の籐椅子に腰掛け、何分もの間じっと病人の顔を見つめていた。ミッケルは忙しく息をして、身体の位置を変えようとしてもできないでいるかのように、顔を左右に動かしている。アクセルは水を差し出したが、ミッケルは口を閉ざして断った。

ミッケルはそのがらんとした部屋で死んでいくようだった。それほどひどくなっていた。白い漆喰の壁には彼の刀剣がかかっている。柄が彼の手ですり減らされていた。でも今は、彼の手の方が自信を失くして鈍っている。ごわごわの口髭は、鼻の下で灰色になり始めていて、鼻汁がこびりついていた。禿げ上がった額が変に角ばって突き出し、荒っぽく雑に組み立てられた心地悪い家具のようだ。そして頬がげっそり削《そ》げていた。

アクセルは言葉が出なかった。何て言えばいいんだ。言葉が出ないほどに重々しかった。ミッケルの髭についた鼻水を拭ってやりたかったが、決心がつかずにいる。長い間座ったまま、ミッケルが例のごとく内にこもって病気と格闘している様を見ていた。

「よし、じゃあ」と、ついにアクセルがつぶやいて立ち上がった。灯りを消そうとして前かがみになった時に、ミッケルの視線を捉えようとしてみた。そして熱い手を握り、ぼそりとさよならを言って外に出た。

一寸先も見えない外の暗闇では、雪のために目を開けていられないほどだった。アクセルは誰かにぶつかってしまって笑い出した。すると相手も笑った。娘らしい短い笑いだった。

「シグリッド！　シグリッドじゃないか！」アクセルは歓喜の声を上げ、彼女をつかまえようとして腕を伸ばした。けれども足音から察するに、他にも人がいるようだった。みんな黙りこくってしまった。大きな声などあげてまずかった、とアクセルは悟った。市庁舎の階段のすぐそばだった。扉が開いて明かりが漏れると、シグリッドが兄と同行しているのがアクセルにはわかった。そしてもう一人年配の女性がいた。アクセルは丁重に挨拶をした。

アクセルは初めて会ったあの晩以来、ずっとシグリッドのことを想い続けていながら彼女を探し出せないでいた。ところが今、どうしたらいいのかわからなくなってしまっている。けれどもシグリッドはすぐに心を開いて彼の顔を見てくれた。二人は踊りの輪に加わった。外から入ってきたばかりでシグリッドはまだ冷たかった。ドレスもアクセルに冷気をふりかけている。髪の毛も冷たい香りを漂わせていたが、生きいきした顔は光り輝いていた。

「どうして僕は君を見つけられなかったのかな？」とアクセルが、踊りながら熱く心を動かされて囁いた。シグリッドは何やら思いながら踊り続けて、「そうね」と応えた。ろうそくの明かりが壁の上で陽気にはしゃいでいる。活発な炎が、ろうを吸って飲んでいる間もじっとしていられないかのようだった。目も回るほど踊りまわっているカップルの下で、床が軋んで音をたてている。大きな広間は照明が悪く、隅の方が闇に沈んでいた。踊り場では、人の数より多い手足のない影がたくさん踊っている。壁掛けが冷たい隙間風のせいで波打ち、音楽が笑い声を上げ、カップルはくるくる回り、風に揺れる影たちが、暗い隅の深淵でまったく命がけな危うい跳躍をしていた。

「君のこと、こんな風だとは思っていなかった」とアクセルが、息を切らせながら優しく囁いた。「もっと全然ちがう人だと思ってた。でも君は……」。アクセルは長いこと黙ったままでいたが、興奮して胸が上下している。「シグリッド！」

シグリッドは謎めいた幻想にふけってでもいるかのように踊っている。

「なあに」と、そっとシグリッドが応えた。

お金では買えないほど優れた技量を持った音楽師たちも負けてはいない。クラリネットが舌先で音色を渦巻かせ、ホルンが透きとおる音を響かせ、太鼓が拍子を歯切れよく刻んでいた。

ダンスの夜は、少しも変わらずに続いている。アクセルとシグリッドはいつまでも一緒に踊っていた。するとアクセルは、シグリッドの顔が蒼白になっているのに気がついた。

「まるで口から血が吹き出てるみたいじゃないか！」とアクセルが大きな声を出し、足をほぼ止めてしまった。シグリッドは丸い黒い瞳で見上げたが、ますます色を失っている。アクセルは腕を震わせながら彼女をしっかりと引き寄せ、非常にゆっくりと踊り続けた。

そして二人は、クッションが並べられた壁際の長椅子に腰掛けた。アクセルは話しかけ、シグリッドは彼に対してますます快活になってくる。ゆったり落ち着いて彼を探るような目で見つめてくるので、アクセルは思わず、これ見よがしに身体を大きくしならせて応えた。彼のブルーの袋状の袖には切れ目が入っていて、中の黄色いシルクが見えるようになっている。グリーンのズボンをはき、靴は鮫のような形で、先の方が横に広がっていた。シグリッドの方はブルーのビロードのドレスを着て、首の周りが開いて素晴らしい麻地がのぞいている。彼女の細い髪の毛は、大麦のような黄金色で、両の頰に垂れ下がっていた。指輪を見せてくれる。短くぽってりした指に、ダイヤがきらきら輝いていた。

「僕たち同じような手をしてるね」とアクセルが言った。そして声をひそめて、「指輪が欲しいかい？　たくさん持ってるんだ、シグリッド」

シグリッドは興味なさそうに彼を遮った。アクセルはもう一度聞いてみる。シグリッドは軽くノーと言い、髪の毛を後ろに払った。

「イエス、って言ってくれよ！」と、申し出を拒否されたことに驚いてアクセルが懇願した。口達者の巧みな口が閉じられた。黙ったままで、じっと長いこと嘆願するような視線を送っている。そして、いかにも心を動かされたようにため息をついた。

するとシグリッドが、彼の方を見ずにうなずいた。アクセルはわざと落胆したような表情を見せて黙りこくっていた。するといきなりシグリッドが笑い出し、アクセルの表情が変わった。有頂天になって前に乗り出し、自分の宝物について熱心に語り始めた。高価な首飾りも、黒い土の中での安らかな眠りから覚め新鮮な光沢を放っている宝石類も、すべてが手に入る。ずっしり重い腕輪もあげよう。お望みなら、この世に二つとない貴重な純金の鎖にしよう。

「踊りましょうか？」とシグリッドが言って笑った。彼女は立ち上がって大きく息を吐いた。アクセルの話に退屈しきっていたようだった。

アクセルは気を悪くして踊っていた。けれども幸せでいっぱいだった。そんな雰囲気にシグリッドはうまく流されて、恋に落ちたかのように、処女の娘に特有な温もりをもって彼に微笑みかけている。彼女は若々しく今にも壊れそうに、近くにいながらも遠くにいるかのように踊っていた。

そうして夜が更けていった。シグリッドが彼に望みを与える度に、アクセルは変にしょげてしまい、シグリッドが若い娘がよくするように彼の信じるところをわざとすべて吹き消してしまっても、アクセルは痛みを覚えたものの、幸せそうだった。するとシグリッドは彼をかわいそうに思い、身を寄せて疎遠さから戻ってくるのだった。その時にアクセルが勝利に対して自責の念でも起こそうものなら、彼女は笑い、彼はまた惨めになりつつうっとりするのだった。そうして夜が更けていく。

午前三時になってシグリッドの兄と年配の女性がやってきた。家に帰る時間だ。アクセルは見送りを許された。雪は降りやみ、夜は清らかで寒かった。雪が光っている。アクセルは、シグリッドの住んでいるところがわかった。高揚して自分の部屋に戻る。シグリッドを勝ち取ろうと固く決心していた。

それから何日か経ち、アクセルはシグリッドと婚約した。彼女の一家は全員が賛成だったわけではなかった。最初のうちは、アクセルの財宝のことをそんなに信じていない様子だった。けれどもアクセルは胸を叩いて彼らに容器を見せた。何者であったにしろ、メンデル・スペイアという男が嘘を吹き込んだというのか？　自分のような姓のない人間に、大きな遺産があってなぜいけないのか？　血統に暗い部分があるにしても、構わないではないか。別に急ぎはしないが、遺産を手に入れた時には、自分が実は何者なのかがわかるのではないか。――ということに落ち着いたのだった。疑うことを知らない素直な人間を嫌がる者はいまい。祝いのビールとともに婚約の儀式が盛大に行われた。

……ストックホルムの町は純潔な雪の下にあった。雪はいつまでも降り続け、ありとあらゆるものの跡をすっかり消してしまっている。毎日少しずつ宴会が行われるようになり、そのうちに毎晩のように裕福な市民のだれそれのところで舞踏会があった。

ある晩、アクセルはシグリッドの部屋の窓に梯子をかけたが、彼女の兄弟の手で取り除かれてしまった。それが陽気な騒ぎとなり、アクセルはみんなに市庁舎でワインを振る舞うはめになってしまう。結婚式はクリスマス直前に行われることに決まった。

ストックホルムでは町を隠す雪空の下で祝宴が開かれていた。通りにはひっきりなしに宴会客が歩いているのだ！　ある晩遅く、アクセルは家路を戻る途中で目の前に女の姿をみとめた。家の壁すれすれに歩き、頭巾をかぶっている。一人で、泣いていた。アクセルが見ても若い人だという以外わからなかったが、なぜ一人で歩いて泣いているのだろう？　彼が話しかけても返事がない。だが、手を取ってみると、一緒についてきた。彼女は、そばにいても一言も口をきかない。泣くかと思うと、慰めようもないほどのため息をついていた。一晩中だ。アクセルは、目を覚ますたびに彼女の無言の悲しみを耳にした。なぜそれほどまで絶望しているのか、知らされることはなかった。朝になると彼女は黒い服を着け、出ていった。来た時と同じように泣きながら。

シグリッドと婚約をしたその日、アクセルはミッケル・チョイアセンの様子を見に行った。まだ良くなっていない。痛みはもうなかったが、衰弱が激しく、それがますますひどくなっていた。

アクセルは、ミッケルが死ぬほど蒼白になっているのを目にした。余命いくばくもないのは、本人にもわかっているようだった。

死にかけている者のそばでアクセルは、どうしてよいかわからぬ苦痛に苛まれながら一時間ほど過ごし、帰ろうとした。するとミッケルが目を開けて、さよならと囁いた。そして、去ろうとするアクセルの背中に呼びかけた。ミッケルは何か言いたそうだった。アクセルは用心深くミッケルの上にかがみ込んだ。

「宝物……紙に何が書いてあるか、今読んでやろうか?」と、死につつある男は、やっと聞こえるほどの声で言った。

アクセルは背を正し、目頭が熱くなった。が、急にしっかりとミッケルを見た。

「いいんだよ」と短く応える。そして、きまり悪そうに手にしていた帽子をまさぐった。

「もういいから……それより、元気になってな、ミッケル」

ミッケル・チョイアセンは言葉も出さずに横になったままでいる。けれども、戸口に立ったアクセルの後ろ姿が彼を激怒させた。そして復讐を誓った。またしても人を憎むことになった。

翌日の朝、ミッケルは回復に向かった。そして元気を取り戻した。

原生林にて

二年ほどの間、ミッケル・チョイアセンとアクセルが出会うことはなかった。健康を回復したミッケルは、国王に従ってデンマークに帰った。ところがその前にアクセルがストックホルムから失踪していた。いろいろと噂が立てられたが、結婚式の二日後、クリスマスの直前にいなくなり、以来姿が見えなくなっていたのだった。とんでもない話で、家族の間では卒倒する者も出ていたとか。シグリッドはあまりにも早く寡婦になってしまった。

事の成り行きを一番気にしていなかった者、にもかかわらず最も関係していたのが、悔い改めるところのないアクセルだった。彼の目から見たら、すべてが単純だったが、それでも複雑な話だった。結婚した二日後の朝、彼は馬に乗って町の南の田舎の方に出かけていった。シグリッドのことを思うと、説明できないほどうれしかった。ところがその気持ちが強く躍動し、ふとデンマークにいるキアステンのことを思い出した。彼の心が呼び叫んでいたのだが、叫び声はずっと遠くから届いてくるような気がした。彼の心はシグリッドのそばにいられる至福の声を聞いていたはずなのだが、それをあたかもキアステンが呼んでいるかのように聞いていたのだった。恋心が嵐のように沸き起こってきて熱くなり、彼はギャロップで馬を走らせた。キアステンの思い出がどんどん身近になってくる。会わずにはいられなくなった。

アクセルは、キアステンと最後に会ってから一年ほども経過して、何千里も離れているのを忘れて、国王街道を西に向かってギャロップで走っていった。一時間あまり休むことなくギャロップだった馬が速足になり、アクセルは、デンマークまでの道のりが遠いのを今さらのごとく知らされた。すぐに行けるところではない。気がふれたように衝動的だったのが今は妥当な考えができるようになり、ゆっくりと馬を走らせながら状況を判断した。自分は今、去年恋人だったキアステンに会うために、デンマークへ旅をするつもりなのだ。

　夜になると、アクセルはストックホルムから四〇里（約一六〇キロメートル）ほどの所にいた。旅籠に泊まり、居間に一人で座っていた。農民が何人もいた。話題はグスタフ・エリクソン・ヴァーサ（当時、デンマークで牢屋に入れられていた若きスウェーデン人グスタフ・ヴァーサが帰国し、クリスチャン2世に対する反乱の指導者となっていた）だったが、アクセルは耳を貸さなかった。礼儀正しく近づいてきてストックホルムの最近の様子をたずねる者があったが、アクセルはあまり話をしてやらなかった。彼がデンマーク人だとわかると、相手が距離を置いたからだ。アクセルは話などしたくなかった。シグリッドのことを考えていたからだ。

　まさにその日の朝――今は四〇里も離れ、雪に埋もれたいくつもの領地や森や町々を越えてきて、その間に心に変化が訪れ、事の成り行きは別の側面を見せるようになっていたが――同じ日の朝にアクセルはシグリッドにキスをしてきたのだった。彼が先に起き、いっしょに外に出たかったが、彼女は寒すぎると言った。アクセルがキスをした時、彼女は大胆にも白い腕を布団の中から出して彼の首にまわした。彼女は小柄でびっくりするほど肌が真っ白だった。外の空気の中に出てアクセルは、馬に飛び乗り風を切って走らずにはいられなかった。自分の幸福を麻痺させるためにだ。

　それが事の始まりだった。これからまだ何日も何日も先のことになるが、お互いを隔てている距離を馬に乗って縮めていったあげくに、キアステンに会えるのだ！　アクセルは待ち遠しかった。会える日を思い描き、両手の指を絡ませて音を立てて握りしめた。キアステン。ああ、キアステンよ！

斜面にあったキアステンの住む農家がすぐそこに見えるような気がした。歪んだリンゴの木が屋根にのしかかっている。家の下の方では、海の塩辛い水がまだ砂を洗っているのだろう。あの三月の日、彼が馬の背から振り返って最後に見た時と同じように。

その夜アクセルは旅籠でよく眠った。一度だけ急に目が覚めると、キアステンの顔がすぐ上にあり、その唇が触れそうなくらい近くにあった。シグリッド！　と彼は囁き、眠った。

次の日は、音を立てるほどに凍てついた天気の中で馬を走らせた。波を打つようにでこぼこな石だらけで走るのが難しい道だったが、馬はギャロップで走り通した。厳しい風が耳を切っていく。アクセルは馬の蹄が刻む轟音と唸る空気の中で馬にまたがっている。そして歌を歌っていた。乗馬の騒音ともう一つ、空を切る鞭打つ音にその声が加わっている。荒れ狂う嵐の中でも走るように馬を駆って歌っていた。馬の下では雪と石ころが流れていく。陽の光の中で、雪に埋もれた畑地が移り変わっていった。まれに赤く塗られた丸太小屋が見えた。霜に覆われた巨大な岩が、土に埋められた巨人の額のように地面から突出している。アクセルは松林を駆け抜けていく。岩と岩の間の狭い隙間に飛び込んではすり抜けていった。そして歌っていた。まるで、なんでも食らう粉砕器に身を委ねるかのように、彼は自分の歌を細い麦の穂にして騒音の深みに入れて消えさせていた。

あと八日、いや十日か……突然アクセルは、南に行くはずなのに、西に向かって進んでいるのが耐えられなくなった。なんで迂回する道に沿っていかなくてはならないのか。近道をして横切っていくことができるはずだ。アクセルは馬を道から外れさせ、道のない森に乗り入れた。

一日中乗っていった。夕方になると斜面が上りになり、石だらけになった。荒々しい姿をした松の老木が岩の塊から枝を投げ出し、その間を灌木類が埋めている。どこも雪一面だ。アクセルは馬から降り、引っ張っていかなければならなくなった。愉快なことじゃない。少しずつしか前進できない。夕闇がすっかり下りた頃、狭くて荒涼な谷間にたどり着いた。幸いほぼ平らだったので馬を走らせることができ、谷の底に沿って夜遅くまで進んでいった。けれども、やがて谷間は終わり、アクセルは馬をもっと深い森の中へ引いていかなければならなくなった。一歩、また一歩、斜面はずっと上に向かっていて、樹々がますます密になっていく。

夜は静まり返っていた。樹木は凍った空気の中で眠り、物音一つ聞こえない。アクセルは置かれた状況の異常さなど、別に考えたりしなかった。二日が経過していた。凍てつく夜中にあてどもない森の中を馬を引いていくのが彼の運命になった。彼の人生はそんなものだったのだ。

真夜中近くになってアクセルは森の中に家を見つけ、泊めさせてもらった。そしてその家に滞在することになった。木こりの娘がすばらしかったからだ。

木こりの名はケーセ、若い娘はマグダレーネといった。その家を見つけた次の日の朝、アクセルが屋根裏部屋から下りてくるとケーセは森へ行っていて、マグダレーネが炉のそばで何かを煮ていた。アクセルは彼女を見た。二人はすぐに近寄り、おたがいの匂いをそっと嗅ぎ合い、たちまち親密になった。眠って元気になっていたアクセルが手を伸ばして笑うと、彼女はお玉を持ち上げ、挑戦を受けて笑った。そこでアクセルは真面目に彼女のくびれた腰を引き寄せ、その目を深々と見つめた。マグダレーネは彼の視線を避けたが、アクセルはしっかりと口づけをした。すると二人はすぐさまおたがいの首に巻きついた。

ケーセは帰ってくると長い間何も言わずに小さな家の中を歩き回っていた。それから何度も上を向いてうなずいた。若い二人は、彼のうなずきを諒解の印とみなした。こうしてアクセルは、その小屋の義理の息子になったのだった。

「あの子はお前のものだ」と、それから何日かたち、一緒に木を伐っていた時にケーセがいきなり斧をおろしてアクセルに言った。ケーセはアクセルを見上げた。まるで、それまでの何日かの間にようやく問題を考え抜いたかのように。

「あの子はお前のものだ」。ケーセは斧に寄りかかり、何やら考えている。自分はあの子をまったくの偶然から授かった、とケーセは説明した。話はこうだ。別に大げさなことではなく、その家には女が住んでいたことがあった。ところがある日、家から逃げていってしまい、運良く授かった子どもを彼のところに残していった。彼はその子をマグダレーネと呼んだ。名前は名前だ。ほんとはそんな名じゃなかったが、あの子のためには……要するにだ、あの子はここで、ほかの子と同じに元気に可愛く育ったわけだ。

「あの子はお前にやる」とケーセは言った。「たやすく授かった子だ。たやすく手放せる!」

ケーセは両手に唾を吐きかけて斧を木に向かって振り上げた。以来、彼はもう演説をすることはなかった。

冬はますます厳しくなり、きりきりするほど寒くなった。風はすべて止み、空気は死んでしまった。

＊

太陽が正午ごろに白く冷たく輝き、はるか遠くにある磨かれた氷の塊のようだった。夕方になると、いそいそと森の向こうの暗い血の色をした湖に沈んでいく。夜長の静寂が破られるのは、弱々しい鳥が飛んで梢の近くに寄りすぎて雪を払い落とす時、もしくは野生の動物が、ずっとかなたで悲しみと飢えを声にする時だけだった。

ケーセの家ではなんとか寒さに耐えていた。屋根裏にも床下にも干した苔が詰めてあり、寝る時には山羊の毛皮の布団に潜り込んだし、火の絶えることもない。いつでも火が燃えていた。炉端には森から伐ってきた新鮮で湿った薪が置いてある。樹皮についていた苔が温もりの中で生き生きとしてきて、樹幹は、凍った状態から戻ると松脂を滲ませた。木は火を欲しがり、炎に捕らえられるとすぐに身体を伸ばした。煙は部屋の中を巡り、顔にまつわりつき、唇には森の味がしてくる。火の中で木は心地よく汗をかき、その芳香が放たれて部屋に漂っていた。

けれどもきちんとしたクリスマスは祝えなかった。家にはパンと古い塩漬けの肉を炙ったものしかない。そのうちに、アクセルの馬にやるものさえなくなった。馬なんかおいとく必要があるのか、とケーセが言った。その日、彼の髭だらけの顔にはなんとなく生きいきとしたものがあり、彼が活発に思いめぐらしていた話題について話がされた。そして馬を屠殺することに意見が一致し、ケーセがすることになった。ひとまず次の日まで待つことにしたが、ケーセはいろいろと算段することがあったのだ。

翌朝早くにケーセは若い二人を起こし、仰々しく外へ連れ出した。戸口のすぐそばに馬が死んで横たわっていた。まだ温かい。ケーセは早速捌《さば》きにかかった。最初のうちはためらいがちだったが、だんだんと快活に作業をするようになった。

ケーセが異端者だとわかって、アクセルは多少気まずい思いをしたが、思慮は脇に置き、いざ思い切って手を血に染めてみると、禁じられたことを行う快楽に夢中になり、勢いが増すのだった。マグダレーネも手を貸し、三人一緒にせっせと働いた。

ケーセは黙って血の塊を東と南の方向にいくつも投げていた。解体するのに長けている喜びを下手に隠しているようで、貴重な臓器に達するたびにナイフの先で指し示し、「ほら、ここだ」と言って頷いてみせた。

「こいつは八歳だ」とケーセは囁き、そっとアクセルの方に目配せした。アクセルがそれを認めると、ケーセは手を開き、馬の年齢を判断するもとになった小さな血だらけの骨を見せた。ケーセは馬の腹の裂け目に鼻が届くほど腹ばいになって忙しくしている。両手を肘まで差し込んでいた。満足そうだった。屠殺がこんなにすばらしいとは。こいつはぴちぴちして威勢のいい馬だった。多少つらかったのは、馬が持っていた熱い生気が今もまだ感じられ、馬の内臓で腕に火傷をしかねないほどだったことだ。

お昼前にマグダレーネが最初の食事にみんなを呼んだ。馬の最上の肉を煮たものが湯気を上げている。熱い肉の塊を目にするとケーセは歯を鳴らし、よだれが出てきて、指を伸ばそうとした。

けれどもマグダレーネが純真な視線をアクセルに送り、馬の心臓を彼の前に置いた。火にかざして焼いたものだ。血管から湯気が上がっている。アクセルは平然を装って食べ始めたが、二口ほど味わうと、あとはもう夢中になった。

その日は一日中、澄んで穏やかな氷点下の寒い日だった。家から出たり入ったり、解体したり食べたりを日がな続けていた。煮物や焼き物の匂いが芳しく、ついさっき解体されたばかりの馬の身体のいい匂いと、まだ動いていた内臓のことを思い起こさせた。家中に屠殺の臭いがしていた。背の低い戸から湯気が漏れ出し、屋根まで立ち上っていく。戸の上の庇では雪が溶け、それがまた凍って血の色に汚れた茶色の氷柱になった。

夕方近くになってマグダレーネはまた料理を最初からやり直し、馬の血を使ってパンケーキを焼いた。若い二人はすっかり無言になっていたが、ケーセは食べ物が待ちきれずにわくわくしてはしゃぎ、歌いながらうっとりした表情で太陽や月の形を両手で作って見せていた。彼は朝から食べっぱなしで、眉にまでソースやら脂をつけている。この老人は革の上着の両腕をテーブルの中程まで伸ばし、目の前の山盛りのご馳走を抱えるようにしながら噛み続けては唇の端に付いた脂を口に押し込み、上機嫌に歌っていた。マグダレーネは行ったり来たりしていたが、彼女も時折つまんでは小さな口に運んでいた。

……長い静かな夜、ケーセは天井の苔を敷いた寝床で一晩中夢を見ていた。寝ながら笑ったり何やらわからぬ独り言を言ったりしている。若い二人は目を覚まし、その声を聞いた。そして一度だけ、黒く不動の夜の中で、森の方から何か振動するような音を耳にした。梢の上を風が吹き抜け、霜や固くなった雪が屋根裏から落ちてさらっと音を上げると、森の中では力のない鳴き声になるのだった。

アクセルはガラスが緑色の窓から外を見た。雪の中に、肋骨を突き出している馬の残骸が見えた。カチカチに凍った脛が、緑色の月光の中で雪の上に影を落としている。

次の日、三人はまた、飽きるほどに食べた。ケーセは眠りに落ちるまで食べ続けた。

けれども眠りこける前に、狂気を爆発させてアクセルとマグダレーネをおののかせた。たらふく食って満腹になると二人をじっと見据え、うわ言を言いながら、死んで地獄でいななく馬の歌を歌ったのだ。髪の毛も髭も、脂のために頭と顔から突っ立っている。アクセルとマグダレーネに対して、世にも恐ろしい脅迫の言葉をおもしろがって吐いたかと思うと、すぐにまた許し、同情心から喘いでいた。首を振りながら自分の内にこもり、思い出に浸っている。アクセルは彼が昔風の女の名をいくつも挙げるのを聞いた。アクセルには、ケーセからもうずっと昔に去っていった女たちだろうとしか思えなかった。ケーセは感傷的になっている。ブロンドで太った女、痩せた黒髪の女、陽気な目をした女、狐の子のようにしなやかだが怒りっぽい女……ケーセは血のついた手を振り回して目を剝き、歌っては食い物にかぶりついていた。

彼が崩れ落ちると、二人で寝床まで運んでやった。三日目も宴会が続けられたが、それからはケーセは素面に戻り、日常が戻ってきた。

＊

そしてスウェーデンに春がやってきた。待ちに待ってようやく訪れた。ある日太陽が、柔らかい青色の空高くから炎をこぼすような光を注いできた。空に雲はなかったが、地面は雪解け水に浸っていた。雪は滑り落ち、身を洗って消えていく。水面でも水玉の中でも、どこでも光が屈折していた。

まだ寒いが雪のない日がきて、ものの影が走り回り水面《みなも》にさざ波が立つ中、アクセルは森へ入っていった。白い雲の走り過ぎる梢で鳥が一羽だけ鳴いている。春の空気は広々として、湿っぽい。とうとう春がやってきた。森では、忘れられていた夏の匂いがした。枯れ草と濡れた樹皮が胸を打つほどいい匂いを放っている。馬はどこだ。馬はどこにいるんだ?

ケーセの家は今、狭くて息が詰まりそうだった。何カ月も航海した後の船室のようで、居間には締め切った部屋の臭いと日常の汚れが充満していた。マグダレーネがその中にいた。マグダレーネはすっかり大人になり、素晴らしかった。顔と首筋を赤らめていても、綺麗だった。

太陽はますます熱くなった。ある日、天気をうかがうと、暖かいそよ風が顔にあたり、まぶたの奥に眩《まばゆ》い光が突き刺さった。アクセルは時が来たのを知り、もう夏だと決め込んだ。アクセルは、デンマークにはもう夏が訪れていると気づくと、落ち着かなくなった。以前、温暖なデンマークのヒース畑に馬を走らせていた時に、羊の番をしていた女の子に会ったことがあった。日が眩しくて目を瞬《また》きながらその子は、草の先や花の頭を足の指の間からのぞかせながら歩いてきた。小高い丘からは相当な距離があった。

　その日アクセルはケーセの家から去った。

丸い容器

　絶えず目まぐるしく変わる状況のもと、広い領域を旅して回っていた私生子、アクセルの話をここでしよう。デンマークのキアステンのところへ旅をし、そのあとでまたシグリッドのもとへ戻ってくるという決心は、彼の運命の木の幹になることはなかった。それは豊かに栄養を得ていた他の頑丈な枝の中での、一本の小さな枯れ枝に過ぎなかった。アクセルは、世界の若い娘たちに次々と憧れて放浪して回っていた。留意すべきは、経験を重ねるうちに、最高の娘と謳われていた者たちに少しずつ嫌気を抱いていたことである。彼女たちを退けていたわけではまったくなく、貪欲だったし感謝の気持ちもあった。幸福が全部手に入ればそれに越したことはないが、半分でも四分の一でもよかったのだ。

人に害を与えることなどないアクセルは、誰とでもうまくやっていくことができた。彼は生まれつき、何事も善とみなす性格だった。とんでもない目にあっても、それなりに上首尾に身をこなせたし、きっと何かを得ていて、何かを失う暇などなかった。収益しか知らず、損失はなかった。心がいつでも彼についてきていた。

そしてようやく、デンマークまでたどり着いた。大いなる夏が待っていた。ストックホルムでの結婚式の後でちょっと馬に乗って出かけてから一年以上が経っていたが、偶然の出来事をたくさん経験し、気まぐれに寄り道をしながらまたデンマークに戻ってきた。

その間にいろいろなことが起こっていた。デンマークはスウェーデンを失い、東西南北各所で戦争と反乱が引き起こされた。偉大なる国王クリスチャンは、全領土を危険にさらしていた。

どういうことになっていたのか、聞きたまえ。ミッケル・チョイアセンは国王の用事でデンマークに戻りユランを旅していた。チューに着き、サリン半島のスペトロップで任務を終えてから、せっかく近くまで来ているので、故郷まで足を延ばすことを思いついた。近い将来にその地方にまた来ることがあるかどうかわからなかったし、もう二度と来られないかもしれない。ミッケルは、聖なる地まで何年か巡礼の旅をするべく国王から休暇の許可を得ていた。

　バルプソンから遠くないサリンの旅籠でミッケルは、奇妙な話を耳にした。旅籠の主人のくどくどしい話では、湾沿いに半里（約二キロメートル）ほど行った先のクヴォーネという村（架空の村）で、派手な宴会が開かれている。ただの婚約式に過ぎないのに、前の日に始まって、まだ一日か二日は続くはずだ。とんでもない話だが、婚約した男には金が掃いて捨てるほどあるらしい。男の名はアクセルで、名門の出だそうだ。おまけに士官なのだが、どこから来た者かは誰も知らない。なんでもアクセルという男は莫大な財宝を持っているということで、公爵のような服を着ていた。婚約相手の女も貧しくない。インゲという名で、クヴォーネ村の金持ちステフェンの娘だ。アクセルと婚約し、宴会を中庭で開いていて、それが遠くまで聞こえているわけだ。

　旅籠の主人はそう話し、ミッケルは熱心に聞いていた。ミッケルは問いただして、ステフェンの妻の名がアネ＝メッテだと知らされた。アネ＝メッテ……彼女についても話すことがある、と主人が続けた。インゲはステフェンの娘ではない。けれどもアネ＝メッテはもう二十年以上もステフェンの妻でいて、二人の間には子供が何人かいる。それでインゲのことはほとんど忘れられていた。もともとはっきりしたことを知っている者はいなくて、ある人の話では、アネ＝メッテは若い時にどこかの学生に誘拐されて強姦されたということだった。

その学生はミッケル・チョイアセンだった。今の彼を見ても、それは誰にもわからない。彼は余計者だった。おしゃべりをしていた旅籠を営む相手の男は、自分も知らないうちに二十年もの間、覚えがないのに娘がいた、と話した。ビールを飲んでいるミッケルにたっぷりおしゃべりをした後、主人は客を一人にさせておいた。ミッケルは一人っきりで座っている。ラテン語の alienus、それはミッケルが繰り返しつぶやいていた言葉だった。

Alienus（孤独なよそ者）

アクセルがクヴォーネ村のステフェンの娘インゲを娶るというのは本当だった。世の中をいろいろと見て回った後で、アクセルは馬に乗ってその辺鄙な村にやってきた。二、三カ月前の話だ。インゲの噂はもう遠くで聞いていて、どうしても会ってみたかった。それが今、前例のないほどの盛大な婚礼の宴会になっていた。クヴォーネのステフエンは、その地方随一の富農だった。村の畑のほかにも樫の木の森を所有していて、さらに、漁業と製塩業を大々的に営んでいた。

ミッケル・チョイアセンは旅籠に馬を留めておいて湾沿いを歩いていった。日が落ちかけていた。思っていたより早くクヴォーネについてしまった。宴会の庭からバイオリンの音が聞こえてくると、そこで立ち止まり、庭の石垣に寄りかかってそれ以上進まなかった。清々しい夕べがいつまでも続きそうで、もう白夜の季節に入っていた。カエルが池で賑やかに鳴き、浜辺からは時折、落ち着きのなさそうなアジサシの鳴き声が聞こえてくる。ミッケルが近くで足を止めた野菜畑にはニワトコの木があった。ミッケルはその葉の匂いを覚えていた。古い思い出が蘇り、切ない気持ちが高まって、自分で自分が怖くなってしまう。ミッケルは踵を返し、夕暮れの和やかな空気の中を歩いて旅籠に帰った。

次の日の午前、ミッケルは同じ場所に立っていたが、また帰ってきた。そして、正午過ぎにまた戻り、今度はもっと農家まで近づいていく。とうとう道端で門の前に立ったが、入ることができないでいた。中庭は立派な馬車でいっぱいで、家の中では宴会のにぎやかな音がする。

子供が門に出てきた。そしてまた中へ走って行き、外に大きな兵隊さんが立っている、と告げた。何人も見に出てきたので、ミッケルは身を退けた。けれども、それほど行かないうちに誰かが後ろから走ってきて、彼の名を大声で呼んだ。

アクセル本人だった。再会をことのほか喜び、驚きを隠せないでいた。けれどもミッケルが、せっかく来たのに中へ入ろうとしないのですぐに落胆してしまう。アクセルにはわけがわからなかった。二人は道の真ん中に立ち尽くしたまま気まずそうにしている。晴れ着を着ていたが帽子はかぶっていないアクセルは、どんな言葉をかけてよいかわからずにいた。ミッケルは前かがみになり、白いものが交じる顎の無精髭をしきりにしごいていて、ほとんど言葉を発しなかった。

アクセルはずいぶん変わってしまった、とミッケルは気がついた。前よりかなり大人しくなっていたが、以前の落ち着きのなさがすべて目の中に集まっているようで、そこから潑剌とした光線が放たれている。

アクセルは、ほんとうに中へ入ってきてくれないのか？と何度も聞いた。ミッケルの偏屈ぶりは知っていたが、諦めようとしなかった。インゲに会ってくれないのか？ぜひ会ってほしい。みんなきっと挨拶したがっている。テーブルには飲み物もご馳走も揃ってるし……。

「一度あんたの話をしたらインゲの母親の具合が悪くなってね」とアクセルは、面白がって半分笑いながら言った。「来いよ、元気にしてやってくれよ！」

ミッケルは明るい色をした目で斜め上を見上げた。いやだとは言わなかったが、行こうとしなかった。アクセルが押しやっても、ミッケルは逆らって、じっと思いに沈んで顎を撫でている。

「そうか」とがっかりしてアクセルは諦めた。かわりにミッケルを旅籠まで訪ねていこう。すぐに旅立つわけではあるまい。ミッケルは次の日まで旅籠に留まると約束させられた。「でも一人で来るんだぞ」とミッケルは厳しく言った。そして別れた。

翌日アクセルが旅籠へ行ってみると、ミッケルは旅の用意を済ませて外に立っていた。馬はすでに渡し舟で運ばせてあった。早く出かけたがっているようだった。昔の戦友をアクセルは穏やかな目で見た。相手が出発したがっているのに気づいてアクセルは、ミッケルのためを思って自分の方から、一緒に入江を渡ってお供をしようと言った。

最初のうち舟の上の二人は黙ったままでいた。ミッケルは驚愕から冷めないでいる。けれども入り江の真ん中で——太陽が緑色の水のずっと深い所まで輝かせ、前でも後ろでも夏の浜辺が明るく広がっている——アクセルは空を見上げて微笑んだ。もう我慢ができなくなって、インゲのこと、二人でどんな暮らしをするかを話し始めた。アクセルは荘園を買うつもりだ。すぐにも宝物を取りに行かなければいけない……インゲ……。

アクセルは話し続けた。声が限りなく熱く優しくなっていた。じっと前を見つめ、自分の内なる心に魅了され、時折自分の言ったことに感動してうっすら笑っている。と思うと不安そうになって頭を振り、表情豊かにミッケルを見てほかのことなど忘れているようだった……するとミッケルは、若造の神聖そうな善の心が、無情に計算された不当なものに感じられるのだった。

アクセルは、ヒンマーラン側に着いた舟から下りたのにほとんど気がつかなかったかのように話を続け、二人で道の方へ歩いていった。

ミッケルはもうアクセルの話など聞いていなかった。極端に前屈みになって歩いている。ヒースに覆われた野原に出た。やがて静寂に包まれる。日中の温もりが、ヒースの間に生えている乾燥した小さな薬草からきつい香りを誘い出していた。ハチが一匹、道の上で羽音を立てている。バッタの奏でる音楽は、ヒースの中では喘ぐ息遣いのように聞こえた。そのほかには、あたり一帯には幅広い馬車道以外に生き物の気配がありそうな様子はなかった。道はいくつもの交差しあう筋をつけて延々と空との境まで続いていた。二里(約八キロメートル)ほど先にはグロービョーレの丘が盛り上がっている。光り輝く空が、風景の上に円蓋のように覆いかぶさっていた。

二人きりになったまさにその場所で、ミッケルは復讐を遂げた。

ミッケルはどうしてもアクセルを許せなかった。ミッケルはインゲに一度も会ったことはない。今はアネ―メッテのことを思うこともない。心の底で苛まれることはあってもだ。ミッケルは、アクセルがあの日ストックホルムで彼を侮辱したこと以外、頭になかった。そうなのだ……そう、自分を制御できないほどに憎んでいた。緊張して息が詰まりそうになっていた。行為に至るべきだと誓いながら、同じ程度に自分の弱さが高まっているのを感じていた。愛していると言いたくて仕方ないのに言えないでいる人間のように、無力感に襲われていた。思ってみれば、実に単純なことだった。けれどもミッケルは、苦痛を味わうために、苦痛を楽しむためにためらっていたのだった。ミッケルは屈辱にひれ伏し、感覚を失い、心が汗ばんでいた。何もかもが自分ひとりを相手に隠謀を企んでいるように感じていた。そしてとうとう目の前が真っ暗になり、そのくせ闇の中で行動を起こす気になれないでいた。自分ではなく何かほかの生き物が動いたかのように思われた瞬間が来るまで。

それはこうだった。ミッケルは突然よろめいたかと思うとじっと立ち尽くし、アクセルを見つめた。アクセルは話をやめた。そこでミッケルが、両手で持つ長剣を抜き、アクセルに襲いかかった。アクセルは武器を持っていなかった。ミッケルは、我を失った子供のように変にぎこちなく剣を振った。アクセルは切られ、深手を負った。アクセルは一言も発しなかった。剣を見て両腕で身を守ろうとした。手を剣の方に伸ばして掴もうとしたその時、膝を切られたのだった。その衝撃が全身の骨に伝わった。頸骨の上で首が踊り、アクセルは地面に崩れ落ちた。

ミッケルはゆっくりと剣を鞘に収めた。顎鬚を撫で、ちょっと考えた。それから屈みこんでアクセルの襟元に手を入れ、温かい胸元をまさぐって角製の容器を見つけた。それを取り出し、二、三歩離れてから開けてみた。

容器は空だった。それがわかるとヒースの中へ捨て、全速力で道まで走っていった。

自業自得

数時間後にアクセルは意識が戻った。脚で身体を支えられず、痛みが激しかったが、十歩ほど足を引きずって道へ出た。轍に腰を下ろし、静かに呼吸をして待っていた。頭がひどく痛み、目が見えないほどだった。膝に激痛が走っていたが、長いこと、見てみるのが怖かった。ついに思い切って服を剝いでどんな傷を受けたか見てみることにした。膝の外側に大したことのない打ち傷が痣になっていただけだった。血さえ出ていない。けれども関節が膨れ上がり、際限なく痛かった。

夕暮れになろうとしていた。鳥たちは沈みゆく太陽に向かって笛を吹いている。ヒースの野原からさっと風が吹いてきた。アクセルのすぐ近くに実《み》をつけたガンコウランの木があったが、実は未熟で固かった。

遠くの方から馬車のきしる音が聞こえてきた。船着き場から来る馬車だ。ゆっくり走っていた。あきれるほどゆっくりと。ようやく近くまできたので、駅者に向かって手を振ることができた。船着き場へ連れて行くように頼んだのではなく、東の方角で一番近い旅宿はどこかたずねた。グロービョーレの旅籠が一番近かったので、そこまで乗せていってもらった。目的地に着いたのは夜になってからだった。大きなヒースの柔らかい束の上に横になっていたにもかかわらず、身体の状態は惨めなものだった。

旅籠にあった唯一の客室で寝台に寝かされると、うとうとと眠ってしまった。

朝になって目覚め、窓の外が白み始めるのを見ると、彼を待っていたのは息を止められるような悪夢からの解放ではなく、まず感じたのが膝の打ち傷と脚の痛みだった。アクセルはそれが夢ではなかったことに耳が熱くなる思いをした。けれども傷をよく見てみると、針に刺されているようなぞっと冷たい恐怖が襲ってきた。膝が普段より二倍ほど腫れ上がって赤くなり、ずきずき痛んでいる。アクセルは寝台に仰向けになり、泣き出した。そして風に揺れる麦わらのように震えた。両手を組み合わせ、自分の運命を嘆いていると、しょっぱい涙が口元に流れ落ちてきた。

午前のうちにアクセルの部屋に、肌の浅黒い小柄な男がやってきて、ザカリアスと名乗った。旅の理髪師兼外科医で、たまたまその地方に滞在していたのだった。彼の姿を見た途端、アクセルはたちまち元気が出た。「お早う」とザカリアスは陽気に大声を上げた。木のような枯れた声だった。「さあ、拝見してみようかな！」

そう言って羽根布団をはねのけ、傷ついている膝を両手で押さえた。アクセルは一声つんざくような悲鳴を上げた。

「うん、うん」とザカリアスは唸り声を出し、硬い鉤爪《かぎづめ》のような指で触っているのだが、アクセルは身体を伸ばして黙っていた。「うん、うん」と言ってザカリアスは前に屈み、説明を始めた……よし、思っていた通りだ。ザカリアスは背筋を伸ばしアクセルに、傷の部分を切開する必要があるが別に危険はない、と告げ、水を入れた洗面器を取ってきて、鞄を開けた。

アクセルは注意深く彼の動きを目で追い、消し去ることのできない印象をザカリアスから受けた。肌が灰色がかった茶色にしなびていて、薄い唇はカビが生えているように見え、歯茎と半分腐っている歯は、酸でも飲んで腐蝕したかのようだった。目は赤みがかって輝き、その下には弾薬のように青みがかった影ができている。髪の毛は湿気にやられた干し草に似ていて、小さな口髭さえも染みができて色褪せ、干し草が発酵したようだった。ザカリアスはトカゲのように口が速く、色の黒い両手は、多種多様の汚れたものを触ってきているように見えた。おまけに彼は臭った。カエルとか爬虫類が発する乾いて酸味のある臭いだ。

ザカリアスは、ナイフや小さな真鍮の鉗子《かんし》を籐椅子の上に並べながら、話を聞かせていた。まったく空虚でばかげた話だったが、いきなり喉の奥から大音声が吹き出したかのような笑い方をした。

「さて」とやがて言って真剣な表情になり、両手を長々とアクセルの膝の方にのばして触り、切るところを確かめた。切っている間は何も言わなかった。

アクセルは最初、傷口にナイフが入れられた痛みが想像を絶するほどの猛烈さだったために、麻痺したようになった。そして身体を硬直させ、力を振り絞って息をこらえてガンガンする後頭部を無理に寝台に押しつけているうちに、ゆっくりと意識を失っていった。

アクセルが目覚めると、外科医の顔がすぐ目の前にあり、「息を吐いて！　息を吸って！」と命令された。アクセルは、部屋の中が薄暗いような気がした。戸が開け放たれていて、戸口からいくつかの顔がのぞいている。

アクセルは寝台の横に身体を乗り出して吐いた。それからまた元に戻って横になったが、力がまったく入らなかった。そして痛みがあった。恨めしいほど、恐ろしいほどの痛みで、じっとしているようでいながら驚くほどの力を発揮していた。「ああ、どうしたらいいんだ！　やめてくれ！」痛みはいつまでも続いていた。アクセルは寝台の上で、氷の上で倒れた者のように身をよじっていた。ぐったりして何度もうなずき、上下する胸で呼吸しながら歯をカチカチ言わせている。火傷をしたか傷をつけられたようになっていた唇を舌の先で湿らせていた。

「さあ、さあ」とそっと言ってザカリアスはなだめ、耳付きの陶器の中で黒いものを練っている。「これでじきに痛みが和らぐからね。いい塗り薬で、七十七種類の成分から成っていて、自然界の力が全部入っているんだ。これを塗ればだ、うん、うん……」

ザカリアスは軟膏を傷口に塗った。アクセルはふたたび意識を失ってしまう。気がつくと、脚がまっすぐに伸ばされ、包帯を巻かれていた。燃えるようだった傷口は大人しくなっていた。痛みの最初の飢えが凌がれたかのようだった。けれども長続きしなかった。ザカリアスはもう行ってしまっていない。

その日の残りをアクセルは、痛みをこらえながら過ごした。脳天を突き刺すような痛みだ。でなければ底のないほど深い疲労のうちに過ごした。食事が運ばれてくると、熱があるので歯をカタカタ言わせながら食べた。慌てて食べ終わると、また急いで目を閉じ、痛みとの戦いに戻っていく。

何時間か過ぎて目を開け、夜になっているとばかり思っていたのに、暗くなかった。

白夜の季節に入っていた。明るい夜だとわかると、自分の苦境が一瞬の幻のように理解できた。アクセルは常軌を逸した痛みを味わわされていた。膝の痛みは、目に見えぬ何者かが組織的に攻撃をしかけてきているかのように、拍子を刻んでいたのだ。アクセルは一人でいた。心の底からむせび泣いている。いつまでも暗くならない明るい夜、ずっと眠れずにいた。そして具合がますます悪くなっていく。

太陽が昇ると、刻まれていた拍子が心臓を抜けるようになった。力強い歌だ。アクセルは神になったような気がした。血が脈を打つたびに、頭では痛みに対する意識が新たになっていく。本人は少しも動かずじっとしていたのに、身体の周辺で騒音が轟いているかのようだった。ああ、空中にその響きを耳にするのはどんなに慰めであったろう。横になっていると力が湧いてきた。ものすごい力だ。そして途方もない死の宣告を感じていた。

＊

アクセルはいきなり眠りから覚めた。一方の腿のどこかから腐ったものが流れ出ているような気がしたからだ。死がそこに口を付け、吸い取るような感じだった。全身から汗が吹き出した。けれども疲れ切って震えていたため、また横にならざるを得なかった。

人の顔がいくつも見えた。恐怖がおさまったかと思ったら、野ウサギが彼に向かって走ってきた。目が膨れ上がっている！　アオバエが寝台の上で金属の羽根を唸らせている。それがどんどん大きな音になった！　石臼の歌（第三部「グロッテ」を参照）だ！　アクセルは自分の不安を我慢し、おとなしく受け入れていた。するとまた目が覚め、苦痛が戻ってきた。

ザカリアスが来て、包帯を外した。不満げに口もとを歪める。傷口がひどく膿んでいたからだ。もう一度切り開いて、新たに強力な軟膏を塗りたくった。それから寝台脇に腰を下ろし、話を始めた。アクセルは気分が良くなっていて、痛みもそんなにひどくはなく、休息することができた……。

ザカリアスはどんな話をしたのか。彼の行ったことのあるドイツ中央部のおかしな町についての軽妙な話だった。そこでは全員が身体障害者だった。生きたまま町を通過しようと思ったら、片脚を縛って、松葉杖を使ってのそのそ行かなければならなかった。それはまあ、妥当な話だろう。

アクセルはザカリアスの顔を霧の中で見ているような気がした。あたりかまわず笑う外科医は大きなカブトムシに似ていると思った。

アクセルはもう一つの話を切れ切れに聞いていた。それもドイツの防壁に囲まれた小さな町の話だった。ザカリアスはその町を通り抜けた時に、通りから人々が魔法でもかけられたように逃げ出すのを見た。戸や門がぴったりと閉められ、人々が風に吹き飛ばされたように消えてしまったのだ。なぜか。道の真ん中を、口から泡を吹いた狂犬が一匹、とぼとぼ歩いてきたからだった。

アクセルはうとうとしている。

ザカリアスは伝説を一つ話して聞かせた。エルサレムまで近道をしていった修道士の話だ。まず水の透き通った湖を二つ通り過ぎ、小さな丘を越えて窪地を回っていった。丘を登り丘を下りて長い旅をした後で大きな白い山が二つあるところにたどり着き、そこで休息した。それから丸い台地を上ったり下りたり何里も旅して回った。台地の高みからゲッセマネの園が見え、そうしてエルサレムに着いたのだった。

……すると突然、外科医の話したことがきっかけでアクセルはぱっちりと目を覚ました。そして外科医の浅黒い顔に陽気さが漂っているのを目にした。

それからザカリアスはもう一つ、むかつくとしか言いようのない若いオランダの娘についての話をした。彼女はザカリアスのところへやってきて、家の主人のために殺鼠剤《さっそ》が欲しいと言った。むくむくと育った二十歳ぐらいの大きな豊満な娘だった。おまけに――ここに注意して欲しいんだが――その娘には気だるそうなところがあって……禁じられた恋を半年ほどたっぷり味わってきていたようで、それはもう間違いなかった。案の定、二日後にザカリアスは検死をしに呼ばれていった。やっぱりその娘だった。妊娠していたのさ。ハ、ハ、ハ。一二〇グラムも殺鼠剤を飲んだんだが、嘘をついてザカリアスから受け取ったのと同じ量だった。その娘が台の上で横になっていたわけだ。全能の神はかつて生命の息吹をその娘に吹き込んだが、死んだその娘は、まるで神がまた全能を発揮して腹をふくらませたようだったのさ……。

そこでザカリアスは大笑いをした。積み上げてあった薪の山が突然崩れ落ちたような声だった。

けれどもアクセルは、心から怯えて彼の顔を見た。話を聞いてアクセルに見えたのは、台の上の死んだ身体だけだったからだ。アクセルはインゲのことを思い浮かべていた。畑で花を一本摘み取り、インゲがそれをろうそくのように手に持って歩いている……彼の横で。アクセルの全存在が立ち上がり、そんなことは不可能だと否定した。消えろ、消えろ！　アクセルは熱い瞼を閉じ、壁に顔を向けた。そして息を殺して泣いた。

デンマーク人の死

気楽で無責任だったアクセルは、夜空の下で死んだ。死ぬ前の数時間は意識がはっきりとしていた。

傷を受けてから三日目に重症になった。二日間肉体的な苦痛から命を擦り減らしていたが、永遠とも思われたその時間にもう疲れ切っていた。最後に熱が出たと感じた時に、外へ運び出してもらった。人の腕に支えられていたその何分かの間、痛みのために動物のように叫んでいた。そして家の外で一日中椅子に座っていた。

陽の光の中で目を開けると――井戸端ではカモが餌を探して地面をつついている――ミッケル・チョイアセンの姿が見えた。しばらくそこに立っていたらしい。

「まだよくなれないのか?」と年配の不幸な男が聞いた。アクセルはどうでもよいように首を振って目を閉じた。それからかなり経ってから見上げると、ミッケルがまだそこに立っていた。

じりじりするほど暑く、シーンとしていた。地面に落ちていた陶器のかけらで太陽が光っている。

「ハチが群がってるぞ」と、人の良さそうな農夫の声が旅籠の戸口から聞こえてきた。野菜畑の上の雪のように白い空気の中で、ハチの一群がひと塊になって浮かんでいた。太陽のそばで、玉のように丸い生きた雲のようだった。それがパッと広がったり、また集まったりを群れの中心の周囲で繰り返し、時折、太陽の輝きの中で見えなくなったりしていたが、暑苦しいブンブンという音は届いてきていた。

アクセルは、角製の容器は空だった、と言ったミッケルの声を聞いた。「何も入ってなかったぞ、アクセル！」でもアクセルはどうでもよかった。生きている間は、自分が書類を持っていたのを決して疑うことはなかった。だが、死の瀬戸際になった今は、書類がなくなろうが、まったく気にならなかった。

「許してくれるか？」と、ミッケルが惨めきわまりなく請い願った。それは死にゆく者を悩ますだけだった。アクセルは動かない。やがて、ミッケルが去っているのに気がついた。

今アクセルは絶えずインゲのことを思っていた。僕のことを忘れてしまったんだろうか？　誰も来なかった。使いをやったわけではないが、心の底で、自分を見つけてくれるだろうと思っていた。さっきまではインゲに会いたいとは思わなかったが、今は……どうして見つけてくれないんだ？　ミッケルは見つけたというのに！　どうして一人も来てくれないんだ？　アクセルは心の底で泣いていた。そしてじっとしていた。少しも癒されることがない。焦げるような胸を和らげようにも、唾一つ飲み込めないでいた。喉がカラカラになっている。

*

午後になってアクセルは、痛みから解放されたような気がして目が覚めた。ほんとだった。感謝の気持ちでいっぱいで、顔を赤くした。痛みはずっと感じられないままだった！　安らぎは絶え間なく続き、アクセルは内なる喜びに圧倒されていた。果てしなく続く朧《おぼろ》な状態で平穏を保ち、痛みがなく、えも言われぬ鎮静感を味わっている。時々心臓がそっと跳ねたが、疲れた子供が寝ることになったのを喜び、泣き笑いをしているかのようだった。

頭がはっきりしてきて、忘れていたことが思い出された。以前のことと今のことが同時に思い起こされたが、痛恨はない。痛い記憶はもう消え去っていた。死ぬことも苦々しくなかった。ほんとうに死ぬ前に死ねるのは、辛いことではなかった。

アクセルは子供時代の出来事を思い出していた。誇り高かったゆえに、厳しい仕打ちや折檻を受ける方が人の優しさよりふさわしかった。いつぞや動かそうとして一時間以上も格闘していた大きな石は、今でも同じ場所にあるに違いない。一トンもあろうかというその石は、我を忘れて怒り狂った時に、ほかの子に投げつけてやるつもりだった。どうしても地面から動かせず、激昂したアリのように両手両足でずっとしがみついていたので、ほかの者たちが引きはがさなければならなかった。ついこの間の事のようだ。

　アクセルは、続けて何度もくしゃみをした時のことを思い出した。雨の夕暮れ、イラクサの間を斥候のように腹ばいになって這っていたヒキガエルのことを思い出した。以前持っていたシャツの袖の、擦り切れていた箇所を思い出した。そんな細かいことを思い出しながら死んでいく。忘れていたこまごましたことがらが、熱い鉄のように痛みを与えていた。けれども、記憶の残酷さは、それがいずれ終止符を打つという幸せな思いに溶け合っていた。そうしてアクセルは、生きたままで死んでいった。雪が溶けるように。生きて死に向かった……。

　インゲ！　ああ！　彼女は遠くにいる。アクセルは死の世界で彼女を思い出している。愛しいインゲよ、さらば！　死ぬのは難しくない。

＊

次の日が祭日だったその晩、グロービョーレ村の農夫たちは祭の準備をしていた。夏の密やかな夕暮れが来て、あたりが暗くなってくると、空は黄色くなり、草に露が下りた。重そうな緑の麦が、豊穣な畑で一面に頭を垂れていて、何千もの若い穂からは、お粥のような甘く誘う匂いが漂っていた。小川に近い牧草地では、雌牛たちが乳搾りの娘たちを呼んで鳴いている。ずっと遠くのグロービョーレのヒースの山の上には、深く高い空を背景にして点が一つ立っていた。夕方になって登ってきた羊飼いの少年だ。

夕暮れらしい静かな空の下で、ひんやりとした香りがしている。夕闇そのものが緑色に見え、豊饒な海の空気のようだった。すべての音が柔らかく耳に届いてきていた。遠くでだれかが叫んでも、それはどれも吉報に聞こえた。恵みの空の下では、すべてが幸福な響きに変えられていた。夜にならなくていい。今は白夜の季節なのだ。

餌をやって家畜の世話が終わり、夕飯が無事にすむと、グロービョーレの善良な人々は村の通りの旅籠の外に集まった。だれかがバイオリンを弾く音がして、人の声が歌っているようだった。一人二人と立ち止まり、旅籠の外に座ったままでいるよそ者をしばらく見ていた。ずいぶんひどい状態だ、ということで意見が合った。

そうこうするうちに村中の人々が、老いも若きも教会に向かった。そこでお祭が開かれる。先頭を行くのはバイオリン弾きだ。病人がいたので、老女一人が旅籠に残った。戸口に座って、自分は音を立てずに何時間も糸車を回して糸を紡いでいた。

時が過ぎた。教会の方から時折、人声のかすかな波が届いてくる。突風がふと高まった騒音を運んできた。笑い声と踊っている連中の歓声だ。

アクセルが目を開いた。半分しか意識がなかったが、夜が明るいのが見える。

教会では歌を歌っている。ビール樽の栓を叩いて抜いている音も聞こえた。歌声は高く、陽気に続いている。全員で輪になって踊っているのだ。祭は最高潮になり、その様子は広い範囲で耳にすることができた。

アクセルがまた目を開き、明るい夜を目にした。

空は白い薔薇のようだった。

遠く二里(約八キロメートル)ほど離れた丘の上で、祝祭の焚き火が焚かれていた。

無言の鳥が一羽勢いよく飛び過ぎ、涼しい夕闇の中へ飛び去っていく。井戸端では、すべての葉が和やかで白い柳が、明るい夜の中でそっと傾いて立っていた。夜の空気の中で、小さな白っぽい灰色の蛾が羽ばたいている。星の光のせいで、夜空に霧がかかったようになっていた。アクセルは目を閉じた。

するとアクセルは、立った姿勢で明るい夜の中を飛んで上っていき、幸福の船に乗船した。そして月と星の下で海を走っていく。かなり長いこと航海した後で、幸福の国に達した。低地の国で、すばらしい夏だった。目を閉じていても地表の芝生の甘い匂いがわかり、海に浮かんだ柔らかい緑の新鮮なベッドのようだった。生誕のベッドでもあり死のベッドでもあった。天がその場所を甘やかすかのようにおおいかぶさっていて、雲はじっとしたまま、波が押し寄せては明るい浜辺をそっと叩いている。ふたつの青い海が岸を撫でるように洗い、そこの砂は細かくて、うっすらと広がっていた海草の生えた底には、さまざまな丸い石だけが散らばっていた。その国には忘れがたい湾があった。岸も島々も、海に囲まれてこの上ない優美さを見せていた。湾は歌い、海峡は豊穣の国にいたる門だった。そこではすべてが鮮やかな濃い色をしていて、地表は緑、緑の一色、空が青い色調の中で海と出会っている。大いなる夏の国、死の国だった。

王が没落する

ミッケル・チョイアセンが休暇を許されエルサレムへ出発する前に、国王の至難の時がやってきていた。ミッケルはしばらく国王に随行していた。国王が小ベルト海峡を渡った夜も一緒だった。

国王クリスチャンは今、壮年期に成し遂げた事業のつけを払っていた。空に投げ上げた石が、頭に落ちてきていたのだ。国王の権力が復讐をしていた。

歴史は国王の最も重大だった夜のことを簡潔に語っている。一五二三年二月十日のことだった。疑念と絶望の夜。それは、国王の権力が失墜した一五二〇年十一月七日から始まっていた。そう、国王の権力は、彼がそれを執行したことで終わってしまったのだ。

国王クリスチャンは、デンマークの貴族たちが国王への忠誠を破棄する旨の宣言書をリュウの町で受け取った。国王の地位は非常に危うくなった。国王の状況が救い難くなっていたのは、彼の膨大な事業が破綻し崩れ落ちていたからだった。国王はスウェーデンを悪行をもって侵略し、過酷な手段で占有した。それが今果敢にもぎ取られようとしていたのだ。彼はデンマークを巧妙かつ無謀に統治した。そのために今、鎮めようのない反乱が起きていた。殴った者は殴り返される。

つい最近、国王は国の実権を握ろうとしていた叔父フレデリック公爵と和解を試みた。そしてユラン半島とフュン島の間を船で行ったり来たり、難問を抱えて船旅を繰り返していた。書簡を認《したた》め、交渉を行ったが、無益に終わった。国王は疲弊していた。政策のすべてが、どうにもならずに破綻しようとしていた。国王は迷った。

二月十日の夜、国王は諦める決心をした。ユランから船に乗り、フュン島へ向かった。この島もシェラン島ほかの島々も国王を見放していなかった。ノルウェー全体もまだ国王の側についている。けれども現況は、交渉から離れユランを去ることで、国王は実権を手放し、デンマークの国を諦めるのを認めたことを意味していた。それは承知の上だった。小ベルトは、冥界の川の渡し守カロンが渡る海峡になった。

ひどく寒い夕方だった。明るくも暗くもなく、雨も降っていなかったが、空気が湿って重かった。国王はヘーネボー城の近くから船に乗り、兵士を十人ほど随行させた。沈黙のうちに事が運んでいたが、馬を乗船させる時にだけ、多少面倒が生じた。国王の残りの随員たちはユランの地に留まり、次の日に来ることになった。黒々とした小ベルト海峡に船が滑り出て行く時、彼らは松明を手に岸壁に立って見送った。

国王は船の一番奥に座っていた。船尾の松明の光の中で、誰もが彼の顔を見ることができた。どんな様子かは容易に察することができたので、一人として口をきく者はいなかった。けれども、船がしばらく走ったところで、国王自ら沈黙を破った。潮の流れ、偏流のことなど、ごく日常的なことを聞いたのだった。その声はしっかりしていたが、屋根のない船の上では抑揚なしに聞こえたため、随行していた者たちは不自然に心を動かされ、不安になって黙ってしまった。

しばらくしてから国王は、その日脚を引きずって歩いていた一頭の馬の様子を知りたがった。ミッケル・チョイアセンができるだけの説明をした。そしてやがてみな黙り込んだ。海は船の周りでうねりをあげ、船尾に男が一人松明を持って立っていたが、まるで波がその光を狙っているかのように見えた。誰もが時々その松明の方に目をやり、まだきちんと燃えているかどうか見ていた。みな背中を水の方に向けて舷側をぐるりと囲むように座っている。沈黙が彼らを苦しめ、心を重くさせていた。

「そんなに黙っていられては迷惑だ」と国王が突然低い声で言った。その声には何か国王らしい怖いところがあった。「反抗的に見える」と、傷つけられたような、怒ったような声で付け加えた。

そこでほとんどの兵士が咳払いをし、頭をひねってからお互いに甲冑の値段を聞いてみたり、何度くらいハンブルクに行ったとか、思いつくままを口にしていた。けれども全員が、窓から隙間風が吹くと話していながら、実は死のことを言っている病人のような口のきき方をしていた。とは言え、みんなが口をきくようになったので、国王は落ち着きを取り戻した。兵士たちの声が国王を元気づけた。見知らぬ男と二人っきりで森を行く少女が、ずっとおしゃべりを続けて自分のか細い声を森の中で聞いていようとしているように。

山羊皮の湿った上着を着ていた船員たちが、オールに屈み込むようにして懸命に漕いでいた。目深くかぶった帽子が隠していたが、彼らはみな国王が気がかりでならず、犬のごとく探るような鋭い視線がそらされることはなかった。船の中央にいた馬たちはできるだけ平衡を保っていたものの、海の水がすぐ近くだったために鼻を鳴らし、白い目をむいていた。タールを塗られた荒削りの船の中を、松明がまだらに照らし出している。甲板では今は普通の話し声がしていた。

国王は落ち着きを取り戻し、集中できるようになっていた。ユランの陸が見えている間は、なんとか安心していられた。そこから離れて行くのだ！　理想はすでに諦めた。けれども、今は破棄されてしまった国政の何千にも及ぶ細部や問題点などがいまだに頭の中を駆け巡っている。現状を広く眺望し、時間と距離を計算して可能性と代替案を思慮に入れ、苦しい努力を行ったその結果を目の当たりにするにいたり、頭を垂れ事業を放棄したのだった。

ところが、陸で灯っていた松明が燃え尽きて見えなくなり、船が海峡の真ん中に差しかかって進み具合がよくわからなくなると、国王は考えが不確かになった。そして、対岸の町ミッデルファートの明かりが見えてくると、今離れてきた領地のことを思うにいたった。そこは彼の王国だ。さらにデンマークという国を思い描いた。海の中に浮かぶ現実の島々、さまざまな色に彩られて大きく広がる領土の総体、国としてのデンマークを。

デンマークが北海とバルト海二つの青い海に囲まれ、夏は緑、秋は錆色、冬空の下で白くなる、というのは永遠の真実だ。デンマークの海岸線はすばらしく人を惹きつけ、その内陸の畑は密やかに育って麦の穂の衣装をまとい、やがてまた穀物を払い落とす。太陽はリムフィヨルドの丘の上で扇を開いたように輝き、そこでは西風が我が物顔に吹いている。デンマークの日の移ろいはいつでも種々さまざまでありながら、いつも変わることがない。多くの小さな湾が、その中のもっと小さな湾も、デンマークの自然を百回も繰り返している。エーレスンド海峡はれっきとした国への門戸になっている。この国では川が海に流れ込み、森が海のすぐそばで茂り、カモメを目にすることができ、ヒースの中で跳ね回る野ウサギを見かける。太陽と屈託のなさ、それがデンマークだ。

ところが、国王がユランの領土を離れ、まさに領土を離れたという事実を思い知らされるに至ると、彼の胸の内ではデンマークに対する思いが高揚し、離れられなくなってしまった。

「方向転換だ！」と国王がいきなり命令を下し、船の上で立ち上がった。彼の随員たちは全員が一斉に黙りこみ、漕ぎ手たちもオールをそのままにして見つめていた。国王クリスチャンは、待っていられないような、けれどもおとなしい口調で命令をもう一度繰り返した。全員が命令に従い、重い船が海の上で向きを変えた。やがて船は単調な動きになって小ベルトを滑り、ミッデルファートの明かりが見えなくなった。国王の真意を尋ねる勇気のある者は一人もいなかった。けれども安心していたせいか、みんな黙ったままでいた。すぐに先刻の国王の言葉を思い出し、おしゃべりを続けている。

国王の勇気は、船を転換させてからすぐに戻ってきていた。方向転換したのは、国王としての目的、一生の事業を果たすためだった。それが思い起こされるに従い、力が沸き起こってきた。ユランに向かって戻るという決定自体に、難問は解決できるという希望があった。彼は今、自分の計画のみを考えていた。いつまでも存続する北欧を思い、平和と、彼が帝国の中心で味わうべき、周囲から受ける完璧な評価を思い描いていた。執行すべき対策をすべて自分で納得していた。自身で整えてきた法律と改善策を鑑《かんが》み、ことごとく正しいと認めた。リューベックからの商取引の流れを食い止め、それを新たに自国の領域に導き入れる計画を思い出していた。さらに、貴族たちの特権がいかに無謀で有害であるかを見抜いていた。彼は飛躍的に発展すべき商業都市と、土地を耕して富裕になる自由を得るべき農民階級のことを思うたびに、気持ちが明るくなるのだった。心のうちで国王は、国内の多くの私有地を巨大に広がる台地もしくは床のように見ていた。巨大な床の一方が持ち上がり、もう一つが下がって同高になるまで、政策を握っている彼の秤の上で絶えず力加減をしていくこと。そうすれば……。

ヘンリー国王がイギリスの王位に就いていた。いかなる権利によってなのか？　イギリスは、以前はデンマークの所領だった。かつてはデンマークの船団がイギリスに行っていたのだ。団結した北欧なら、もう一度鉤爪を西に向けることができるに違いない。これこれの金額の金と――法律と同意と商業と農業が北欧の黄金を集めることができたなら――これこれの船と傭兵があれば……嵐が来ようが天気がどうであれ、デンマークの砲弾がドーバーの岩の上に命中するだろう。

ドイツのカール皇帝は国王クリスチャンの義兄だった。知ってはいたが、尊敬はしていなかった。フランスのフランソワ国王もさして格別な人間ではなかった。二人とも現在の地位にとどまっているとしても、国王クリスチャンは、コロンブスがヨーロッパにもたらした新世界の領土をめぐって争うつもりだ。必要なのは船、船だ！　北欧は分け前をまだ手にしていない。分け前は手に入れるべきである。そうすれば金が流れ込み、新たな権力、新しい船、多くの船が入手できる。船だ。征服できる世界がある限り、北欧人は大いに発展することができる。

それはそうだったのだが、国王はユランをふたたび目にすると、夢がしぼんでしまった。浜辺には明かり一つなく、船が陸近くまで進んでいくと、海岸とヘーネボー城が灰色の夜にいきなり視界に入ってきた。そのあたりの地面には溶け出した雪の残りが散在し、カラスやコクマルガラスが裸の木々から叫び声を上げながら飛び上がっている。城は死んだように静まりかえり、夜はどこでも重く湿っていた。

硬直した海岸の情景が国王に衝撃を与えた。国に今反乱が起こっているのは本当だと、国王はひしと感じた。実に深刻だった。状況が絶望的だということはすでに明らか過ぎるほど明白であったので、それを苦々しくも認めるのは難しくなかった。国王が国政を牛耳っていた間の経験を打ち砕くに足る印象やら記憶はもう充分にあった。際限のない困難、失望、日々の算段や緊張を十年にわたって味わってきた。スウェーデンを剣でもって二度征服した。高くつき、いろいろな方面で取り返しのつかない損失になった。今はもう元の木阿弥。国王は、自分の才能を昼も夜もデンマークに最大限捧げてきた。そのお礼に国王を信用できない執政者として退けた不満分子たちを相手に、何か講じる手段はあるのだろうか。広い国のどの農園にも頑固者がいて、それがみな近視眼的で、国王は彼らと闘い、出し抜かなければならなかった。すべて、一人として理解しようとしなかった目的のためだった。不公平な闘いだった。みんな石頭ばかりで、国王らしい考え方をしていたのは彼一人だけだった。まるで亀の群れを相手にした闘いだった。それに加えて、国王が生活水準を上げてやろうとしていた抑圧されて貧しい連中だ。今この瞬間を凌ぐことしか考えておらず、スケーエンからバイレ湾に到るまで、斧や殻竿《からざお》を手に小屋から出てきて逆らった。国を救うために国王が税金を課そうとしたからだ。ダメだ。打つ手段はない。デンマークには、どこを見ても器量の小さい連中、意固地な人間しかいない。心も財布も開かない連中だ。頑なで、性悪で、間抜けだ。

船がロープで留められタラップが置かれようとした時に国王は、ロープを引き上げふたたびフュン島へ行くよう命令した。その声は悄然としていたが、船員たちがすぐに動かないのを見ると、国王は激怒して立ち上がった。随員たちはみな黙りこくっている。そうして二度目にフュン島へ渡る間、一言も発せられることがなかった。

ミッデルファートに着くと国王は、すぐに船を離れて最寄りの家に向かった。夜中だったが、家の戸が叩かれ、起こされた人々の困惑は甚だしかった。国王は泊まるところを要求した。その用意がなされる間に灯りを持ってこさせ、手紙を書き始めた。最後の試みとして、反乱の首謀者たちに書き送る手紙だった。ユランを再度目にして彼を捉えたデンマークの現状への憂慮は、そこを離れてフュンに戻る決心をした瞬間に軽減されていた。ミッデルファートで数通の手紙を書き終えた今、国王は落ち着きを取り戻し、内心ひっそりと希望を抱くようになっていた。

国王はその夜同席した製本屋のアンブロシウスとともに夜食を少しとった。一時間ほど話をしたが、会話は激しかった。国王は興奮し、アンブロシウスも我を忘れていた。彼はいかなる交渉にも反対で、国中の泣き言を並べている連中を一掃すべく島々で軍を集めるよう、国王を動かそうとした。デンマークの有象無象の連中を思うだけで、アンブロシウスは身体を震わせるのだった。

「そうそう、その通りだ」と国王は言って、相手の言い分を認めた。けれども彼の視線は虚ろで、話を聞いていなかった。見知らぬ庶民の家の居間では、机の上のろうそくが煙を上げている。もう真夜中過ぎだ。国王は窓辺に行って窓を引き上げ、天気の様子を見た。夜は相変わらず湿っぽく、雲に覆われている。

「そうだ」と言って国王は、窓から離れて同じ場所でぐるぐる回った。そして立ち止まって見上げ、うなずいた。決まった。製本屋のアンブロシウスは唖然としている。

「向こうへ行こう。それが決定だ」と、低い声で国王が言った。三十分後に船が出た。

国王の意志には揺るぎがなかった。ユランでどうするか先のことまで考え、頭の中ではもう馬に乗ってヴィボーに向かっていた。数ある中、一番問題が多く困難な道を選んでいたのだった。交渉の駆け引きをすることだ！　そう、国王は、最終目的を達成するために、自己の権利を放棄するつもりでいた。しばらく待つことになるにしろ、たとえ一時的にでもふたたび手綱を取ることができるなら……国王は、ヴィボーの集会に地主たちを集め、彼らの要求に応じることを約束するつもりだった。

船が進んでいる間、国王はその考えをますます膨らませていた。そしてようやく今になって、ストックホルムで決行したことのどこが間違っていたのかを理解した。罪を犯したのでも悪事を働いたのでもない。あれはなされるべきだった……けれどもやはり、結果があれほど大事になり破滅的になったのは間違っていた。臣下たちの意見を取り入れるのを忘れていた。馬鹿げていたとは言え、それは現実だった。これからは小人たちの復讐心、間抜けさと無知もきちんと考慮に入れておかなければならない。矢が沈む事を考えて弓を標的より高めに構えるように。国王は交渉をし、譲歩するつもりだった！　そしてふたたび権力を握れるのなら、彼の譲歩を受け入れる連中の首をはねる機会がやってくる。ざっと百人ほどのデンマーク人を思い浮かべて、譲歩すべき相手を選んだ。

けれども国王は小ベルトを渡りきれなかった。途中で気が弱くなったのだ。疲労と精神の高まりのために、心臓のあたりが痛んだ。ユランの岸に着きそうになったところで、船の向きを変えるよう命令を下した。ミッデルファートへ行って、少なくともその夜はゆっくり眠りたかった。

そうしてまたフュン島へ向かった。またもや計画を諦めて国王は船に乗っていた。身体が震えるほど心を砕かれ、落胆して心を揺さぶられていた。死に至るほどの不決断そのものに国王は恐れおののいていた。海峡を行ったり来たりしている自分自身を見ていた。どちらをとったらよいのか決断するのが不可能な自分を見ていた。疑念が身に食い込んでいた。そのことは発見したものの、どんどんひどくなっていた。問題はもう計画そのものではなくなっていた。疑念が問題だった。いや、問題は彼自身だった。国の運命、軍隊の動き、攻撃と反撃、すべてが矮小化されて、国王の思案の過程の一部にすぎなくなってしまっていた。それを国王は意識していた。こうして彼の疑念が国王らしさを貶め、彼に残っていたものは、熱に浮かされた優柔不断な人間だけだった。

ところが国王は、ミッデルファートの明かりを目にするとまた戻ることにした。自分は疑念を抱いていると自覚した段階で、国王は自分がすっかり打ちのめされて底の底まで希望を失われているのを目の当たりにし、絶望という名の、一種の心の平衡を得たのだった。自らの疑念を確かなものに思い、それがまったくもって確実だったために、変に逆な仕方で希望をふたたび取り戻したのだった。

そうこうするうちに国王は体力を失っていた。そしてユランに近づくと、もう二度とデンマークを統治する者にはなれないことを悟った。デンマークが彼を疑念者にしてしまったからだ。国を離れなければならなかった。自分の敗北を目にした女から男が離れていくように。そしてまたフュン島に戻った。悲しみと痛みで病んでいた。

けれども船が小ベルトの真ん中まで行かないうちに、国王はユランとデンマークに惹かれてしまった。無力になった自分を見た女に惹かれるように。敗北を味わった場所でこそ、再起を果たすべきだ。全世界を征服することができる。だが、敗北を受けた場所でふたたび勝利を得るのでなければ、再起はできない。国王は向きを変えさせ、ユランに向かった。けれども彼は疲れて不安を抱いていた。これほど惨めになれるのかと思われるほど惨めだった。

それは国王クリスチャンの絶望の夜だった。

その夜は彼を打ち砕いてしまった。夜が明けるまで彼は船で行ったり来たりしていた。日が昇った時、彼はフュン側にいた。たまたまそこにいたので、そこに残った。

いや、それは偶然ではなかった。国王の息も詰まるような不決断を終結させたのは日の出ではなかった。そうではなく、ものの本に書いてあることだが、疑う者は、いつも、いつでも必ず、ことを不履行に終わらせる。疑念の対象になっている事柄を無きものにしてしまうのだ。

財宝

一五二三年に四人のドイツ人傭兵がアムステルダムのユダヤ商人のところへ来て、三万ギルダーを要求するヘブライ語で書かれた書類を提示した。商人は、その金はきちんと保管してあるが、書類によればそれは預け主のメンデル・スペイアの娘の息子アクセルまたの名をアプサロンが受け取ることになっている旨、指摘した。

傭兵たちは、その書類はルーシーという名の娘から入手したもので、彼女はそれを持ち主から受け取ったのだと説明し、内容を読み解いてもらった今、お金は書類の持ち主に受け渡されるべきだと主張した。

商人がお金を支払おうとしないので、四人の傭兵が裁判所に訴え出たところ、訴えの正しいことが認められ、メンデル・スペイアがかつて商人のもとに預けた金貨三万枚という多額をそのまま受け取った。

四人はそれを分け合い、金持ちになってそれぞれの方角に別れていった。

一人は宝物の分け前をもらうとそれを運ぶためにすぐに牛車を買い、のんびりと乗っていったが、同じ夜にアムステルダムから遠くない村で殺されてしまった。

もう一人は故郷のライン地方に飛んで帰り、金貨をすべて穴に埋め、一枚も使わないまま極貧で暮らし孤独に死んでいった。

三人目は博打で金を失い、八年後にはイタリアのトリノで物乞いをしていた。

四人目も裕福、歓楽、散財を極めてからはうまくいかず、九十七歳で死んだ。

アクセルは、グロービョーレの墓地で安らかに眠っていた。

インゲ

けれどもインゲは深い悲しみに浸っていた。手を揉み合わせ、婚約者を思って昼も夜も泣いていた。自分の部屋の窓から、毎晩泣きながら湾の向こうのヒンマーランの方を眺めている。夜は明るく、空は夜も昼も大きく広がっていた。

インゲは深い悲しみに浸っている。アクセルはそれをグロービョーレの墓地の墓の中で聞き、疲れ切った頭を湿った土の中で持ち上げて立ち上がった。墓地は広々として、風が吹き抜けている。墓と墓の間では幽霊馬がのこのこ歩き、いななきながらしつこく彼の後をついてきたが、アクセルは背中にお棺を担いだままで門から出ていった。

ヒースの野原を越え湾に向かって覚束ない足どりでさんざん苦労をしながら歩いていく。空は白っぽい黄色で、地面は夕闇に沈んでいる。湾は明るく光り、サリン側の断崖が大らかに延びていた。

ヒースの野原で、死んだ男が輪を描いて歩いていたが、立ち止まり、轍の刻まれた道をお棺を背負って歩いていくアクセルを見ていた。そしてその姿が見えなくなると、ふたたび孤独のうちに、ぐるぐると歩き回り始めた。

太陽が、空が黄色だった北の方の陸地の向こうに隠れた。露と花の重い汗を含んだ風が吹き、植物はことごとく眠って実り豊かな夢を見ていた。

アクセルはバルプソンまでたどり着き、波が次から次へ規則正しくうねっているのを見た。止まらずに湾を越えて、クヴォーネ村へ来る。

死者の白い着物を着たままインゲの部屋の前に立ち、戸を叩いた。疲労困憊していた。

「起きてくれ、インゲ。中へ入れてくれ」

インゲはそれを耳にしたが、しばらく横になったままで耳をすませていた。鍵穴で風がほんの少し音を立てている。道に迷った風が外で入れてくれと頼んでいるだけなんだろうか。すると誰かが戸口の外の石の上で足を動かし、そっと戸を叩いた。

「起きてくれ、インゲ。中へ入れてくれ」

インゲは熱い涙を流しながら起き上がった。泣かずにはいられなくなったのだ。けれどもすぐに怖くなり、ためらった。ほんとうにアクセルなんだろうかと考えた。

「イエスの名を言えるの?」と部屋の中から泣きながら聞いた。「言えたら開けてあげる」

「言えるさ」とアクセルの声が応えた。しわがれた声だった。「以前と同じようにちゃんとイエスの名を言えるよ。インゲ、イエスの名において中へ入れてくれ」

彼女は震えながら戸を開け、黒いお棺の下で背を曲げて、長い泥だらけの服を着ている男が外に立っているのを目にした。アクセルなのがわかった。

ところが、隣り合わせに腰をおろすと、アクセルは彼女をねぎらい慰めるような言葉を一つも言えなかった。インゲは思い切り泣いた。口を大きく開いている。心を動かされ、胸がひどく痛んだ。インゲは長いことむやみに泣いていた。悲しみの中に潜んでいた何とも言えぬ喜びに力を呼び覚まされ、押しつぶされてしまいそうだった。

＊

夜は静かだった。風の音だけが聞こえている。インゲはずっと泣いていた。とても幸せだった。いま、アクセルの髪を梳《と》かしている。まだ泣き続けていたが、笑いながら泣いていた。アクセルの髪の毛は冷たい。頭も、畑の石のように冷たかった。

「髪の毛に土と砂利がついてるわよ」と、インゲは幸せそうに泣き声で話している。

「手の甲には小石までついてる」

アクセルは生気のない両手を返して考えている。そう、口の中にも土が入っていた。

「こんなに冷たくなって！」とインゲが大きな声を出した。その声は、彼女を頭のてっぺんから足の先まで震わせていた悪寒のために、冷え切っていた。それでも満足そうにしていて、泣いたり笑ったり、しゃっくりもした。彼女はいつまでも髪を梳かしていた。アクセルは前にかがみ、愛する者の方に額を近づけている。

夜は静かだった。北の方の黄色い光が窓に映っている。外では風が子守唄を歌っていた。

＊

「ねえ、あなたのお墓の黒い土の下って、どんななの？」とインゲが、恐れと思いやりを込めて愛らしく聞いた。穏やかな夜、二人は白い部屋の中で仲良く一緒に座っている。「それから、どうしてお棺を背負ってきたの？」

「お棺を持ってきてるのは、これなしじゃ宿無しになってしまうからさ。僕の家なんだ」とアクセルは正直に答えた。「墓の中で満足してるよ。お前が慰められてる時、僕は満足だ、インゲ。お前が歌を歌って喜んでいる時は、心配事なんかみんな忘れてる。お棺は薔薇でいっぱいでね、天国の暗闇の中で薔薇の上に横になって眠ってるのさ。地面の下で休むのは、素晴らしいんだ。お前が居間で楽しそうに歌っている時はね」

「それならあなたと一緒に行かせて！」とインゲは、激しく泣きじゃくって頼んだ。

「地面の下まで連れていって」

「お前が僕のことを悼んで悲しんで、泣いたりする時はね、インゲ、お棺はどろっと流れる血でいっぱいになるんだ！　墓の中はひどいところになってしまう。インゲ、どうして僕のことを恋しがってるんだ？　死んだ者は地中に留まるんだよ。どうして泣くのさ。僕は死んでいる。どうして僕を愛してるんだい？」

アクセルはゆっくりとそう言った。決まり文句のようだったが、できるだけ力を込めて。想像できないほどにアクセルは賢くなっていた。死んだ今、二度と呼び戻せない生前の経験のために、その声は錆びついていた。

＊

「キスはしてくれないの？」と、インゲがほとんど聞き取れないほどか細くささやいた。震え出しそうにしている。アクセルは動かなかった。温めてあげようと思い、彼女は心臓を彼に押し当てた。優しさを見せてあげたかった。けれども彼は生きていない。インゲはアクセルの名をびくびくして呼んだ。消えていくのかと思ったからだ。でも彼は目覚めていた。目覚めて横になっていた。

そうして夜が過ぎていった。

「雄鶏が朝を告げてるよ」とアクセルが言った。インゲは彼を手放したくなかった。

「空が白み始めてる。死体がみんな土に戻っていく」と言ってアクセルはそわそわしだした。でもインゲは、彼の死んだ心臓の上に頭を置いた。

「窓が赤くなっている。日がもうすぐ出る」と抑揚を欠いた声でアクセルがどもりながら言った。「もう土に戻らなくては」

アクセルが行ってしまうと、インゲはすっかり絶望的になって、彼の言葉を忘れてしまった。両手を揉みながら彼の後を追い、暗い森の中で追いついた。後を追って一歩進むごとに泣いていた。森を出て、開けた浜辺にやってきた。そこでアクセルが萎《しお》れて色を失うのを目にした。口から血と水が流れ出ている。

「いっしょに連れてって！」とインゲは悲痛と激しい恐怖に襲われて懇願した。アクセルは彼女を連れて波が明るく光る海峡を渡った。ヒースの野原を越えている間に、東の方が燃えるように赤くなった。

墓場に二人で立った時に太陽が昇ってきた。射るような夜明けの光の中でアクセルの目が溶け、頬が骨から消えていくのをインゲは見た。立っていたアクセルの裸足の足が、土のせいで恐ろしく崩れていった。

「もう僕のために泣いたりするんじゃないぞ！」とアクセルは最愛の人に言った。夜を明かして疲れ切り、冷たい声だった。

「もう僕のために泣かないでくれ！」とアクセルは、懇願するような命令するような声音で言った。けれどもインゲは彼を放すわけにはいかなかった。

アクセルは静かに笑った。

心を砕かれ、かつ威厳を保って彼はしばらく立っている。

「空を見上げてごらん」と言って、とても優しく笑った。何かに憧れてでもいるように。疲労と、土に戻りたい気持から、腑抜けたようになっている。「見てごらん、夜があんなにうれしそうに去っていく！」

インゲは見上げて、虚ろになっていく星々を見た。すると死んだ男は、土の中に消えていった。インゲにはもう彼が見えない。

第三部　冬

帰郷ふたたび

巡礼者の頭巾をかぶり貝殻を吊るした紐を首からかけた老人が、グロービョーレの南の丘の上に達した。杖の上に両手を重ねてしばらく立ち尽くし、谷間や湾の中に延びている細長い陸地、低い丘を眺め回している。ミッケル・チョイアセンだ。

彼はまた故郷に戻ってきた。風景は変わっていなかったが、全体に低くなっているような気がした。時は九月、太陽が涼しく輝いていた。スズメやムクドリが、谷間の向こうの村の麦を束ねてあるあたりに群がって飛び回っている。下の小川が湾に流れ出るところにミッケルの生家があった。古い家のほかに、大きな新しい家が建てられているのが見える。以前には耕されていなかった畑が、崖の上の方まで広がっていた。ニルスはまだ達者だろうか、とミッケルは思った。

ニルスはまだ生きていたが、年を重ねていた。ミッケルが訪ねていくと、ニルスは一人で居間にいた。眠そうにテーブルの端に腰を下ろし、白髪混じりの髪の毛には藁やら籾殻がついている。昼寝から目を覚ましたばかりらしい。ビールジョッキの縁にハエが群がり、ミッケルが入っていくと唸りを上げて空中に飛び上がった。

ニルスは、聖なる衣装をまとった兄を見ると、黙って十字を切った。しばらくびっくりしたような顔をしていたが、次第に喜びを浮かべた。ミッケルはそっと腰を下ろし、家中がひっそりしていたので二人は小声で口をきいた。

「小僧たちは寝てるんだ」とニルスが言った。「よく来てくれたなあ！　疲れてるのか？　そりゃそうだろう――喉が渇いてないか？　うるさいハエどもだ！　ちょっと待ってくれ」

ニルスはビールを樽から注《つ》いできて座り、また話を始めた。心から喜んでいて、相変わらず彼独特のぎこちない口ぶりで話しながら、質問と感嘆を繰り返していた。ミッケルの記憶にあった以前のニルスに比べて、今はその視線がはるかに生きいきとしていて、ごく自然だった。もう何年もの間、その土地で自作農を営んでいたせいでもあったろう。

「うん、爺さんは、親父のことだが、もう死んじまったよ」とニルスは、思い出したように低い声で言った。「お前がここへ来て爺さんに会ってから何週間もしないうちに、埋葬してやった。もうかれこれ十二年になる。うん、ずいぶん年を取ってたからな、親父は」

ミッケルは黙っていた。ハエがブンブン唸り、磨かれたテーブルの上を走り回っている。

「お前がうちの敷居をもう一度またぐことになるなんて、考えてもみなかったよ」と言ってニルスは笑い、ミッケルの視線を避けた。ところがすぐに心を動かされて兄の顔を見て、「お前も俺も年をとったなあ」。

ミッケルは物思わしげに上を向き、うなずいた。

ニルスはほかの話もして、だんだん陽気になってきている。そして立ち上がった。

「よく来てくれた、ミッケル！　こいつは記念の日だ。ほかのみんなも呼んでこよう」

ニルスは戸口の外の石橋の上に立ち、ほがらかな声で三人の息子たちの名を呼んだ。アナース、チョイア、イェンス。ミッケルは居間の中に座ったままであたりを見回し、疲れた脚を動かしていた。「わかったよ」と納屋の方から、昼寝の最中に急に起こされたニルスの息子たちの歌うような声がした。そのうちの一人はひどくびっくりしたようで、長いこと寝ぼけた大声をあげていた。ミッケルには、ニルスが石橋の上でそっと笑っているのが聞こえてくる。ちょうどその時、台所の戸が開き、ニルスの女房が入ってきた。息子たちが次々に現れ、長椅子に座っていた巡礼者を目を丸くして見ている。三人とも大人だ。

「それ、これがお前らのおじさんだ！」とニルスが上機嫌で言った。ミッケルは若者たちの顔をじっくり眺め、全員に一族の特徴を認めた。

食事が出された。ミッケルが食べている間、家族全員が彼を取り巻いていた。帰郷してきた兄をニルスは熱心に見つめ、その旺盛な食欲を喜んでいた。女房と息子たちは行儀よく距離を取り、何も言わずにいたが、好奇心をあらわにして、絶えずミッケルを観察している。ミッケルは食事を続け、ニルスの聞いたことにはすべて応えた。

「で、その大きな貝殻は、どういう意味なんだ？」

「エルサレムの貝殻だ」とミッケルが言った。「途中で人が施してくれるものを、これで食べていた」

「なあるほど」。ニルスは口を閉じ、何かを考えている。すぐに素直に恥ずかしそうな顔で兄の方を見て、何かを聞きたそうにしたが、諦めてしまった。理解できないことがあったらしい。そうしてしばらく物思いにふけっていた。

「よし。当分の間ここにいるんだろうから、たくさん見聞きしてきてることは、お前の方からいろいろ話してくれよな」

ニルスはまっすぐ前を見つめている。そして突然背中を壁につけて座って言った。

「この地方にはな、今何かが起こりそうになってるんだ」と声を落として言った。「もう聞いて知ってるのか？」

ミッケルは皿から顔を上げて頭を振った。だがニルスは目配せをして、そのことは後で話そう、と相手に伝えた。ほかのみんなは、ニルスが何に触れようとしているのかがわかっている。女房はすぐに目を落として怯えた様子を見せ、長男のチョイアは身を強張らせて目ざとくなり、今にも外へ飛び出していきそうになった。

午後にニルスとミッケルは外に出て農園を見た。ニルスはもう鍛冶屋の仕事はしておらず、土地を買って耕し、大掛かりな農業を営んでいた。エルケア農園と呼ばれ、小川沿いで一番大きな家の一つだった。畑の中で立ち止まった時に、ニルスが急に変に不安そうになったがすぐにまた落ち着きを取り戻し、麦株の間から藁を拾い上げ、ミッケルを驚かせるほど静かに話し出した。

「戦争が始まりそうなんだ」とニルスが言う。一旦息を止め、鼻から息を二、三度吹き出した。そして普通に話し続けた。

「お前はずっと外国にいたから、この国の状況はよく知らないだろうが、戦争になるんだよ。この地方のみんなもな……よく聞けよ……」

そうしてニルスは現況を説明してみせた。国の不穏は長いこと続いていた。貴族たちは国王をセナボー城にずっと幽閉していたが、今国中の農民が国王クリスチャンを解放しようとしている。自分たちの手でしようとしているのだ。ヴェンシュセルの連中はもうずっと前からそう決めていて、サリンでも農民たちが結集し始めている。

「俺たちヒンマーランの人間も人後に落ちたくないんだ」とニルスは宣言し、非常な努力をもって逸《はや》る心を自制した。「もう斧を研ぎ始めてる」

ニルスは熱くなった目の上に手をかざし、激しい音をさせて咳払いをした。

「さあ、一緒についてこい。見せたいものがある！」

ニルスは先に立って家に戻り、ミッケルを小さな鍛冶場に引き入れた。鍛冶屋チョイアの時から少しも変わっていない。

「ここんところずっと注文があって忙しくてな」とニルスが囁いた。「だがアナースもチョイアも金槌を使うのがうまいから、みんなで干し草用の大鎌に何本も柄をつけてやったよ。俺たちも時間を見つけて用意して、ほら、見てみろ！」

ニルスが隅の方から出来立ての大きな斧を出してきた。鍛えられたばかりの刃がまだ虹色に光っている。

「この手のものをたくさん作ったんだ」と声を落としてニルスが言い、一つまた一つと手渡した。

「ほら、これは俺のだ。覚えてるか？　新しい刃をつけた」

ミッケルはその斧に見覚えがあった。覚えている限りでは、父親の斧だった。

「この斧を親父は手放そうとしなかった」とニルスが言った。「ハン地方のオーゴーの戦場で死んでいたうちの爺さんの手からもぎ取ってきた斧だからだ。九十三年前のことだ。農民が戦争をして、ひどく痛めつけられた時だよ。そのこと、今は忘れないようにしなきゃな」

「アナース、チョイア、イェンス！」と異常なほどの権威を示してニルスが呼んだ。すると三人の背の高い若者がたちまちのうちに集まってきた。そこでニルスは見栄えのしない顔を上げ、父親の斧に手を置いた。息子たちはその周囲に立ち、父親ニルスの顔を緊張した面持ちで見ている。ニルスは何も言わなかったが、息子たちは理解していた。

ミッケルは目を伏せた。戦意を丸出しにしている弟を目にしたくなかった。少しもふさわしくない。ミッケルは、苦々しげに当惑していた。そしてもっと立派だった父親のことを思い出していた。

それに続く日々、大勢の人々が武器に改造するための道具類を持ってニルス・エルケアのところにやってきた。多くの言葉が費やされ、時には興奮することもあったが、概して穏やかな内に秘められた声で来るべき出来事について話がされていた。ミッケルは、暗黙土地の人々の間ではニルスの発言力がかなりあるような印象を受けた。けれども、のうちに首領と認められていたのは、グロービョーレのセーレン・ブロックという男だった。昔だったら、老いたるチョイア以外、上に立つ者はいなかったに違いない。

時とともに情勢は急速に不穏なものとなっていった。やがて毎日のように騎士が街道を飛んで走るようになり、見知らぬ農民の一団をよく見かけた。そうして時が経過し、九月が過ぎ去った。

「よかったらすぐに別の服を用意できるぜ」と、ある日ニルスがミッケルに言った。前からずっと言おうと思っていたことが口に出たのだ。ミッケルは微笑んだ。

「俺たちと一緒に行くつもりならな」。そう言ってニルスは、服一式を持って差し出した。

けれどもミッケルは首を振った。その時に思ったことだが、自分はもう年をとった、とつくづくと感じた。

「いいんだ、ニルス」とミッケルは真剣な声で言った。「俺はもう戦《いくさ》は若かった頃にさんざんしてきた。俺とは関係のない土地でだったけどな。もう疲れたよ。俺が兵士として仕えはじめた頃には赤ん坊だったのが、今はもう大人になってる。俺が国王のために役に立とうとするのなら、もっと別の道があるはずだ。でも、俺をここに残して成り行きを見させてくれ」

ニルスはがっかりしたようだったが、納得してうなずいた。

それからまた穏やかな日が何日か続いた。全員が準備万端整え、待つのみだった。みな、戦いは外から始められると思っている。それがどんな風になるか、誰もはっきりしたことは言えなかった。ニルスは、鉄灰色の薄くなった髪の毛に、祭日かのように毎日きれいに櫛を入れていた。農園ではもう必要なこと以外の仕事はされなかった。息子たちはほとんど村にいることはなく、グロービョーレでほかの若者たちと一緒にいた。ニルスの女房は靴下を編んでいる。日がな一日背筋を伸ばして長椅子に座り、ほとんど息をしていないかのようだった。

これらの日々、ニルスとミッケルは父親の話をよくした。ニルスはあれやこれやと農園の仕事をこなしながら、亡くなった父親の思い出にふけっていた。白い巡礼服を着たミッケルがその横に従い、過ぎ去った日々の小さな出来事の数々を聞いていた。ニルスは、調子に乗ってくると独特のさらりとしたユーモアを交えて生きいきとして語り、些細な逸話でさえミッケルの想像をかきたてた。ミッケルは自分の方からはほとんど口をきかなかった。

最後の日にニルスは、ミッケル個人に関することだったので延ばしに延ばしていたらしい事柄について語ってきかせた。二年ほど前に、サリンから奇妙な二人組がやってきて、ミッケルのことをたずねたという。一人は初老の飲んだくれのようなヤコブという バイオリン弾きで、もう一人は男が連れていた口も耳もきかない女の子で、病んでるかのように痩せこけた変わった子だった。ヤコブの話では、誰も引き取る者がいないので連れているという。インゲという名の娘の子で、父親は身分の高い者らしい。アクセルという名前だが、人に殺されてグロービョーレの教会の墓に埋められているそうだ。それでヤコブは、誰かその子の面倒を見てくれる親類を探すために手を貸してやっているということだった。ミッケルをたずねてきたのは……。

そこでニルスは話を中断し、心の用意をさせるかのように兄の顔を見た。

「アネ＝メッテは亡くなっている」とニルスが穏やかに言った。

ミッケルは身動きしない。衝撃だった。けれどももう百年前から予期していたかのように、痛みはなかった。ミッケルにはわかっていた。というより、彼の心はその部分がすでに死んでいたのだった。

「それは」とやっとニルスが先を続けた。「もうずっと前の話だ。死んでから何年もたっている。それはそうと、バイオリン弾きがここへ来た用事をお前に話しておこうと思ってな。そいつの言うには、インゲという娘は、お前とアネ＝メッテの子で、つまりお前はヤコブの連れていた女の子のお爺さんになるわけだ。ヤコブはその子をイーデって呼んでいた。ここに何日かいたが、発っていった。どこへ行ったかはわからんが」

ニルスは黙って、ミッケルに時間を与えた。けれども、ミッケルが一言も言わなかったので先を続けた。

「問題はな、クヴォーネ村のステフェンは継娘のインゲが初めっから嫌いだったのさ。父親らしく一応きちんと面倒は見てやっていたにしろだ。だけどインゲは惨めなことになってしまった。一緒になった男が――それがまた誰だかよくわからない男だったんだが――死んじまって、うん、死んで……」

ニルスは口をつぐみ、何度も息を継いでからようやく話を続けた。

「まだちゃんと一緒になっていなかったっていうのに、今度はインゲが出産の床で死んでしまったのさ。その時に生まれたのがイーデだ。だが、アネ―メッテも死んでしまったんで、ステフェンはもうそっちの家族の方の面倒は見たくないってことになって、それでヤコブがイーデの世話をしてやってるのさ」

ニルスは黙った。

「戦が始まったら、ステフェンが息子たちを連れてやってくるはずだ」としばらくしてからニルスが話題を変えて説明した。「アネ―メッテとの間に娘も何人かいるが、男の子を六人作ってな、みんな体格が良くてうちの息子たちと同じ年頃だ」

ニルスは畑の真ん中で話をしていた。夕闇が訪れている。今度は二人とも長いこと黙ったままでいた。ミッケルは頭巾に顔を隠して歩いている。ニルスは草原に入って山羊を二頭動かした。そして戻ってくると、そっとミッケルの横に立って何か言いたそうにしていたが、言葉が出てこなかった。

「何を言いたいんだ、ニルス?」とミッケルが歌うような声で聞いた。

「人の噂で聞いたんだが」と、言いにくいようでニルスがどもりながら言った。「本当かどうか――俺にはどっちでもいいんだが、俺たち離ればなれになるかもしれないから な、話しておきたいのさ。グロービョーレの連中の話じゃ、あのアクセルを殺したのはお前だと――自分の義理の息子をな、それも――あいつの金を取るために。いずれにしろお前はあの頃この付近にいた。でも俺はお前に会ってない。うちには来なかったからな。本当なのか、ミッケル?」

「そうだ」とミッケルは、落ち着き払いかつ反抗的に応えた。昔から知っていた口ぶりだったので、ニルスは今もすぐに納得した。

「なら、それなりの理由があったわけだ」とニルスは声を落とし、気が楽になったように言った。「詳しいことは聞かない。でも俺のうちを素通りするべきじゃなかったな。俺だけじゃない、俺のような連中にはわからないことがたくさんあるし。さあ、家に戻って女房の晩飯を拝みにいこう」

暗い家の前まで来た時、ニルスが急いで囁いた。

「ミッケル、俺より長生きするようなら、ここにあるものをちゃんと見てやってくれないかな」

「わかった」とミッケルがぼそりと応えた。二人は中へ入って行く。

火事

同じ夜、グロービョーレの人々は、湾の向こう側のサリンで荘園がいくつも燃え上がるのを目にした。

けれども、自分たちはこの状況にどう対処したらよいのか、まだわからずにいた。真夜中ごろに、湾上で松明が動くのが見え、一時間後には武装したサリンの農民を乗せた三艘の大きな平底船がバルプソンの近くに着いた。連中は叫び声を上げて船から飛び降り、笑ったり歌ったり、酔っ払っている者が少なくなかった。ヒンマーランの農民は、自分たちと同類の連中が解き放たれた動物のようにいないないたり吠えたりするのを聞くと、興奮して血が頭に上ってくるのだった。

浜辺では、暗闇の中で人々が群がり、大騒ぎとなった。サリンの連中を率いていたクヴォーネ村のステフェンは、セーレン・ブロックと協議したが、誰にもまだ様子がよくつかめていなかったため、一団はひとまず移動することになった。こうして二つの集団が合流し、内陸に進んでいった。

ミッケルは農園に残っていた。彼のほかにニルスの女房もいたが、彼女は泣きながら寝床へもぐってしまった。ミッケルは丘の上から一望できる場所を選んで立った。サリンの四カ所の火事は、燃え上がったり、おさまったりしていた。けれどもその一つは燃え盛っている最中で、炎の明かりが時折湾の方にまで届いていた。ミッケルは、グロービョーレ村で西に向いていた白い切妻屋根の壁が、火事をにらんで照らし出されているのを目にした。それを除けば静かな夜だった。けれども自然の中には凶暴さが充満していた。水面にも雲にも、赤い明かりが不穏に映っていた。その夜、血塗られた裏面がいくつも表に返されようとしていた。

農民たちの一団の音は消えてしまっていた。けれどもミッケルは、連中がどのあたりまで行っているかがわかるような気がしていた。一時間ほど経過した時には、連中がモーホルム荘園に近づいているのがわかっていた。荘園の方角を向いて耳を澄ましてみたが、少しも音を聞き分けることができない。だが十分後に、暗闇の中の荘園があった辺りに、血のように赤い輝きを見分けることができた。火の手が早く、揺らめく炎が天高く上った。やがて明るい炎が窓から飛び出してくるのが見えた。燃え上がる火の中で荘園が浮き上がって見え、黄緑色の煙が夜空にもくもくと上がっている。けれども相変わらず音は一つもしなかった。

ミッケルは腰を下ろした。時間が長々と感じられた。やがて眠くなり、居間に戻って長椅子で横になった。明け方になって目が覚めた。ニルスの女房はまだ布団の中で横になって泣いている。ミッケルは丘に上がり、モーホルム荘園がほぼ燃え尽きているのを見た。宅地から激しく煙が上がり、赤銅色の円光が焼け跡全体を囲んでいるように見え、蒸気の中から時折、割れた黒い煉瓦が見え隠れしていた。日の出前の静謐な数分だった。煙が小川に沿って谷間を覆い、ゆっくりと西に流れている。ミッケルは火事の臭いに気づくと、現場を襲っていたはずの焦がすような熱気を感じたように思い、心臓が高鳴り始めた。

ところが、ふと振り向いた時に、もう少し北の方に別の激しい火事を目にした。ステーナスレウの荘園に違いない。朝焼けの中で白くほとんど目に見えないほどに炎が立ち上っている。丸裸の火だ。そしてその上空では、煙がくるくる回る車輪のように息づいていた。

たった今、日が昇った。ミッケルは、小川で魚がハエをパクッと飲み込む音を聞いた。半時間ほどして、ニルスの下の息子イェンスが家に帰ってきた。遠くの畑の方から走ってきて、休むことなく走り続けていたのをミッケルは見ていた。農園に着いた時には唇がカラカラに乾いていて、閉じても歯を覆えなくなっている。胸がふいごのように膨らんだりしぼんだりし、一目散に湧き水の出ている所まで駆け寄り、樋から直接水を飲んだ。やがて見上げた目のうちに、人の血を目の当たりにして自分を制御できなくなっている若者をミッケルは認めた。

「親父はどこなんだ?」とミッケルは厳しい声で聞いた。

「無事だよ」とイェンスが応える。「母さんにそれを伝えに来たんだ」

若者は混乱していた。ミッケルは首尾一貫した情報を得ることができない。イェンスはふたたび湧き水の樋に顔を沈めた。

「さあ、母さんの世話を焼いてやれ」とミッケルは叱るように言った。そして急ぎ足で小川に沿ってモーホルム荘園に向かった。

ミッケルが着いた時には、農民たちはすでに荘園を去っていた。十人ほどだけ残り、焼けた建物から運び出されていた家財道具類をものぐさそうにいじっていた。そのうちの一人はミッケルの知っている土地の人間だったので、事件の様子を聞いてみた。その男はしごくあけっぴろげに応えてくれた。見てわかるように荘園を燃やした。あっという間の出来事だった。ほかの連中は今、ステーナスレウの荘園に火をつけに行っている。連中が戻って来たら、ここで飲み食いすることになってる。そう言って男は、外に担ぎ出されてあった山のような肉類や樽を指差した。敷地の近くでは、焼けるような熱さが耐え難かった。

「誰も抵抗する者はいなかったのか?」とミッケルがたずねた。

「もちろんいたさ。主人は情勢のことを前から聞いて知っていたから、荘園に何人も手下を控えさせていた。だけど戦いは長くは続かなかったよ。農民の方が大勢だったし、建物を防御してなかったんで、難なく荘園に入っていけた。オッテ・イヴァセンと息子の一人はすぐに殺されて、使用人たちも何人も殺された。主人のほかの家族はみんな運よく逃げ出していた。農民たちも十人ほど犠牲者を出して、大怪我をした者がたくさんいる。クヴォーネ村のステフェンは、荘園に走りこんだ時に撃たれてしまった」

ミッケルはあたりを見回した。一人の男が、屋根から溶け落ちて草の上で固まっていた鉛を集めて回っていた。まだ熱い。男は罵り、指に息を吹きかけている。ほかの者たちは、今焼いたばかりの荘園の残骸を忙《せわ》しげに拾い集めていた。

「お前たち、死体はどこへやったんだ?」とミッケルが聞いた。

「使用人たちの家の中庭においてあるよ」と男の一人が気軽に教えた。「セーレン・ブロックが戻ってきたら、死体を片付けるはずさ」

ミッケルは熱くくすぶっている壁に沿って中庭に行った。死体が十体ほど果樹の下の草の上に並べてあった。きちんと考えて配置してあり、農民たちは農民たち、荘園主とその使用人たちはまた別のかたまりになっている。ミッケルは、クヴォーネ村のステフェン以外の農民を知らなかった。大柄で太ったステフェンはチョッキに銀ボタンをつけていて、列の一番端にいた。それから数歩のところで、オッテ・イヴァセンが年若い息子のすぐ脇で横になっていた。二人とも頭を粉々に打ち砕かれていた。昔の敵を目にすると、ミッケルは胸が縮み上がりそうになった。何もかもが時と共に消え去ってしまい、何も残されていないような感じがした。ステフェンとオッテ・イヴァセンの間の草地に腰を下ろす。二人とも死んでしまった。血みどろの傷口をあらわにして。重そうな農民ステフェンは顎を首に食い込ませるようにして横になり、腹の部分が片側に落ち込んでしまっている。誰かが目を閉じさせてやったようだった。けれどもオッテ・イヴァセンは目を大きく見開いたままで、眼球が乾いてしまっていた。オッテ・イヴァセンは禿げていて、髭が白い。人生が刻み込んだ皺は、死に及んで苦々しい不満を表現していた。

その横で、死んだ彼の腕の下に息子が横たわっていた。割られた額に髪の毛が絡み、オッテ・イヴァセンが若い時につけていたのと同じ小さな口髭があった。

俺たち三人が揃ったよ、アネ＝メッテ、とミッケルは思った。口を開いたが、声は出てこなかった。草の上の魚が生き絶えるように。これでみんな揃った――お前が好きだった男と、お前を好きだった男と、お前が結婚した男。アネ＝メッテ、これがお前の男たちだ！

敗北

夜遅くニルスがチョイアとアナースとともに帰ってきた。みな全身が埃だらけで泥にまみれていた。もう若くはなかったニルスは、やっと足を引きずっていた。モーホルムとステーナスレウの荘園のほかに、もう一つもっと東にあった荘園を燃やすのにも三人は加わっていた。けれどもニルスは少しもうれしそうではなかった。長椅子に崩れるように座ると、ミッケルに話を聞かせた。

「がっかりしたよ」とニルスは気落ちして言った。「サリンの連中がいなかったら、モーホルムを救えるところだった。連中の話じゃ、サリンで最初に火をつけ始めたのはヒンマーランの人間だったたってことでな。仕返しさ。モーホルムの主人も別によくはなかったが、やっぱりな、みんなで殺すほどやましいところはなかったさ。ステフェンもやられたよ！　ああ、俺たちみんなで突進していってな、俺はもう誰に斧を振るったか、わからなくなってた。ステーナスレウの主人は、豚みたいに泣き叫びながら殺されたよ。事はもう始まったわけだ。もう否定できない。やり通すしかない。明日は北に向かっていって、ヴェンシュセルの連中と合流する。うん。戦って俺、もっと違ったもんだと思ってたよ、まったく」

次の日、三人は出発した。ミッケルも同行する。イェンスは母親とともに農園に残った。周辺の荘園主たちが殺された今、二人は安穏にいられるだろう、とニルスは判断したのだった。――農民たちがしたことは、よかったのかもしれない。

このようにしてユラン一帯で農民たちが蜂起した。不安と動揺の時が来た。二週間ほどの間、農民の一団が西に東に移動し、火を放ち、酒を喰らい、何が何だか分からなくなっていた。農民たちが土地から引き離され、蛮行の渦中に放り出されるのは、それだけでも問題だ。おたがいが誰だかわかっている間は一種の団結感があるものの、異なる地方から来ているというだけで連中はもう半分敵同士になっていた。二つの集団が一人の指導者のもとにまとまっても、一方の集団がその指導者に信頼をおくことはまずなく、数多くの指導者たち自身も、たがいに意見が分かれることになる。そもそもの始まりから、農民たちは指導者を欠いていた。北ユラン全域から農民たちが集結してきた時点で、クレメント船長が指揮を執るにいたった。およそ六千人が、同じ数のさまざまな武器を持ってスベンストロップに集まった。彼らはそこで貴族たちと対戦した。貴族たちはたった六百人だったが、馬に乗り甲冑をつけていた。けれども勝利を収めたのは農民たちだった。

ミッケル・チョイアセンは十月の朝、丘の上に立って貴族たちが拙《つたな》く苦戦するのを観察していた。両軍は日の出とともに接近した。広大な背景の中では、大した人数には見えなかった。規模の違う大きな黒い塊が、大空の下でじわじわと近づいていく。周囲の自然は無関心だった。灰色の朝、雨の後で地面は冷たい。ミッケルは低くうねっている丘を見渡して、幾世代の人間たちが雲の影のように移動していっても、土地だけは存続していくのだ、と思った。

そして両軍が衝突した。だが、貴族たちはあまりにも少数だった。ミッケルは遠くからだったが、農民たちが大勢で騎士たちを一人また一人と取り囲み、文字通り鞍から叩き落とすのを目にすることができた。視界のいい日で、農民たちが騎士を打ちのめす時に甲冑の下の服から埃が立ち上る様まで見えた。時折、ミッケルの立っていた丘の上まで、風が戦いの騒音を運んできて、農民たちの斧が騎士たちの甲冑を打ち破る金属音が聞こえた。一方騎士たちも、万事休すとなるまでの間に農民たちの群れをなぎ倒していた。交戦の場はさらに散り散りになり、たまに聞こえていた銃声も止んだ。貴族が農民たちに取り囲まれ、押し倒されて殴られている状況は、砂糖に群がるハエのようだった。多くの貴族たちは馬の向きを変え、避難を始めた。

ミッケルの立っていた丘の下の方では農夫が一人、畑を耕していた。合戦中も駄馬を休めさせたりしなかった。のんびり鋤を操りながら、戦いを見ることができたのだ。

予測通りに結局貴族たちは対戦をあきらめ、ギャロップもしくは速足で南の方の内陸に逃走した。今回は自らの威厳に頼りすぎていたようで、斧の前では誰もが平等なのを忘れていた。交戦の結果、多くの貴族が命を失った。

けれども、デンマークの農民たちが戦う権利を手にして戦ったのは、その日が最後になった。勝利を収めたのもそれが最後だった。それから二カ月後、農民たちは権利を取り上げられ、謀反者として処罰された。さらに同じ機会に、デンマーク人たちは北欧の一員たることをやめてしまった。

それは悲惨な日だった。ミッケルは、農民たちがオールボーの町を守って敗北するのを目撃した。冬が来ていて、ひどく寒い日だった。ヨハン・ランツォーが、軍勢を増やしていた貴族たちを指揮していた。ほかにも彼の連れてきたドイツ人傭兵と砲兵たちがいた。

彼らは手加減しなかった。ヨハン・ランツォーが使ってきた最新の鉄砲に出くわして、農民たちは目を瞬《またた》いた。飛んでくる弾の一発ずつが、目に見えず出会うこともない敵だった。農民たちはまごついた。彼らは一対一で向かい合う戦い以外、知らなかった。戦略を練ることも、彼らの父親は何も教えてくれなかった。ようやく彼らのしたかった接近戦になり、素手で敵を捕まえた時には、遅きに失していた。すでにもう戦いに敗れていたからだ。

戦況は絶望的だったが、農民たちは犬たちの間に躍り出たアナグマのように走り回った。死に物狂いの戦いになっているのがわかると、誰もが一人で三人分の力を発揮し、手の届くところにいる貴族たちを大鎌や藁切りナイフを使って細切れにしかねないほどだった。けれども彼らはやがて散り散りにされ、取り囲まれてしまった。冷酷な敵が彼らの頭上を襲い、命運が尽きた。

最後にヴェンシュセルの農民が二千人、リムフィヨルドを渡って家に戻れなくなってしまい、全員が殺された。老練な傭兵たちが彼らを囲いの中に閉じ込め、貴族たちが踏みつけにした。狭いところに押し込まれ、むやみに手を出したり刺しかかっていたりしていたが、やがて勝利者たちに殺されていった。凍てつくような冬の天気の中で彼らは泣き、頭を割られてむせび泣きながら雪の上に崩れ落ちた。

最後に残った少人数の一団は、耳をつんざく声を発して狂ったように抵抗し、歯ぎしりをしながら泣き叫んでいた。だが、剣が彼らの頭上を舞い、鉄と鉛の弾が彼らの子羊の毛皮の服を貫通して、震える身体に撃ち込まれた。槌矛が彼らの手を砕き、頭巾を裂いて頭を砕いた。容赦はなかった。最後の一人まで完全になぎ倒された（一五三四年から三六年にかけて、デンマークの農民がクリスチャン2世の復帰を目指して貴族たちを相手に反乱を起こしたが、一掃された）。

国王クリスチャンが、少数の貴族たちだけではなくストックホルムで貴族全員を殺していたのなら、後になって不服を述べる者はさほどいなかったはずだ。ストックホルムでの斬首については、何世紀も語り継がれてきていた。けれども、ヨハン・ランツォーがオールボーの近くで二千人以上も殺戮したことについては非難する者はほとんどいなかった。当時農民たちは徹底的に粉砕され、悪行の話さえ語り伝えられることはなかった。その争いの後、ユランには重い沈黙が立ちこめることになった。

グロービョーレに戻ってきた者の数は少なかった。ニルス・チョイアセンはオールボーで倒れ、長男はすでにスベンストロップの戦いで死んでいた。ミッケルは弟の死体をオールボーの郊外で探しあて、顔に土をかけてやった。ニルスは立派な男として死んだ。彼の背中は砲弾で砕かれていた。

次男のアナースは頬がこけ、すっかり老けて帰ってきて訃報を伝えた。のちに、モーホルム荘園に来た新しい主人のもとで、農奴として農園を営むことになった。

時

かくして時は過ぎていった。時が主導権を握っていた。日々がごく身近に迫り、年々がまったく人の手に負えない伝染性の悪のように広がっていた。成そうとしたことが半分始めただけで終わり、いずれ将来に成し遂げられるだろうと思っていたことを、時は出来損じだとして足許に投げ返してくる。それはもう何年も何日も前のことだった。年寄りたちは、覚えていると言ってその話をしていた。彼らが手探りで始めてみたことは、時が忘れ去り、それがようやく事実となったのは、太陽がその光と灰を新しい世紀に撒き散らすようになってからだった。男たちは地に沈められ忘れられたが、彼らの起こそうとした行動は、おぼろげな支えとして永遠の道しるべとなった。彼らの残した歴史は洪水の後の風景のようで、土砂や瓦礫、根こそぎにされた黒い木々が地面を覆い、目の届く限り塩と泥土で荒廃していた。

大司教グスタフ・トロレはフュン島エクスネビエアの戦い（一五三五年、ヨハン・ランツォーが率いるデンマーク連合艦隊が、ハンザ同盟のリューベック艦隊を破った戦い。一五三四年から続いていた貴族間の反目、農民の反乱、ならびにクリスチャン2世を王位に復帰させる動きに終止符が打たれ、デンマークに宗教改革が実施された）で致命傷を負って倒れた。頭のてっぺんから足の先まで鉄片を張った装束を着て武装し、地面に大文字になって横たわっていた。胸の内では激痛と心底の喜びが半々になっていた。もう助からないと思いつつ自らの一生と行いを振り返ってみた時に感じたのは、なぎ倒されたことへの心頭に発する怒りだった。けれども心の動揺が激しく彼を襲っていたために、疲れ切り惨めなうちに終《つい》の休息をあえて受け入れた。一連の無意味なことどもが妥当な終焉を迎えたという意味で、彼の死には意味があった。果たされなかったことに対する悔恨以外に、彼には後悔はなかった。年は取っていたにしろ、彼はそこで出発点に戻って横たわっていたのだ。彼は事業のために孤独を選び、孤独のうちに死んでいった。すべてが暫定的でいつも何かが不足していた彼の人生の輪は、それ以外の何物も中に取り込むことができなかった。彼については、どこか不分明な目的のために孤立し、生きとし生けるものすべてに敵対していた人物と言えるだろう。グスタフ・トロレは、運命の強圧を感じた時にようやく平伏することの甘美さを味わうことができた。今は温かく素直に横になっていた。死の熱気を感じた時に、彼は生まれて初めて降伏したのだった。

感覚を失ったままで彼は運ばれていき、意識が戻ることはなかった。監視されていた家の中に囚人のように横たえられ、そこへ出入りをしていた人々は、大司教が大笑いするのを耳にした。見ると頰を赤くして横になっていたが、口もとは悪魔のような敵意で歪んでいた。気が動転していて、熱を帯びた目が、探るような警告するような、超自然な視線を放っていた。死との闘いが始まってからは、呂律が回らなくなり、熱に浮かされて頑固な子供のようにめそめそ泣いた。そうして丸一日横になっていたが、むせび泣きとむせび泣きの間隔が、命と死に逆らう心が折り合いをつけていくに従って、だんだん長くなっていた。死との闘いは二日間に及んだ。恐怖から発作を起こし、口から泡を吹いて、呪いのかけられた幻覚を見るままにされていた。やがて痙攣が始まると身体が硬直し、鉄の弓のように身を反らし、かと思うと陣痛のごとき激痛のために、全身を縄できつく縛られたかのように、石のように硬くなって不動のままでいた。最後の晩は幾分痛みが和らぎ、大声で不平を口走った。そして、激しくもがきながら、叫び声とともに亡くなった。

エクスネビェアの戦いの後、フュン島での反対勢力は鎮圧された。今、命と財産を国王クリスチャンの手に委ねていたのはシェランの人々だけになった。だが、彼らもまた制圧されると、ヨハン・ランツォーは全国土を征服してしまった。彼は、意固地な馬を一歩また一歩と移動させるように、国土を一画ずつもぎ取っていかなくてはならなかった。十年前に国王から離れていった同じデンマーク人たちが、今は彼を王位に呼び戻すか死を選ぶかの思いにとらわれていた。デンマークでは、人々はいつでもこうして優柔不断であるとともに偏狭なのだ。コペンハーゲンは一年もの間包囲されたままになっていた。その最後の数カ月は、人間としてそこまで落ちるのかというほど惨めな状態に陥っていた。初めのうちは異端の廃馬業者から手に入れた不名誉な食べ物を我慢して口に入れ、馬や猫、犬まで食べていたが、やがて虫を食らう最も卑しい動物やネズミや昆虫などの類もありがたがって食べるようになった。そしてとうとう動物同様になり、死肉や臓物で飢えをしのぐようになった。本格的な飢饉の時はいつもそうであるように、赤子は母親の乳房をくわえて死んでいった。立ったまま、あるいは歩きながらいきなり死ぬ者も少なくなかった。コペンハーゲンの町を国王のために守り抜くために、これらの言葉もないような苦痛に耐えていた。窮乏という窮乏を味わい、あらゆる辛酸を舐めたが、結局町を明け渡すことになった。実りのない大いなる不毛を完璧にするためにだ。

製本屋のアンブロシウスは、国王クリスチャンの少年時代からの友で、国王に関する件に見せる熱心さではただの一度も中途半端ではなかったが、彼は毒を呷《あお》ってしまった！　彼の生命とエネルギーは、ブーメランの軌跡のように空を切って自分自身に舞い戻ってきたのだった。

それから一年経ち、リューベックに亡命していたイェンス・アナセン・ベルデナックが亡くなった。晩年の彼は、年を取ったせいで落ち着いていた。おまけに障害をもつようになっていた。誰に対しても決して容赦をしなかったイェンス・アナセンは、いざ敵の手中に落ちると、手酷い虐待を受けたのだった。彼は老人だったが、敵の胸に何年もの間秘められていた復讐の思いが、彼の身体に緩慢で凶暴な責め苦を加えることで晴らされたのだ。豪勢な日々に彼の口から漏らされた、神と人間たちに対する辛辣な警句は、障害者となった彼の身にそのまま返されてきたのだった。落ちぶれた神の子を敵は丸裸にし、蜂蜜を塗りたくって日向に晒し、ハエとアリの餌食にした。見よ、この大男を。年齢に侵食され、裸にされ、昆虫の群れに苛まれている！　これがあの偉大な司教だ。疲れを知らない牛商人で、兵士で、快楽主義者で法学者！　これが魔術師だ。鞍頭《くらがしら》の上に広げた聖書でお説教を垂れていた狂信者だ！　もう彼の時代ではなくなった。時代の方が彼から遠ざかっていた。この廃墟に似た人間は、かつては飽くことを知らぬ賢者で権謀術策の師だった。今はむかつくような煙が廃墟の地を這っているが、その昔は活動の炎が立ち上っていたのである。

自然の寛大なる才能を身にまとった寡婦の子イェンス・アナセンは、デンマークではかつてなかったほど神学と法学の双方を巧みに結合させた頭脳の持ち主だった。そして彼は、その時代にしては優れた美的精神を備えており、自己の経歴と哲学をラテン語の詩の二つの掌編にまとめることができた。一つは味気ない墓碑だったが、もう一つは、実際に彼を悩ませていた症状を、対句にして貧相にまとめ上げ報告したものだった。

けれどもイェンス・アナセンのぎこちない詩には真実が込められていた！　彼の詩行は人の一生を骸骨になぞらえていて、次の二行が示しているように、カタカタ音をたてている。

Os, dentes, nares, genitalia, brachia dantur（骨、歯、鼻、性器、腕が与えられ）
Torturis, quibus adjunge manusque pedes.（手と足が加えられて振り回される）

ところが国王はもう何年もの間、セナボーに幽閉されていた。オールボーでの戦いの時以後、ミッケル・チョイアセンは国王とともに囚われの身となり、六リューーベック・

マルクの年給を受け取っていた。

国王とともに囚人となる定職を得て、ミッケルは静かな毎日を送る機会を手にすることができた。ミッケルは生涯を通して、国王と運命をともにする自分を感じていた。ある意味で、二人はともに歩いてきたと言える。ミッケルが国王に近づけば近づくほど、国王は没落していったのだった！

ミッケルがまだ十六歳のプリンスだった国王を初めて目にしてからもう四十年が過ぎていた。コペンハーゲンの裕福な商人の店で仲間たちと群がっていた時だ。あの時国王は髪の毛がワインのように赤かった。あの時国王の手の甲はまだすべすべしていて、汚れなどひとつもなかった。髪の毛は今、冬空の灰色で、鳥が飛び立った後の巣のように頭を覆っていた。その骨ばった手は皺だらけで、血管が浮き上がっている。

ヤコブとイーデ

国王とミッケル・チョイアアセンがセナボー城の防壁内の極めて安全な場所に留まっていた間に、家無しのヤコブと少女のイーデが国中を旅して回っていた。

ヤコブは年齢がはっきりしない男で、もう何年もイーデと一緒に旅をしていたが、少しも年を重ねていないように見えた。けれどもイーデは、クヴォーネ村を出た時には子供だったのが、街道で大きくなり、大空の下で立派な娘に成長していた。二人は、イーデのお婆さんにあたるアネ－メッテが埋葬された日にサリンを後にした。アネ－メッテが、無言のままに寝台で横になり、老いて萎びた頭の周辺に死を迎える至福を漂わせていた時に、最後に視線を送った先が孫娘イーデだった。周囲には大人の子供たちが全員立っていたが、彼女が見つめていたのはイーデだったのである。アネ－メッテの葬儀が済むと、ヤコブは誰も面倒を見る者がいない女の子の手を取り、墓場から連れ出してやった。

その日、野原にタゲリがやってきた。沼地を越えながら、タゲリが何かを訴えるような新鮮な鳴き声を上げるのをヤコブは聞いた。タゲリの周りにはゆるゆると空が広がり、鳥たちは自由だった。雪の溶けた土地の上を、白い太陽を目指して東に向かっていた。イーデが幼年時代を通じてずっと見てきた丘、太陽が雲に支えられて休んでいた一番端の丘を、二人は通り過ぎた。完全に通り過ぎてしまった。道を曲がると、不思議にもまったく見知らぬ土地がイーデの前に開けてきた。別世界への門だった。

ヤコブはイーデを連れてグロービョーレ村へ行き、ミッケル・チョイアセンのことを聞いてみた。生きているとしたら聖なる地にいるはずだ、とニルスが教え、その知らせを胸にバイオリン弾きと連れの少女は旅を続けた。

ヤコブとイーデはモーホルム荘園に二日滞在し、荘園のみんなに音楽を演奏して楽しませた。主人たち一家には会う機会がなかった。イーデはヤコブのバイオリンに合わせてトライアングルを鳴らした。耳が聞こえないのでヤコブの手を見て拍子を摑み、上手にこなしていた。ところが最後の晩に、陰気な荘園主が嫉妬深そうな顔をして現れ、荷物をまとめて出て行くように言った。ちゃらちゃらした音楽など聞きたくないと言う。そこでヤコブは、狐の皮でこしらえた袋にバイオリンをしまい、イーデと手をつないで荘園を出ていった。腰紐に吊るされたイーデのトライアングルが、歩調とともに小さな鐘のような音を立てていた。

こうして二人は北へ向かい、ヒースの野原を越えていった。やっと春が来たが、泣いている新婦をなだめすかすかのようで、時間がかかっていた。毎朝地面はまだ冷たく、太陽は何度も温め直さなければならなかった。春は、昼の間は微笑みをもたらしたが、すぐにまた灰色の空に覆い隠されてしまう。湿気を含んだ風に追われて雲が旅をしている。朝には雨が降り、夜になるとあたりが湿っていた。うんざりするほどの優柔不断が延々と続いていたが、それでも絶えず希望があった。

雨がイーデの薄い色の髪の毛を洗って垂らし、太陽が乾かすと顔の周りで縺《もつ》れて輝いた。長いこと雨が降り続け、道を行くイーデは、湿ったリンネルのように淡い色の髪の毛の奥から、白っぽく見える目で前方を見据えていた。

「雨髪のイーデだ!」とヤコブは自分に言い、励ますようにイーデの方を見た。

デンマークの鳥がみな戻ってきていた。ムクドリは毎日、太陽が輝きながら昇って畑の霜を消し去る朝の時間に情熱的に歌っていた。ヒバリは荒涼とした野原のはるかに高いところで、軽やかにさえずりながら翼を広げて滑っていく。風は丘の斜面の枯れた草の上を走り抜け、耕された畑の氷のように冷たい青い水面にさざ波を立てていた。最初の黄色い花が地面から目をのぞかせ、ツバメは音もなく強い東風に乗って飛んでいる。そうしてようやく静かになった。暖かい夜。草木が育つ。ヒキガエルが、心を込めて密かに慰めるような声を上げ始める。土地が緑色になると、カエルたちが地上の豊穣と肥沃を祈る歌を、果てしなく歌い続けていた。

道の脇の窪地が緑に染まった。見るものがたくさんあったので、イーデは喜んで窪地を歩いた。ネコヤナギの白い花穂《かすい》を摘んで口元へ持っていき、頰を撫でてみた。気持ちよく根っこから抜けるイグサを編んで、組紐を作った。イーデは産まれたばかりの子山羊を草原で見た。まだ起き上がれないので、母親が前にかがめた頭の下で、横になっていた。

太陽が照りつける暑い日々になった。五月一日の祭の日に、ヤコブとイーデはオールボーでダンスの伴奏をして、たっぷり稼いだ。ヤコブは自分たち二人に新しい木靴を買い、悠々と旅を続けた。人々は音楽を喜んで聞いてくれ、二人は食べ物も泊まるところも不自由しなかった。そうしてユランの北端スケーエンまでやってきて、イーデは大きな海を見た。そこの砂は他のどんな場所でも見かけなかったほどに白く細かかった。海が左右に分かれる砂浜の突端まで行った時、ヤコブが自分とイーデについての歌を歌った。近くを飛び交うカモメ以外に聞き手はいなかった。

歌いながらヤコブは笑い、カモメたちに手を突き出していた。イーデは白い鳥たちが嘴《くちばし》を開けるのを目にしたが、何も聞こえていなかった。素晴らしい天気の日に、海が広々と横たわって満足そうに立てている音も聞こえなかった。ヤコブの歌った歌は、次のようなものだった。

二人に宿を貸しとくれ！
おっそろしく疲れてる。
ずっと遠くから来たんだよ。
まだ道のりも長いのさ。

だから宿を貸しとくれ！

俺たち二人が生まれた村じゃ、
ガチョウが裸足で歩いてる。
ここの大きな村にはさ、
夜でも家があるじゃないか。
だから宿を貸しとくれ！

ずっと遠くの俺の家、
ほんとに立派なんだから。
壁は風で出来ていて、
居間の屋根は雨滴《しずく》。
だから宿を貸しとくれ！

ほんとだと思わんなら、
この娘に聞いてごらん。

両親のない子供でよ、
話せないし聞こえない。
だから宿を貸しとくれ！

ヤコブとイーデはデンマークの最北端に達していたが、そこである船長と仲良くなり、光いっぱいのふた月ほどの間、彼と一緒に船に乗って回った。二人はレス島にもアンホルト島にも行き、ラナース湾の緑の丘を目にした。リムフィヨルドにも入ったが、そこでは農民たちが浜辺に出て漁をしていた。時々日の光が反射して、空中高くに持ち上げられているように見えた。日の長い日々だった。

けれども夏も終わりに近づき、陸の畑がみな黄色くなると、ヤコブとイーデは船長とともにシェランまで長い船旅をした。エルシノアで陸に上がり、そこで何日も演奏してかなりの収入を得た。ヤコブは度々酔っ払い、歌いながら梯子酒をした。そして彼が酔いを冷ましている間、イーデは町の外のライ麦畑に隠れていた。熟れた麦わらを髪に差し、熱くなった砂埃に両手を当てていた。

ある日、町では稀に見る大騒ぎが持ち上がった。誰もが一目散に港まで走っていき、額に手をかざして目の上に影を作っていた。夢中になって盛んに言葉を交わし、海峡の南の方を指差している。そこへ大きな黒い船が三隻、強風の中を進んできた。真ん中の船はマストのてっぺんに赤い旗を上げている。そうこうするうちに、エルシノアの住民が一人残らず浜辺に集まってきた。人々の間には深く嘆き悲しむ雰囲気が広がっていたが、理由を知る者はほとんどいなかった。三隻の軍船は、八月の乏しい陽光の中、静まり返った海峡の上を非常にのろのろと移動していた。エルシノアに到着するまでに時間がかかった。

ヤコブは近くにいた男に、誰が船でやってくるのかと聞いてみた。国王クリスチャン本人だ、と説明された。他の者の話では、国王はコペンハーゲンからやってくるのだが、オランダとノルウェーでの長年に及んだ亡命の後、帝国会議と調停をしてきたのだ、ということだった。どこへ向かっているのかは、誰にもよくわからなかった。うすうす気がついていたのはただ一つ、これでお別れになるらしいということだった。

三隻の重いカラベル船がすぐ目の前まで来て、帆を膨らませて通過した時に、浜辺にいた群衆の中から一人また一人と船に向かって大声を上げる者が出てきた。どの船もお辞儀をしたように見え、丸い船首を少し沈めて波をかき分けていた。けれども船からは誰も帽子に手をやって返礼する者はなく、礼砲どころか、シグナル一つ送ってこなかった。

にもかかわらずエルシノアの市民は、浜辺でしばらく船を追って歩いていった。浜辺ではさらに人の数が増えていく。郊外の方から来た農民たちや海岸沿いに住む人々が、船の姿を見てやって来たのだった。老若男女、何百人もの人々が、手を振り声をかけながら浜辺の水際を走り、岬まで行った。そこでみんなは立ちつくし、前よりずっと密集して固まって、波打ち際ぎりぎりまで出ていった。

「さようなら、国王クリスチャン！」と老人が叫んだ。横に立ってその掠れた声を聞いた人たちは泣き出して、もう一度叫び声を繰り返した。

「さようなら！」と、嵐の最中の突風のように全員が声を合わせて一気に叫んだ。しばらく沈黙があり、心配そうに船の姿を目で追っている。嘆きの声、ため息をつく音が聞こえてくる。我先に爪先立ちになり、何度もなんども船の方に向かって手を振っていた。するとまた悲しみに満ちた叫び声が上がったが、船はもうすでに遠ざかっていて、声も弱々しく落胆していた。

「さようなら、国王クリスチャン！」

群衆の一番後ろに老婆が立っていた。人混みのせいで前に出られないでいた。疲れているらしく、首をうなずくように揺すりながら前に立てた杖に寄りかかっている。ミイラのような黄土色の顔は頭巾で縁取られ、泣いていた。みんなの叫び声が盛り上がった時に、老婆も大きなしわがれ声で言った。

「さようなら、国王クリスチャン！」

年のせいで腰がすっかり曲がってしまい、前かがみになっていたために、背丈が一メートルもなかった。みんなと痛みを共有して不安そうに身体を震わせていたが、年寄りのことで、事情はよく摑めていなかった。この小さな老婆は、メンデル・スペイアの娘、スサンナだった。

最後にもう一度、悲痛な声で叫んだ。

「さようなら、国王クリスチャン！」

旅の音楽師ヤコブが袋からバイオリンを引き出し、調子の外れたメロディーを弾いた。絶望のあまりに口元では笑っていたものの、涙がこぼれ落ちている。イーデは脇に立ち、トライアングルを弄びながら、人々が身体を強張らせ口を開いているのを見ていた。みんなで痛みを絞り出しているかのようだった。それを理解しようとして、イーデは口の中で舌を転がしてみた。

宿無し

バイオリン弾きのヤコブは、イーデの死んだ父親がエルシノアの生まれだということを聞き出していた。彼はスサンナ・ネータンソーンという名のユダヤ女性の私生子だった。ヤコブとイーデは、町の中心部にある大きな立派な家に住んでいたその女性と話をする機会を得た。スサンナは夫と大人になっている子供たちについて話して聞かせたが、四十年前に犯した過ちを認めることにやぶさかではなく、アクセルをもうけたことを打ち明けた。その子は生れ落ちるや否やすぐに他人に預けられ、以来何も知らされていなかった。イーデがアクセルの娘だという可能性があった。老婆はイーデを見てみたが、共通点は見つからなかった。イーデはむしろ、母親の側の祖父、ミッケル・チョイアセンに似ていた。ヤコブとイーデがまごついているのを目にして老婆は、二人に金銭を少々と食べ物を与えた。その日は土曜日でユダヤ教の安息日だったので、老婆にも時間がなかった。

ヤコブとイーデはエルシノアを出発し、シェラン島を旅して回った。二年を費やした。戦争が勃発して街道を行くのが物騒になっていたので、ヤコブとイーデは船でサムセー島に渡った。そこで一年以上もぶらついていた。イーデは大きくなっていた。二人のことは島の住民によく知られるようになった。以来、何事も気にしない貧しいバイオリン弾きに関する逸話がいくつも語られるようになった。戦争が終わるとヤコブとイーデはふたたびユランに行って放浪を続けた。故郷が恋しくなったのだ。ところが、家にたどり着く前に、知っていた人々がみな戦争で殺されてしまっていると聞いた。そのため、二人はクヴォーネ村にはとどまらずに通り過ぎた。二人をみとめて引き止める者もいなかった。クヴォーネ村にはもう家はなかった。そこに家などあったためしがなかったようにさえ感じられた。

それから一年後にヤコブとイーデはまたスケーエンにやってきた。二人は、海が左右に分かれている砂浜の突端で、二つの海がぶつかり合うところに背中を向けて立っていた。そうして、南に向かってずっとはるか遠くまで広がっている陸地を見渡していた。ヤコブは笑って、口のきけない道連れの手を取った。そして、北の海の海岸沿いを歩いていった。

秋の嵐が二人の周りで吹き荒れていた。二人が歩いていた低い浜辺に大きな波が襲ってくる時には、しばしば砂丘の高みまで急いで逃れなければならなかった。天気は涼しく見通しがよかった。カモメたちは、向かい風の中を黙って旋回して上っていく。波頭

から は苦い泡が高く飛び上がり、陸地の方に行って砂の上に落ちては、寒がっている小鳥のように風に揺れていた。空は低く垂れ込め、風が絶えず北西の方角から旅をしてきていた。

夕暮れ時にヤコブとイーデは、殺風景な浜辺で目にすることのできた唯一の漁師の家まで来た。ヤコブは入口の前に立ち、バイオリンの弦に弓を強く当てて低音から高音まで鳴らした。すぐさまドアが引き開けられ、動揺した顔がのぞいた。老人の顔だ。子供が三、四人転がり出てきて重なりあった。

なんというすばらしい響きだろう！　ヤコブは演奏した。黄金やダイヤモンド、華やかな色の織物のようだった。バイオリンは大きな星のようで、そこから赤や青、黄色や白い光が輝き出ていた。花の様子を現出していた。みんなの心が激しく動いていた。

「さ、中へ入って！」と老いた漁師は、ヤコブが弾き終わると真面目な声で招じ入れた。イーデとヤコブは長椅子に座らされ、もてなしを受けた。音楽を家で聞くことができ、漁師一家の喜びは計り知れなかった。ヤコブがさらに何曲か演奏すると、隠居していた老人がいきなりテーブルを叩いて言った。

「せがれは海に出てる」と曰くありげに言った。「今日は俺が決める。セリーネ！」

息子の嫁は優しく、怒りをおさめた老人がテーブルの端で意気揚々と立ち上がった。

白い手織りの服を着て帽子を被り、髪の毛も髭も藁の黄色だ。それが今、昔の一家の主人に戻っていた。

「セリーネ、酒を持ってこい！」

「へーイ！」と掛け声をあげ、ヤコブがギャロップでバイオリンを弾きだした。だが、酒の瓶がテーブルに持ってこられると、静かで口づけでもするような優しいメロディーに替えた。

透明な酒シュナップスだった。その晩、砂の移動する浜辺の真っ只中にあった漁師の家は、秋の嵐と暗闇から逃れるための惨めな避難所などではなかった。泥炭が太陽のように燃えさかり、屋根からは南国の熱気が降りてきていた。やがて居間中が炎を上げる馬車になって浮き上がってきた。馭者になったヤコブが大胆不敵な表情で座ってバイオリンの演奏を轡がわりにし、背もたれ椅子に掛けている年老いた漁師は身体をゆすって若さを取り戻していた。イーデと子供たちの天使のような顔は、空飛ぶ巻貝の上に浮かんでいる。浜辺では海が沸き返っていた。嵐が砂を飛ばして窓にぶつけていたが、みんなで着飾って馬車に乗り、キラキラ輝く七つの空(中世のヨーロッパでは、空が七つあると信じられていた。地球は世界の中心で、その上にクリスタルの七つの空が広がっていた。みな透明だったので、見ることができない。一番下の空の下方で月が周り、下から太陽、恒星、星々がこの順でそれぞれの空にあり、一番上の七番目の空に神と天使たちが住んでいた)を走っていく間、降りかかってきていたのは星だった。

次の日の朝早くにヤコブは目覚めたが、すっかり気落ちしていた。イーデを起こし、二人はそっと漁師の家から出ていった。一家は無表情な顔をして眠っていた。二人は浜辺に沿って進んでいく。

秋が深まった。日が短くなり、沈鬱な日々がきた。渡り鳥たちがみな去っていったのが感じられ、空気が冷たくなった。

そしてある日、海岸を離れて内陸に向かい、ヴェスターヴィ教会をずっと見ながら歩いていた時に、初雪が降った。

セナボーにて

そして春になり、また夏が来た。

ヤコブとイーデは広い範囲を旅して回った。国中のあちこちで二人が来るのを待ち受けていたようで、ますます忙しくなった。旅の目的をほとんど忘れてしまっていた。七年の間、全国を歩き回っていた。みんな二人のことを知っていて、訪ねていけば親切に迎えてくれた。特にリムフィヨルドのあたりでよく知られていたので、一年の大半はそこで過ごした。バイオリン弾きのヤコブについてはたくさん逸話があったため、二人のことを人々はいつまでもよく覚えていた。彼の歌も、何年にもわたって忘れられずにずっと歌い継がれていた。ヤコブはとんでもない男だった。歌ったりバイオリンを弾いたりすることはできた。酒が入れば芸術家にもなった。それは別に珍しいことではなかった。人の話では、ある晩、ビョーンスホルムの林でダンスの伴奏をした時に、シュナップスを飲んだ。朝になってヤコブが見つけられた時に、バイオリンの弓がなくなっていた。ところが、それで困るような男ではなかった。杖を取ってそれに松脂を塗り、バイオリンを弾いて驚かせた。根性があったのだ！

ところがある年、バイオリン弾きのヤコブとイーデがリムフィヨルドに来なかった。国中のほかの土地でも二人が来ないので寂しく思っていたが、とうとう二度と姿を見せなかった。

ヤコブはついにイーデのお爺さんのミッケル・チョイアセンの居所を突き止め、直ちにアルス島へ向かったのだった。イーデは十九歳になっていた。どこか適当なところに落ち着かせてあげなければいけない年頃だ。

アルス湾に船で入っていったのは十月初めのある日だった。梢が色あせた森がこんもりと盛り上がり、飾り気のない赤茶色い城が浜辺に向かって立っていた。そばまで近づくと、雪のように白い鳩の大きな群れが塔から飛び上がり、薄青の空を背景に見え隠れしながら湾の方に突き進んでいった。ヤコブはそれを見送り、幸先のいい知らせだ、とイーデに向かって頷いてみせた。二人は荷物の包みを抱いて気分よく船に座っていた。ヤコブが木靴を見てみると、片方の紐が切れていた。もうそろそろ……。

ところがすぐには運が巡ってこなかった。最初の日、二人は城に入ることを許されなかったので、町で宿を探さなければならなかった。次の日ヤコブは、城の指揮官ベアトラム・アーレフェルトと話すところまではいったのだが、考えておく、と言われただけだった。国王に達するまでは何層もの壁を越えなければならなかった。三日目になってようやく二人は吊り上げ橋を渡り、外の庭で城にいる連中のために演奏することを許された。ところが、正午ごろになってようやくまた指揮官に面会できた時、都合の悪いことが起こった。ヤコブとイーデの二人が用のあったミッケル・チョイアセンは、旅に出る直前だったのだ。

二人はちらりと彼を見る機会を得た。指揮官に城の中庭に行くことを許され、行ってみると、ミッケルが馬に乗るところだった。年寄りになっていたミッケルは階段の下にとどまり、二段上のところに国王が立って彼に話しかけていた。ヤコブとイーデは門のアーチの下で立ち尽くし、国王がいる限り、庭の中に入ろうとは思わなかった。ミッケルを出発させるまでには時間がかかった。色々と準備することがあったからだ。馬は脚で石畳をこすっている。壁の高い中庭に、国王の声が響き渡っていた。あまり進展がない。ミッケル・チョイアセンは新しい立派な服を着ていた。緑色のズボンに茶色のダブレットだ。馬の周りを一度また一度と回って腹帯の中に指を差し込んだり、馬勒《ばろく》を触ってみたりしていた。若く落ち着きのない馬だった。膝を悪くしていたミッケルは、その馬に乗る勇気がなさそうだった。

「もういいだろう、それくらいで、ミッケル」と国王が大声を上げ、気難しそうに笑った。「早く乗れ！」

ミッケルは丁寧に頭を下げ、点検を終えた。いよいよとなった。馬銜《はみ》を持って馬を抑えていた若者が、手を貸すために腕をできるだけ長く伸ばしている。若者は台所の開け放たれた窓をこっそり見上げた。若い娘が二人顔をのぞかせ、大笑いしている。ミッケルは鐙《あぶみ》に足をかけ、ゆっくりと集中して身体を引き上げた。

「反対側に転がり落ちるなよ！」と心配そうに笑いながら国王が怒鳴った。大丈夫、ミッケルは無事に鞍におさまった。馬上に座って帽子をずらして直し、不機嫌そうに敬礼して髭が白くなった顔を国王の方に向けた。

「さらばだ、ミッケル」と国王が多少心を動かされて言った。「ちゃんと帰ってこられるかどうか、見ててやろう」

「恐縮です、陛下」とミッケルは応えた。深く息をしながら手綱を取り、鼻の下の白い髭を仰々しくひねり上げた。そこで若者が手を離し、馬は速足で走り出した。ミッケルは鞍の上で弱々しく揺れている。

「だめだ、あんな様子じゃ」と国王は大声を上げ、手すりを叩いた。「だめだ、だめだ、だめだ!」けれどもなんとかなった。ミッケルは気を引き締め、うまくこなした。警護兵が彼のために門を開けた。ミッケルは背筋をまっすぐに伸ばし、馬に乗って出た。ヤコブとイーデの前を通って。すぐにまた門が閉められ、外の庭を走っていき、吊り上げ橋を音を立てて渡っていく音が聞こえてきた。

中庭が静かになると、階段にいた国王は向きを変えて中へ入っていこうとした。立ったまま、何か独り言を言っている。その時にヤコブとイーデに目が留まった。

「誰だ、お前たちは?」と聞いて階段から下り、二人を射るような目で見据えた。二人の前に立ちはだかり、さも興味深そうに一人また一人と見た。

ヤコブは応えなかった。まったく気が動転していたからだ。イーデは表情を欠いた綺麗な顔をしてまっすぐ国王を見つめている。国王は大きく鼻を鳴らしながら荒い息をして、二人を探るような目で見ている。

「何者だ、お前たちは？」

「仕事で、旅をしています」とヤコブがどもりながら言った。そこで息を吸い込み、勇気を取り戻した。「あちこち歩き回っている者でございます。この子は、たった今門から馬に乗って出ていった方の孫娘です」

「ふん、そうか。ミッケルの親戚か。あいつに会いにきたらしいが、ちょうど旅に出ることになったのは、まずかったな。どうして話しかけなかったんだ？」

「とんでもないことでございます」。ヤコブは非常にへつらった笑い方をして下を向き、砂の上に杖の先で丸い線を描いた。

「そうか、そうか」と国王は慰めるように言った。二人は黙っていて、それを国王が見ている。

「なるほどな」ともう一度、国王は前より大きな声で言った。「まだ別に不幸なことがあったわけじゃない。ミッケルはまた戻ってくる。お前たち……お前たちはそれまでずっとここにいればいい。ベアトラムと話してこよう。さあ、こっちへ来い。で、お前たち、演奏ができるのか？」

「もちろんですとも！」と喜んで言ってヤコブは、歩き出しながらバイオリンの袋を遠慮がちに叩いた。年老いた国王はとてつもない気まぐれを起こして前を歩き、咳払いをした。「ハハ！　すべてなんとかなる。ハハハ！」

そうして指揮官のところへ行って交渉をした。ヤコブとイーデはおとなしく距離をおいて立っていて、国王が話をつけていた。ベアトラム・アーレフェルトは落ち着き払って丁重に耳を傾けていた。彼は国王よりずっと背が高かったが、背を丸めたりしなかった。国王は彼を見上げて熱心に話し、彼の後ろ側に回った。国王は要望を認められて厚く感謝をしたが、ベアトラム・アーレフェルトは臣下らしく冷静を保っていた。国王はすり減った靴のままで自ら外の庭に行き、ヤコブとイーデがそこの建物の一つに泊まれるよう、手配してくれた。その晩は、塔の上の部屋で国王のために演奏が行われることになった。国王は大抵いつもその部屋にいた。ワインが出され、ヤコブはダンスの曲を、技を尽くして弾いた。煉瓦の壁に囲まれた部屋の中で、音楽は奇妙な音を響かせていた。国王は満足していたが、やがて憂鬱そうになり、頬杖をついて座っていた。鍵付きの聖書が広げてあったテーブルの上では、ろうそくが燃えていた。

ヤコブはワインが効きだしていて、気分が悪そうな顔つきになっていたが、激しいダンス曲を懸命に演奏した。やせ細って綺麗なイーデは、椅子のそばに立ってトライアングルを鳴らしている。

休憩した時にヤコブは、ミッケルがいつ戻ってくるか、聞いてみた。もしも不躾ならば、国王に聞き逃されてもいいように、何気なく聞いた。けれども国王はすぐに応え、十日か十二日ほどかかる、と言った。

それきり国王は黙ってしまった。ヤコブも、口をきくべきではないと思った。そして覚えていた曲を演奏した。一度、顎にバイオリンをはさみ、新しい曲を考えていた時に、尊厳がありながら元気のない国王の表情を盗み見した。同時に国王も目を上げ、ヤコブがやつれてしぼんだ男なのに気がついた。

「もっと飲もうか?」と、物思いに沈んでいた国王が親切に聞いた。

ヤコブはまた弾きだして、踵で拍子をとった。ヘーイ！　木靴のワルツだった。

国王は二人の客を夜の間ずっとそばにおいていた。ひどく寂しかったのだ。ミッケルが城からいなくなるのは、九年の間でこれが初めてだった。ヤコブとイーデが国王の部屋から引き下がる直前に、塔の上から真夜中を知らせるラッパが吹かれた。その時には国王もヤコブもすっかり酔っ払っていた。イーデが出て行く前に国王はその肩に手をおき、彼女の容姿を、年季が入った目利きの大胆な目で見回したが、少しもあからさまではなく、行儀よく抑制されていた。

ひどくむっつりした城の管理人が、扉を次々と開けてヤコブとイーデを外へ出した。

門の警備兵は機嫌がよく、灯りでイーデを照らし出してみると、とても色白で綺麗ではないか。ずる賢く灯りを高く上げ、二人の姿が闇に沈んだのを幸い、大きな手でイーデの尻を鷲摑みにした。イーデはとっさに脇に退き、大声を上げた。喉の奥深くから、何かの動物が荒々しく発した叫び声のようだった。それが門の丸天井に鳴り響き、城のいたるところで聞こえたのだった。

「こいつはたまげた!」警護兵は膝が崩れ、後じさりして門の中へ姿を消した。大きな城の上でも下でもあちこちで鎧戸や窓が開けられ、びっくりした声が眠そうに、何があったのかと聞いていた。騒ぎは、ヤコブとイーデが部屋に落ち着いてからもしばらくおさまらなかった。

叫び声は国王も聞いていた。窓際に立ち、天気の様子を見ていた時だ。塔の上の部屋の奥まで、飛ぶようにして引っ込んだ。髪の毛が立っている。忍び足でドアまで行って手を伸ばし、閉まっているか確かめてみた。きちんと閉められ、閂《かんぬき》もかけてある。ああ。国王は深く息を吸い込んだ。震えながら椅子のところまで行き、死ぬほど疲れて椅子に沈んだ。そして聖書を広げ、明かりを近くまで引き寄せて読み始めた。時折聖書から顔を上げ、怯えてこわばった目で、そっと煙をあげるろうそくの炎の向こうを見つめている。

少しずつ国王は落ち着きを取り戻し、机から離れることができるようになった。もっと灯りをつけ、感謝の気持ちを込めて「ルツ記」を読むことに没頭する。大きな白髪の頭をろうそくに囲まれて、熱心に短い書を最後まで読み終えた。そして、読み終わると、聖書を夢中になって読んでからふたたび現実世界に思いを馳せるたびにいつも悩まされていた考えが湧き上がってきた。友人たちはみな死んでいなくなってしまった。全員が離れていってしまった。それがもうずっと昔のことなのだ。

国王はしばらく手を髪の毛に差し込んですわっていた。それからろうそくを三本だけ残してみな消した。塔の部屋の真ん中で床の上にきちんとひざまずき、主の祈りを捧げた。納得がいくまで、低い声でつぶやきながら、長いこと祈っていた。それから、ろうそくは燃えるままにして寝台に入り、両手を毛皮の布団の上で胸においてて横になった。目は落ち着いて、まだ開いている。

その部屋で国王はもう十一年も暮らしていた。最初の数カ月は、壁から壁まで猛獣のように歩き回っていた。閉じ込められて熱まで出していた。汗をかき、憤激して物を食い酒をあおった。夜には酔っ払って気が狂ったようになった挙句に眠ってしまい、朝になると苦々しく罵りながら目を覚ましていた。その部屋で国王は、がたつく椅子を蹴りながら行ったり来たりし、錫のカップを壁に投げつけてぺしゃんこにしては床に落としていた。その部屋で、国王は毛の多い鼻の穴から自分の荒々しい息が吹き出されるのを聞いていたのだった。

アルコーブの寝台に横になっていた国王の顔の表情は、ひっきりなしに変化していた。少しも眠くならず、明かりの方をまっすぐに見ていた。眉間に影が走っている。そしてまたおとなしくなった。

すると突然笑い出した。昔のように心の深みから発せられた安らかな笑いだった。国王は、ディトレウ・ブロックドープが十一年前に彼のところにこっそり送りこんだ若い娘のことを思っていた。寝たっきりになって起きようとしなかった時だ。その娘が来てくれて疑いなく幸せだった。実に美しい娘でもあったからだ。でも、それは罪深いことだった。ひどい冒瀆だった。今はどこにいるかはわからないが、神よ、その娘を守り給え！

国王は深いため息をついた。そして潤んだ目でろうそくを眺めた。もうすぐ、神の恵みで眠りに落ちることを願っている。我らを苦痛から優しく解放して下さり、我らの心の性急さを萎《しお》れさせて下さる我が主の恵みで。

カロルス

ミッケル・チョイアセンは吊り上げ橋を渡った。けれども、城の外の自由な空気に触れると、めまいがして馬から振り落とされそうになった。四方八方を見渡すことができて呆然としてしまい、全身をばらばらにされるような気がした。船着き場までの最短距離を走り、舟を雇って海峡を渡った。その日はそれ以上進めなかった。気分が悪くなり混乱もしていたために旅籠に泊まらざるを得なくなり、すぐにベッドにもぐりこんだ。次の日の朝、元気を取り戻したミッケルは、旅籠で持ち金を少し崩して使い、旅の前途を明るく見通すようになった。旅に出ることが決まって以来、実はずっと怖かったのだ。ミッケルと旅籠の主人は午前中ちょっと飲んだ。ところがミッケルは急に忙《せわ》しそうになり、馬を出してくるように言いつけた。

「リューベックに行く」と重大そうに説明した。「まだ先の道のりは長い。国王の用事でな」

それ以上は言おうとせず、国政に関わる者に特有な秘密癖を発揮した。

「俺の馬を連れてこい！」

主人はそれ以上のことは知らされなかった。どうせどうでもよかったのだろうが。ミッケルは少々酔っ払っていた。目をぐりぐり回しながら馬に乗り、馬丁に大きな銅貨を地面に投げてやった。そうして出発したなんとも勇敢な年寄りは、ものの見事にギャロップで走って見せ、大胆にも街道を駆けていった。

ミッケルの旅が本格的に始まった。街道筋の旅籠に一軒ずつ立ち寄った。どこでも、国王のために重要で逼迫した任務を負っていると触れ回った。そんなよぼよぼの年寄りを見て人々は驚き、ちょっと頭のおかしい聖職を追われた枢機卿か、退役した大佐か、老いぼれの街頭道化師かもしれないと疑った。ところが、額が高く禿げ上がり高貴の人に見えたにもかかわらず、シュナップスを傭兵のように飲み干している。人々は敬意を表して応対していたが、陰では笑っていた。任務って一体何なんだ？　こんながたぴしの御老体をギャロップで走らせて送り出すとは、熟練を要する急ぎの要件に違いない。けれども、固く口を閉ざしていることは認めざるを得ず、結局誰も何も知らされなかった。

二、三日旅を続けているうちに雨と嵐になり、黄ばんだ森で木々の葉に風が吹き抜けた。ミッケルはそんな天気に耐えられず、病に倒れて旅籠に駆け込んだ。人々は天国行きかと思ったのに翌朝にはもうぴんぴんしていて、よろめきながらも鞍におさまり、南ユランからシュレスヴィヒを駆け抜けたが、ついにリューベックに到着した時には、死んだも同然の有様になった。

ミッケルは旅籠「黄金の長靴」に投宿、終日休息して英気を養い、翌日の昼まで眠ってから市庁舎の地下室へ行って一杯やった。だが、旅の楽しみはそこまでで、今は任務を果たさなければならない。旅籠の主人に、スミレ通りはどこかとたずねた。

「スミレ通り?」と言って、弧を描いた眉をした主人がミッケルを見た。「ふん!」と言ったものの、そこをこう行って、ああ行って、と道を教えてくれた。そしてミッケルは出発した。もう午後遅くなっていた。すでに暗闇に沈みそうになっていたその狭い路地は、見つけられなくなるところだった。上の階の窓辺に、栄養の良さそうな若い娘たちが座っていて、そのうちの何人かがミッケルに、長年会いたく思っていた親愛なる友に再会したかのように感激して声をかけてきた。だがミッケルは一人も相手にしなかった。そしてようやく探していた家を見つけた。窓一枚ほどの幅しかない家で、しかも窓が入ってなく、ずっと上の方に鎧戸があるだけだった。戸の上に、緑青の出た青銅の洗面器が吊るしてあった。戸は閉まっていた。ミッケルはノッカーを持ち上げて、落とした。

何分も間があったが、ミッケルは辛抱強く待った。やっと中で足音がして、戸に鍵が差し込まれた。ふとその時、もう何年も前に、コペンハーゲンの聖ニコライ教会の鍵穴の中に囁き声を吹き込んだ時のことを、奇妙にも思い出した。中から戸が少しだけ開けられる。ミッケルは、大きな黒縁のメガネをかけた顔を目にした。

「ザカリアス先生でしょうか」とミッケルが聞いた。

「さようですが」とそっと囁き返してきた。

二人はしばし沈黙した。それからミッケルが、弱々しい声で説明を始めた。ところがザカリアスは、王の名前を聞くや否や、うやうやしい身振りで戸をすっかり引き開けた。「どうぞ、どうぞお入りになって」としわがれた声で叫ぶように言う。「そうでしたか！　ようこそ！」

ミッケルは敷居をまたぐ。ザカリアスが戸に鍵をかけた。二人は暗闇に立っている。ザカリアスが火打石を打って割木に火をつけ、階段の方まで進んだ。「ついてきて下さい。上の方は明るいですから」

二人は広い部屋に出た。中庭に向いた窓から光が入っている。けれども中は薄暗く非常に不気味だった。ミッケルは、ワニの骨格標本と鳥の皮がいくつか天井からぶら下がっているのを見た。床には本や古着が散らばっている。机の上には、埃だらけの書類の山の間に地球儀がのっていた。四方の壁の棚には、さまざまな大きさの瓶が並んでいるのがうかがえる。部屋の中には薬の臭いが漂っていた。さびのようなキノコのような、ムカムカするいやな悪臭だった。

「これはこれは！」と相変わらず心から驚いているようにザカリアスが大声で言った。「さあ、おかけになって！　私のような貧相な学者に国王クリスチャンがお使いをお出しになったとは！――それも私の外科術がお目当てではないようで！」

「その通りです」とミッケルはおじけて認めた。

ザカリアスは黄土色の頭を前後に揺するように動かしている。そして、唸るような声で話し始めた。

「おたがい年をとりましたな、**ミッケル・チョイアセンさん**」と不意に言って首を伸ばし、相手を見据えた。

ミッケルはどきりとして目を上げ、ぽかんと口をあけた。

「一体どうして知っているんですか、私の……？」

ザカリアスはふたたび頭を揺する動作を始めて、勝利を噛みしめている。

「知ってます！　知ってますよ！」と応えた。そこでからかうのはやめにして、真剣な顔になる。「さてと！」

二人は二、三分間黙っていた。ミッケルは頭を振りながら床に目を落とした。この男とは仲良くしておいたほうがよさそうだ。ミッケルは幾分首を傾げて、純真そうにザカリアスを見た。

「年を取った――まあそうでしょうがね！　でもあなたはそんなにお年には見えませんよ。私はもう七十を超えましたが、あなたはそんなに年を取っていません」

するとザカリアスが床に躍り出て、激しく転がるような笑い声を発し、大股で歩き回った。さらにまた恐ろしげに笑い、ミッケルの顔の前で指を鳴らした。

「いや、若いですよ、私は！」

それからもっと大股に足を進めて、いかにも楽しげにミッケルを前にラテン語の一節を高らかに引用した（帝政ローマ時代初期の詩人オウィディウス『変身物語』第二巻八五一行目。「彼」はギリシャ神話の最高神ユピテル（ゼウス）。雄牛に姿を変え、草原で花を摘んで回っている若く美しい姫エウロペ（ヨーロッパ）を捕まえようとしている。ユピテルはエウロペを犯す）。

Mugit et in teneris . . .（彼は咆哮し、すばらしい緑の）

そこでザカリアスは哄笑する。

Formosus . . .（草地を）

そして甲高い声で笑いながらのっしのっしと歩き回った。

Obambulat herbis.（優雅に闊歩する）

ザカリアスが、オウィディウスのこの激しい高揚ぶりを面白がって笑うのを止めるまでには、かなりの時間がかかった。

決まり悪そうに座っていたミッケルは、自分の年老いた手を無心に揉み合わせていた。そして自分の使命のことを思い、机の上の地球儀を横目で見る。

ザカリアスはその視線にいきなり釘付けになり、騒ぐのをやめた。

「国王は天の星座について知りたいとおっしゃっているんですな?」と急いで言った。

「そうです」とミッケルは、年寄りの謙遜と洞察をもって応えた。この男はなんでも知っている。

「話してください!」とザカリアスが大声で言った。

そこでミッケルは、手短に用件を話して聞かせた。国王とミッケルは、半年ほど前に天文学上の問題で意見が衝突してしまった。聖地エルサレムでミッケルはドイツの修道士に出会ったことがあったが、彼は、太陽が地球の周りを回転しているのではなく、その逆だと確信を持って言ったのだった。以来ミッケルは、イタリアでも同じことを聞いた。そしてある日国王に聖地への旅行のことを話した時に、たまたまその件に触れたのだった。国王はたちまち恐ろしく興奮してしまった。それからというもの、二人はほぼ毎日疲れるまで口論していた。ミッケルは、修道士の言ったことは妥当だと思っていたからだ。かつてその修道士と小アジアをラクダに乗って横断した時、夜は星の運行に従っていた。以来、彼の言ったことの正しさを認めていたのだ。それはミッケルが自分でも別の方法で体験していたことだった。彼の人生は、そのことを教えてくれていた。自分の人生はすべて自分の周辺のみで転回している、と信じていたが、次第に、それは単にそう見えるだけだと観察できるようになっていた。ところが国王は、ミッケルの信じるところに我慢がならず、興奮してしまったのだった。

ミッケルは黙りこみ、国王に不当な扱いをされたという思いで受けた衝撃から一息ついた。一度ならずあったことだが、昼間の議論がうまくいかなかったりすると、国王は夜中にこっそり忍び込んできて、暗闇で寝台にいたミッケルをさんざん殴ったりしていたのだった。

そしてとうとう、その該博な知識が評判だったザカリアスに論点を裁いてもらうことに意見が一致したのだった。

ザカリアスは目を細めた。ミッケルの奇妙に抑制された話し方に感心していた。文字通り天空をひっくり返す異端的な言動は、自分なら別の仕方で楽しんでいただろうが。彼は立ち上がって部屋の中を歩き回り、眼鏡をはめていろいろな書類に長いこと目を通していた。そしてようやくミッケルのところへまた戻ってきて、冷血的と思えるほど確固とした表情を浮かべてラテン語で言い放った。

「よろしい。調査を始めましょう。明日また来てください」

ミッケルはつらそうに身体を起こし、礼を言った。そこで出て行くはずだった。ところが、しばらく立ったままで、ゆっくりと探るような視線を、変な瓶がたくさん置いてある部屋中に這わせた。

「お送りしましょう」

ミッケルはまだ瓶を見ている。そして唇に触れた。ザカリアスは今、彼の考えがもう読めなくなっているようだった。ミッケルはため息をつき、薄ら笑いをした。

「非常に喉が渇いているんですが。もしよかったら……」

ザカリアスは、家には薬以外のものはない、とひどく申し訳なさそうに言った。彼はミッケルの俗っぽさに傷ついた思いをし、抑揚を欠いた声で学識者の倹約ぶりと質素さについて御託を並べた。それでも木の杯と錫の杯を見つけてきて、半分ほど注いだ。ミッケルは飲んでみた。スペインの強いワインだった。夢中になって飲み干す。幸いなことに、ホラティウス（古代ローマ時代の南イタリアの詩人）の詩の一節を覚えていた。ザカリアスは上機嫌にうなずいて、自分も一口飲んだ。酒が喉を通ると舌鼓を打ち、「ヒヒヒ！」と言った。

　二人でワインをひと瓶あけた。ミッケルは若い時に習ったラテン語を思い出したが、反実法は避けておいた。引用を流暢に引いていたのはザカリアスだった。ライプチヒの学生時代にさかのぼる卑猥な小話を話して聞かせ、短い淫らな逸話を持ち出してはミッケルの懐に忍び込んだ。彼は爆笑し、やがて制御が効かなくなってしまう。時折二人は極めて古典的な厳粛さでもって乾杯した。ミッケルはザカリアスについていこうとし、酔ってばか騒ぎをする大学給費生の印象を懸命に与えようとしていた。けれどもそれがどんな風だったかはほとんど忘れてしまっていて、身体の節々もギクシャクしていた。ミッケルは、ふいごに穴のあいた古くて磨り減ったオルガンのように座って空気を漏らしていたが、ザカリアスが上に乗れば、場所によってはきちんと音を出すかもしれなかった。ザカリアスの方はしきりに屁を放っていた。あたりは暗くなった。天井で鳥の皮が大きくなって羽ばたき始めた。

　ザカリアスは泥酔して自暴自棄になっていた。椅子の上に立って、すばらしき『変身物語』のエウロペとユピテルの章を全編歌った（『変身物語』第二巻八三三―八七五行）。すると突然、ミッケルが震え上がり、年寄りらしい聖なる単純さでもって相手を見つめた。ほとんど素面に戻ってしまっている。今度も彼についていくことができるだろうか。それにしても何をけなそうとしているのか。

「私が誰だかわかってるんですかね？」とザカリアスが大声を上げた。

「いや」。ミッケルはわからなかった。

「私ですよ、太陽に近過ぎるところまで飛んでいったのは。熱いところに行ってきた。すっかり焦げてしまっているのが見えないんですか」（ザカリアスはギリシャ神話のイカロスに自身をなぞらえている。イカロスとその父親ダイダロスはクレタ島で捕らえられた。ダイダロスは鳥の羽根と蠟で翼を作り脱出する。ダイダロスは息子のイカロスに太陽に近づきすぎないように忠告するが、それに逆らったイカロスは翼が溶けて落下し、死んでしまう）

なるほどその通りだった。ザカリアスの赤黄色の顔にも頭にも手にも、毛が一本もなかった。まつ毛さえなかった。火傷の痕のように肌も縮んでツルツルだった。

「十二年前にマクデブルク（ドイツ中部の町）で」と急に声を落としてザカリアスが苛立った声で言って笑った。「火に近寄り過ぎた。乗り物の向きはちゃんと変えることができたんですがね」

　彼は鞭を打つような笑い方をした。そして正気に戻って真剣になり、火の出るような悪意に満ちた視線で見つめた。ミッケルはすっかり混乱してしまう。

「上へ行って、私のご神託様に会ってみるかな？」とザカリアスが聞いた。「どうです？　ミッケルさん、あなたなら他言《たごん》はしないだろうから。さあ！」

二人は梯子を何とかよじ登り、縦長の家の最上階の小さな部屋に出た。暗かった。悪臭が漂っていて、ミッケルは気分が悪くなりそうだった。赤ん坊、もしくは酸っぱくなった肉の嫌な臭いだった。

「星のことだとか哲学は、私は全然わからない」とザカリアスは耳障りな大声を出して言った。「私はずっと外科医で、臓器間のつながりとか精神の問題を扱ったことはない。だが、普通の賢人として機能していくために、分身を用意したのだ。だから、私のところでは形而上の問題で答えられないものはない。私が尊敬する二人の同僚をおたがいに紹介させていただこう」

そう言ってザカリアスは天井の小窓を開けた。陽の光が流れ込み、ミッケルは部屋に全部で三人いるのを確かめた。壁際の低いベンチに何者かが寝ていて、病んで奥まった目で二人を睨んでいる。頭が大きさも形も不自然で、ベンチの上で平らに沈んでいるように見えた。ろうそくのように白く、大きな塊になって横たわっている。

「見たまえ、その男を！」とザカリアスが叫んだ。「おとなしいから大丈夫だ。それが私の何でも知っている同僚だ。名前はカロルス。でも今はあまり口をきけない。温めるまで二時間かかる。それからまだ大変な問題があるんだが。さ、起きろ、カロルス。挨拶しなさい」

カロルスは身体にかけていた毛皮の布団の下からひょろひょろの両腕を出し、ベンチを押すようにして億劫そうに身体を起こして腰掛ける姿勢になった。最初、大きくて柔らかい頭が動きについてこられないかのように見えたが、ようやくベンチから離れてきた。そうして座っていると、頭がパン種のように目の上まで垂れ下がり、肩まで届いている。

「今日はずいぶん弱っているようだ」とザカリアスが説明した。「昨日は相当考え込んでいたからな。だから暗がりに横になっていなくてはならんのだ。もういいから横になりなさい、カロルス。よく休めるように！」

カロルスはゆっくりと後ろ向きに沈んでベンチの上に頭をのせ、目だけは見えるようにしていた。その小さく何とも言えぬ年寄りじみた顔は、こわばった表情をしていた。カレイのように上向きに突き出た口だけが、奇妙に苦しそうに動いている。

「今のように横になっている時には、簡単な問題を解くのに使える。計算とか、記憶する仕事とか——数を言って、二乗してもらったらどうだ」

「三七一九」とミッケルが言った。

カロルスは目を閉じたが、すぐにまた開けた。

「一三八三万九六一」と、かすれた弱々しい声で答えた。ヒキガエルが鳴くような声だった。

「よし。――カロルス、一つ課題があるんだが、すぐにとりかかってみてほしい。デンマークの国王が、太陽が地球の周りを回転しているのか、地球の方が回っているのかについて、はっきりしたことを知りたいそうだ。さあ、どうぞ」

ザカリアスはミッケルの方に向き直り、相変わらず大きな声で話をしながら、部屋の隅に置いてあった非常に大きな草色のガラス鐘に注意を向けさせた(一五四〇年にスイスの医師で錬金術師のパラケルスス(一四九三―一五四一)が、錬金術と化学の力によって肉体的にも知能の点でも完全な小人間「ホムンクルス」をガラス鐘の中で創れると主張していた)。

「その中でカロルスは育てられたのさ。ああ、もう莫大な金を払ったよ、そのガラス鐘には。私がカロルスを手に入れたのは九年前だ。放浪中の賤しい女から買った。その時カロルスは二歳だった。今はもう子供じゃない。運よくこの子はうまくいった。子供の実験は、すでに十七年ほど前にマクデブルクで始めていたんだ。もっと小さなガラス鐘を使ってね。でもその子は、カロルスの半分も成長しないうちに炎症を起こして死んでしまった。それに、一番いい血統というわけでもなかった。ただの修道士と自由民とはいえ非常に身分の高い婦人との間の、尋常でない恋の結果だったからな。それにひきかえカロルスは王家の生まれだ！　カロルスには王室の血が流れている。それも新鮮な血だ――**誰だかわかるか！**」

ザカリアスはもう完璧に興奮していた。死を嘲るような視線でもってミッケルを凝視し、片足を上げて屁をこいた。

「カロルスが何者か話してやるが、誰にも言うんじゃないぞ。カロルスは、デンマーク国王の息子なんだ！　そうとも。セナボーのお城で生まれたのさ！　監獄に入れられている時にできた子だ！　母親は庶民の子さ。高貴なクヌ・ピーダーセン・ギュルデンスチェアネ氏が赤ん坊を引き取ってジプシー女にくれてやったのを、私が買い取ったわけだ。ちゃんと書類を持っている。そう、カロルスは、知識の木にかつて接ぎ木された芽の中でいちばん尊いものなんだ。カロルス、国王の息子、デンマークの王子だ！　彼の頭は、唯一無二の膨張能力を持っていることがわかった。いいかね、私は頭蓋骨を外し、脳に被っている膜が皮膚になるようにした。そして栄養を十分に与え、頭の周辺がいつも高温を保っているよう心を配っている。それでガラス鐘が必要なわけだ。カロルスは今でも自分の鐘の中に喜んで潜り込んでいる。何年も長い間入っていた鐘は、もう小さすぎるというのにだ。彼の頭はヨーロッパでいちばん優れている。彼は綿密なだけではなく、何と言っても速いのだ！　こんな機械はほかにない。身体も四肢もかなりしっかりしていて、奇形ではない。優れた健康に恵まれているし、頭に必要な血の巡りもいい。あれほど皮膚感覚がいい者はちょっといない。鉄は見せるだけですぐによだれを流すし、手で触れるだけで金属の違いを見分けるんだ。鉛とか安物の合金だとすぐに指先が汗ばんでしまうが、金と銀なら身体にいい影響を与える。それに、彼はただの物知りなどではなくて、数を操れるし、私がラテン語も教えた。けれども他のことは一切彼から遠ざけてある。プラトンのいわゆる「規範」になれるようにね。彼の中にはすべてがある。彼は正しい。膜の内部に宇宙を持っているんだ……見てみたまえ！」

二人はベンチに近づいた。ミッケルはカロルスの頭の色が濃くなっているのを見た。柔らかい襞がすべて薔薇色に染まっていて、かなり膨らんでいる。カロルスは目を閉じて横になっていた。ザカリアスが毛皮の布団を脇に退け、胎児のように丸まっている哀れなほどにか細い身体をミッケルに見せた。四肢は生気を失い、冷たくなり始めていた。「始めたようだ」とザカリアスが囁いた。「ほら、顔がこんなに苦しそうな様子をしている。ここを触って、脈を見てみるといい！」

ミッケルは嫌々ぶよぶよの頭を触ってみた。すでに熱くなり、不安げに脈を打っている。

「もう行ったほうがよさそうだ」とザカリアスが言った。「問題にどっぷり浸かっているようだからな。でも、頭が一杯になってすっかり膨らむまでまだ一時間以上かかる。完全に張り詰めて熟した頭に身体が軸のように付いて座るようになると、見捨てたもんじゃない。──このまま二、三時間待って結果を聞くか、それとも明日また来るか、どちらがよろしいかな？」

「どうしてあんなに惨めそうな表情をしているんですか？」とミッケルが、怖そうに同情しているような表情で聞いた。ミッケルは、ワインと恐怖と哀れみのためにほとんど我を忘れていた。

「ごく自然なことですよ」とザカリアスは応えた。「思考能力に付随しているんです」

「知恵は人を喜ばせるものだと思っていたのに」とミッケルがどもりながら言った。すっかり弱ってしまっている。

「さ、行きましょうか？」とザカリアスが促した。「ミッケルさん、知恵は謎を二倍にするんです。カロルスは、それが沈思の真髄だと話してくれました。彼の頭は熱くなる前の重さが八・二キログラムほどあります。そして一問解くごとに五グラムずつ増えるんです。これもカロルスが話してくれたことですが、抽象的な思考をした場合、一定の時間を経た後で元の状態に戻るそうです。つまり、ある問題がほんとうに解けそうになると、その瞬間に問題は存在しなくなってしまう。けれどもその過程が苦痛となって現れるわけで、程度はどうでもいいことなのですが、その過程こそ興味深くて価値がある。おわかりになったかどうかわかりませんが。下へ降りましょうか？　下にはまだひと瓶あったはずですし」

ところがミッケルはもうそこにはいたくなかった。気分が悪くなり、麻痺したようになっていたので家に帰りたかった。ザカリアスが梯子を降りるミッケルについてくる。まだすっかり素面にはなっていない。容赦しない陽気さでもって盛んにまくし立てていたが、ミッケルはもう何も聞いていなかった。下の戸口で、ミッケルが明日また来て解答を聞く約束がされた。

火

ミッケルがよろめきながら外に出た時には夜になっていた。いかがわしい通りの住民たちは活気のあり過ぎる生き方をしていて、歌ったり窓辺で大きなジョッキを振り回したりしている。兵士や船員たちが騒ぎながら路地を行く。ミッケルは道を急いだ。ふらふらしていたので、兵士たちが大笑いをしながら声をかけてきた。そこをなんとか抜け出して、目が見えないかのように半分手探りで「黄金の長靴」にたどり着いた。ワインを出させて、熱病患者のように飲んだ。嗚咽していた。瞬く間に意識を失ってしまう。

　旅籠の主人のあしらいで、ミッケルは客室のベッドまで運び込まれた。それから数分後、部屋の中に横になっている彼があたり構わず泣きじゃくる声が聞こえてきた。この老人の様子を見に入ってみると、肘を両脇に張って仰向けになり、呪われた者のように天井を見つめていた。手の出しようもなく、しくしく泣いてため息をつくままにさせておき、止むのを待つよりほかになかった。数時間後に見にいくと、ひどい熱を出していた。夜中に目を覚ましてうわ言をいうので、見張っていなければならなかった。けれどもその間にミッケルはうっかり口を滑らせてしまい、目にしてきたものを話してしまった。主人が朝になってから警察に行き、すべてを訴え出た。その一時間後にザカリアスは鎖につながれ、彼の小人「ホムンクルス」は裁判所の預りとなった。その話を耳にしたリューベックの市民たちは、胸で十字を切った。

　ミッケルはかなり重症で二日間寝込んだ。ようやく回復して起きられるようになったものの、すっかり弱っていて、杖を二本使って歩いた。ミッケルが出発したのは午後だったが、同じ日の午前中にザカリアスとカロルスが火あぶりにされた。ミッケルは広場に行って目撃した。リューベック中の人々が押しかけ、広場は朝から大変な人混みだった。ミッケルは足元が危うかったので、すぐ近くのいい場所に立たせてもらうことができた。焚き火がしっかり組み立てられていた。一番いい種類の焚き木が山ほど集められ、執行人がそれを上手に積み上げて風通しがよくなるようにしてあった。ザカリアスは生きたまま焼かれるべきで、煙で窒息してはならなかった。純粋に炎のみで焼き焦がすのだ。人々はこの処刑に何か特別なものを期待していた。ザカリアスは、言わば予行演習のようなことをすでにしていたからだ。彼は以前にも火あぶりの刑にかけられ、火で足を炙られたことがあった。マクデブルクで、今度と同じ悪行のせいだった。その事実が裁判の過程で明るみに出された。ところが当時のザカリアスは、かつてドイツ諸侯の命を救ったことがあるという理由で、最後の瞬間に赦されていたのだった。

十一時ごろに行列がやってきた。衛兵たちが矛槍で人混みを分けた。ザカリアスが、両脇を若い廃馬業者に固められ、死刑執行人の後ろを歩いてきた。裸足で、身体には粗布の服しか着けていない。炎を示す煉瓦色の赤い絵の具で汚されている。頭には先の尖った紙の帽子を被り、それにはヘビとヒキガエルとサソリが描いてあった。ザカリアスは前屈みになり、両手を胸の前で合わせている。凍てつく十月の空気の中で芯から冷えきっていて、それ以外の感覚はなさそうだった。

人々は、衛兵たちが群衆を退けるために突き立てた槍の柵の上からも下からも拳《こぶし》を伸ばし、ザカリアスに向かって盛んに罵声を浴びせた。ザカリアスは右も左も見ようとしない。その後ろから、死刑執行人の手先の一人が、カロルスを抱えてやってきた。袋に入れられていたので、誰も見ることができない。続いて町の評議員や裁判官、聖職者たちが列をなして来た。

判決文が読まれている間、ザカリアスはそっぽを向いて立っていて、反抗的な表情一つ見せなかった。時折全身で震え、地面に沈みそうになったが、それは寒さのせいで、身体が硬直し、惚《ほう》けた顔つきになっていた。それほど凍てつく日だった。近くに立っていた者は、犯罪者の腕と脚が、干からびた血と水のために薄赤くなっているのに気がついた。拷問の後で、水で洗ったからだ。両手の親指が青くなっていて、根元で折れていた。

裁判官は読み終わり、死刑執行人がザカリアスを梯子まで連れていった。素直に登っていく。それから廃馬業者が焚き木の山の上までカロルスを運んでいき、袋から出した。その身の毛もよだつような奇形を目にすると、群衆の間で嵐のような叫び声と脅し声が巻き上がった。ある者は呪い、ほかの人々は聖歌を歌った。カロルスは、焚き火の中央に突き出ていた杭のすぐ近くにおかれ、ザカリアスは腰に鎖を巻かれた。

そして死刑執行人が降りてきて焚き火に火がつけられた。広場中が静まりかえった。

最初のうちは煙がひどく、観衆の間に不安が蔓延した。処刑される者たちが窒息する恐れがあったからだ。けれども焚き木はよく乾いていて、火がしっかり点いて空気の抜ける隙間で音がするようになると、煙は上がらなかった。焚き木はぱちぱち音を立て、大きな音で弾けた。最初の鮮やかな炎が焚き木の間から勢いよく跳ね上がり、罪人たちを捕まえようとしている。

その時ザカリアスが杭から鎖が許す限り身を乗り出し、落ち着いた大きな声で言った。

「ここにミッケル・チョイアセンは来てるのか?」

ミッケルは立ちつくしたまま、死ぬほどの恐怖に駆られた。目を落とし、何とかじっとしていることができた。さらに前かがみになり、燃え上がる焚き木の方に帽子のてっぺんを向けてザカリアスに見つけられないようにした。幸い、ザカリアスが呼んだ名の男が彼だとは、誰も気づいたりしなかった。ミッケルはほっと息をついた。

炎は驚くほどの速さで力を増し、遠く離れていても気圧と熱を感じることができた。ザカリアスは火の中で身体を前後に動かしている。誰も応える者がなかったので、じっと立ったまま何か言おうとして身構えているように見えた。

まさにその瞬間、彼を飲み込まんとするかのように長い炎が襲い、ひと舐めで服と帽子を焦がし、裸にしてしまった。それを見て群衆はばか笑いをした。ザカリアスは身体をふたつに折り、杭の方に潜り込もうとした。けれども炎は四方から立ち上っている。ザカリアスはもはや杭のそばに座っていることができない。起き上がり、きわめて生きいきとして火のまわりを飛び跳ねながら、熱い板の上で踊った。そして突然、獣《けだもの》のような吠え声をあげた。

そしてすばらしい緑の草地を優雅に闊歩する

ミッケルはその一節を覚えていた。抑え難い動揺に襲われ、死ぬほどの苦痛を味わいながら大声で笑った。

ザカリアスが今倒れた。口を閉じ、身体を丸めた。片手が炎の縁から突き出ている。ミッケルは、指が一本一本火の中で膨れ上がり、破裂して液を滴らせて黒くなっていくのを見ていた。

「ほら、ほら、見てみろよ！」と、観衆の間で百人もの人々が嵐のように叫んだ。ミッケルが見てみると、カロルスの頭が炎の上で持ち上がっている。火のど真ん中にいて、まだ生きているようだったが、頭は垂れ下がった不定形ではなく、眉のすぐ上ではっきりふたつに分かれ、それぞれがさらに膨らみをもった渦巻きになっていた。

「見てみろ!」と群衆は恐怖に怯えて叫んだ。恐ろしい光景だった。激しく膨張した頭から血が迸り、血管が太く躍動して皮膚を突き上げている。頭の全体が動いた。飛び上がりそうになっている。内部ではさらに大変なことが起こっているに違いない。

「よく見ろ!」と興奮し切った声が叫んだ。「ほら、見てみろ!」血管が開き、黒い血が毛虫のように這い出てきて、火の中でのたうっている。頭が数カ所で割れ、黒焦げになり始めていた。頭の周辺には小さな炎が上がっている。けれども上の方では火勢が弱まって毒液のような緑色になったかと思うとまた燃え上がって赤く渦巻いていた。

火は今最高潮に達していた。炎が一本激しく燃え立っている。ザカリアスは、小さな黒い塊だけになっていた。やがて焚き木が一気に崩れ落ち、白い熾火《おきび》の塊になった。そこからは強い熱気が発せられ、近くにいた者は顔に火ぶくれができそうなほどだった。群衆は騒ぎ出し、恐怖に襲われた。だが、それで終わってしまった。

後日人々は、炎の中で悪魔が暴れていたのを見たと主張するだろう。鋼鉄のように青く、焚き火が消えた時には煙とともにいなくなってしまったと。

冬の声

国王は塔の上の見張りに、ミッケルが戻ってくるのを見たら歓迎のラッパを吹くように命令しておいた。そして出発してから十四日ほど経った午前、見張りがラッパを吹き出した――けれども中途で、どうしてよいかわからないかのように吹きやめた。しばらく迷った末に、今度は力強く信号を吹いて鳴らした。帰ってきたミッケルは馬に乗っておらず、馬車に乗っていた。彼の馬は、馬車の後ろから鞍をあけたままついてくる。雨が降っていた。

馬車のために門が次々と開けられ、また閉められた。そしてようやく城の中庭に達した。

階段の上には国王クリスチャンが、ベレー帽をかぶり色あせた緋色のローブをまとって立っていた。そして階段の両側には、バイオリン弾きのヤコブと少女のイーデを立たせてある。二人とも着飾って、満足そうに軒下に立っていた。ヤコブは歓迎のメロディーを弾くことになっていて、準備を整えたバイオリンを、濡れないように外套の中に入れている。

国王はミッケルに向かって手を振り、満面に笑みを浮かべて笑った。「アー、ハッ、ハッ、ハッ！　よく帰ってきた」

けれどもミッケルは、挨拶も返さずに馬車の中で横たわっていた。

「どうしたんだ！」と国王が慌てて大声をあげ、馬車の方に行った。「ミッケルは具合が悪いのか？」

まさにその通り。ミッケルは黄ばんだ顔をして横たわり、目を半分閉じていた。死んでいるように見えた。国王は急いで指の背をミッケルの顔に当てた。まだ温かいのが触ってわかった。

「上まで連れて行くんだ」と国王は命令した。唇から血の気が失せている。「ヤコブ、門兵を連れて来い！　みんなどこにいるんだ。ベーレントを呼べ！　さあ！　起こしてやるんだ」

上まで運ばれている間にミッケルは目を覚ましたが、すっかり弱り切っていた。みんなで塔の上の彼の部屋の寝台に寝かせ、国王がそばに座って見守った。一時間ほどするとミッケルの様子がだいぶよくなり、顔に少し色が戻ってきた。寝心地もよかった。

「具合はどうなんだ、ミッケル？」と国王が心配そうに聞いた。

まあまあです、とミッケルは思ったが、すぐにまた蒼白になり、力が失せた。国王が今回の使命の話を始めるのではないかと、それが気が気ではなかった。

「どこが悪いんだ?」

「身体の左半分が麻痺していて」とミッケルは呂律の回らない声で言った。舌がどうかしていた。

「そうか!」と国王は気落ちしてため息をついた。二人ともしばらく黙っている。やがてミッケルは不安になり、右手であたりを探って口を開け、国王を見つめてまた目をそらした。使命のことが胸に重くのしかかっていて、それを早く取り除きたかった。国王がようやく理解し、そのことなら後でいくらでも話せる、ととりなした。けれどもミッケルは、帰路の途中で、今回の旅の結果について話をこしらえてあった。それを話しておきたかったのだ。国王に真実は伝えない。

どうしても報告をしたがっているミッケルを見て、国王は手を差し伸べた。

「向こうへはちゃんと着いたんだな?」

ミッケルは惨めな自分を隠そうとして目をそらし、息をつまらせどもりながら言った。

「はい、着きましたが、結果は得られませんでした。具合が悪くなり、結果を得る前に戻らなくてはならなくなって」。ミッケルは、熱い涙を流しながら顔を壁の方に向けた。

「そうか、よしよし」と、なだめようとして国王は歌うような調子で言った。「それはもういい、ミッケル。お前は行くべきじゃなかった。あれ以来、毎日気に病んでいた。今は元気になることだけを考えるといい」

国王は、年老いた囚人仲間に慰めの言葉をたくさん並べた。ミッケルは心地よい寝台にじっと横たわり、感謝の気持ちでいっぱいだったが、心は千々に砕けていた。しばらくしてから国王は、ミッケルがまた平静を取り戻し、苦痛の表情が和らいでいるのを見た。やがてミッケルは目を閉じ、半分眠ったままはっと身体を二、三度起こした。悲哀と苦痛が顔をよぎっていた。するとまたゆっくりと収まっていき、とうとう空っぽの表情をして眠りについた。国王はそっと足音を忍ばせて寝台から離れ、本を読み始めた。

次の日、ミッケルは具合が少しよくなり、多少元気が出てきた。けれどもすっかり回復することはなく、冬中寝台に横たわったまま、三月に亡くなるまで起き上がることはなかった。

静かな冬だった。国王は、ミッケルに付き添い、彼が朽ちていくのを見ていて、すっかり年を取って弱ってしまった。

ミッケルにとっては長い時間だった。死ぬにも死にきれないでいた。生に見切りをつけようとした時になって、生がようやく目の前に立ちはだかってきたのだった。人生が復讐をしていた。ミッケルは一度として人生を存分に味わったことがなかった。一生の間ずっと、死のうと思ったことがなかったからだ。国王が寝台で眠っている長い夜の間に、ミッケルは自分も横になって自身にそう告白していた。その冬の思いは、ミッケル一人のものだった。塔の外では、見捨てられて心細い思いに浸っている人間に耳を傾ける経験豊かな者のごとく、風が親密に深いため息をついている。毎日死なない者は、決して生きることがない。ミッケルは一度として死のうと思ったことがなかった。

ある日国王はイーデを呼び寄せて、ミッケルに会わせた。孫の顔を見たら、きっと喜ぶだろうと思ったからだ。けれどもミッケルは顔を壁の方に向けてしまった。自分に孫がいるなどとは知らなかった。子供さえいなかった。結婚もしていなかった。ひとりぼっちだった。今は子供がいなくて死んでいく者以上に孤独になった。孤独が二倍になっていた。アネ＝メッテはたしかに好きだったけれども、彼が憧れていたのは決して彼女のもとにいることではなかった。手に入れたまさにその女を失う、それがミッケルの人生だった。

国王はイーデを引き下がらせた。

こうして二人の暴れ者が取り残された。炎を上げる性急さの権化のようになって舞台に飛び出してきては遠大な計画を抱き、歴史欠如のデンマークの創始者になった国王。類を見ない誇りと包括的な希求のおかげで、幅広く枝分かれする想像上の一族の先祖となったミッケル・チョイアセン。その二人が、塔の上の部屋に幽閉されて一緒に過ごし、ともに夢の王朝の創始者となっていた。

ミッケルが死んだ夜、青年時代の深遠で巨大な感情が彼の心に戻ってきた。心臓が鼓動を止めたのと同じ瞬間に、存在のぬくもりが胸の内で穏やかな春となって取り戻されていた。

けれども、そこに至るまでには、永遠と思われるほどの長い時間がかかっていた。ミッケルは何度もなんども失望させられていた。真冬の最中には、生き延びるかもしれないようにさえ見え、寝台の上で潑剌としていたし、鼻にも赤みが戻ってきていた。

国王は、ミッケルが出発する前と同様に、規則的に蓋つきジョッキの蓋を開けたり閉めたりしている。二人は塔の上の部屋での日常に戻っていた。違いはただ一つ、ミッケルが寝台に横になっていたことだった。国王はわがままを控えるようなことはしなかった。以前と同じように娯楽を要求したので、ミッケルは寝台で横になったまま、戦場の話を繰り返していた。もう何度もなんども同じ話をしてきていた。たくさんあったが、ミッケルには可能だった。ミッケルは、自分の半生のうちにヨーロッパであった有名な大戦にみな参加していた。ヨーロッパの諸侯にはほとんど全員に仕えたことがあり、どんな容姿をしていたかとか、彼らの特徴を話して聞かせることができた。国王が特に興味を抱いたのは戦闘のメカニズムであり、砲術とかほかの、ミッケルが注目こそしていたもののあまり深い注意を払わなかった事柄だった。国王はとことん聞き出してくるので、ミッケルもまた記憶の底まで掘り進んでいき、国王を満足させようと努めていた。ミッケルは順を追って要領よく話す術を心得ていた。前にしたことのある話は、いつでも同じ細部にいたるまで正確にもう一度話して聞かせた。最初の時に多少粉飾していたことがあってもだ。国王はしばしば、この話、あの話をするように言いつけた。もう何度も聞いたことのある話や、また聞くのが気晴らしになるような話だった。

国王が夜中に目覚めたりする時は、古い習慣でミッケルもすぐに目を覚ました。そうして何時間も横になったままで気楽な話を交わした。それぞれアルコーブの寝台に横になって毛皮の布団をあごの上まで引き上げ、塔の上の部屋の、火の消えた暖炉から入ってくる冷たい空気を吸っていた。厚い壁のくぼみにはめられた窓の凍った緑色のガラスを通して、月の光が輝いていた。国王がヘッドボードのそばにおいてあった砂時計を逆さにした。時はゆっくり流れていた。ミッケルは何か新しいおもしろい話を思いつかなければならなかった。それを聞きながら国王は、「へー」とか「ふん」とか言い、うなずいたり首を振ったりする。

朝になると国王はいつでもぴりぴりしていて脅迫的だったので、ミッケルはじっと横になっていた。その間に国王は、着物を着たり椅子をひっくり返したりしている。ベーレントが朝早く鍵を開けて入ってきて暖炉に火を入れる。そうして寒気が追い出された頃になって、国王が起きるのだ。すぐに石の床にむき出しの膝をつけて朝の祈りをあげる。それは往々にして苦々しげな罵りのように聞こえた。祈りが済むと重い石の球を手に取り、毎朝百回、片手で五十回ずつ頭の上まで持ち上げる。ミッケルは、国王の回数を数える声と鼻息を聞いている。鼻息の方は、疲れてくるに従いだんだん穏やかになってくる。洗面をする間は、熱く囁くように独り言を言っていた。時々手元が狂って水が床にこぼれ落ちた。人を脅すような荒い息を吐くので、たまにミッケルが盗み見をすると、タオルで顔を拭いている。冷たい水のために赤くなり、眉のあたりと口の周りがこわばっていて、鋭い視線を四方に投げかけていた。

洗面が終わると国王は、薄気味悪いほどに落ち着いて聖書を読むのが常だった。そのうちに戸口で閂が抜かれ、ベーレントが朝の飲み物を運んでくる。丁子と生姜の入った熱いビールだ。ミッケルも分けてもらって、二人は黙って飲む。ビールが熱過ぎたりすると、国王は中身ごとジョッキを床に投げつけた。

それから国王は外へ出て、一、二時間庭で散歩をした。国王が塔の外へ出る時に随行する四人の召使いが後からついてまわった。溝にできた白い氷の泡を踏んで潰したり、石弓を持って来させて、円形の胸壁の外の霜の降りた木々に止まっているカラスを狙い撃ちしたりして楽しんでいた。けれども、国王に手紙が来たりするような場合は、必ずリンゴ園に行って召使いたちを遠のけ、一人で木々の間を行ったり来たりしていた。古い記憶が生きいきと蘇って来たりする時にも、そこへ行くのが習慣になっていた。

そしてまた塔の上の部屋に戻ってくると、国王は優しくなっていてミッケルを陽気に呼び寄せた。それから食事と祈禱の練習の一日が始まった。ミッケルが寝台に釘付けになっていたので、九柱戯をすることはなかった。そうでなくとも国王は一日中何やかやと忙しく、とりとめもない用事をどっさり抱えていて、日がなあたふたして絶えず忙《せわ》しい思いをしていた。夜になるとすっかり疲れてしまい、おとなしく休息するのだった。

クリスマスの間、お城では盛大に宴会が催された。国王は、ほとんどの時間を一人で寝て過ごしていたミッケルも与《あずか》れるよう、充分に心を配っていた。国王が塔の上に姿を見せない日々が続いた。外の中庭にあった大きな警護室に腰を下ろし、バイオリン弾きのヤコブや傭兵たちと一緒に酒に浸っていた。ヤコブはお城に活気を与えていた。

夜になって門の閉まる時間が迫ると、国王は千鳥足で帰ってきた。お城の外の庭を足を引きずりながら越えて門の方に進路を取り、ようやく中をくぐると、歌を口ずさみしゃっくりをしながら舟でも漕ぐようにして中庭を渡り、凍てついた月に挨拶をして回れ右をした。国王の影が白い雪の上をついていく。

バイオリン弾きのヤコブも、クリスマスの間は一日として素面の日がなかった。こうしてクリスマスは復活祭まで続いていった。

新年にかけて、叩けばカーンと鳴るような厳しく凍った天気になった。海峡は氷結し、見渡す限りの氷の床はため息をつき、夜な夜な歌を歌っていた。氷の遠鳴りには恐ろしい力があった。それは海岸から向かいの海岸へ発せられる氷の雷だった。恐怖の底力を想起させるものだった。

ミッケルは寝台の中でそれを耳にした。ある晩ミッケルは国王を起こした。死ぬかと思ったからだ。

「左の耳でひどい耳鳴りがして」と、冷めきった声でミッケルは話した。国王は近づいていって灯りをつけた。足元がおぼつかなく、髪の毛がくしゃくしゃになっている。その日の酔いがまだ覚めていない。ミッケルが不安一杯の表情を顔に浮かべているのを見て、まだ死にそうではないと思った。「氷のせいだ、ミッケル!」と言って慰め、灯りを消してまた寝台に潜り込んだ。

お城の西翼の一室で、低くて不気味な銃声を聞いた者があった。城詰めの若い衛兵だ。彼は口のきけない恋人イーデを覆うようにしてかばった。イーデには何も聞こえなかったが、説明できないように怯えて自分の方に身を寄せてきた若者を、うっとりとして迎え入れた。イーデは男を見た。大きくて強い男が、胸の内の恐怖にいきなり捉えられて恥ずかしそうになり、元気のない口つきをして横になったまま目も麻痺したようになっている。イーデは彼を愛していた。彼にキスをする。若者の目に落ち着きと喜びが戻ってきた。彼はイーデを抱きかかえた。二人は部屋の中で黄金のように燃えていたろうそくの明かりの中に横たわっていた。彼はイーデの処女のような胸の白くて繊細なフェルトにキスをした。

グロッテ（洞窟）

毎夜毎夜、ミッケルの左の耳に身を引き裂くかのような激しい音が近づいてきていた。頭のすぐ近くで、石の碾き臼のような音がするのだ。横になってミッケルは、もう死んだのだ、としきりに思っていた。鋼鉄のように鋭い歌を思わせる闇の中で、麻痺して引き伸ばされたまま何百年もが経過していた。

それでもまだ、時々目が覚めて手を動かすことができるし、周囲の部屋の中がうっすすら目に見える。けれども、恐ろしい音は耳に聞こえてくるたびにどんどん近づいてきて、以前よりますますひどく耳をつんざくようになっていた。

それは彼が青年時代に聞いたのと同じ音だった。でも当時は、何千里も離れたところから届くような微かな音だった。以来、その音は思い出すごとに音量を増していた。けれども今、騒音は轟音となり、それ以外の何物でもなくなった。ミッケルはその中で我を失っていた。石の碾《ひ》き臼の音。

北欧神話のフェーニャとメーニャの姉妹が北極の夜に回す碾き臼グロッテ（洞窟）の音がすぐ近くでしていた。

臼を碾く歌はお前を虜にする。それはお前の脳の内側から、すべてを粉々にする石の音として届いてくるからだ。お前の頭が、グロッテが巻き起こす世界の埃の渦の中心となる。フェーニャとメーニャの碾く臼の歌の中心となるのだ。

「あたしたちは臼を碾く」とフェーニャが歌う。「地球のように重い石を回して、日の出や家畜、豊かな畑を碾き出してあげる。輝く雲や恵みの雨、クローバーや白や黄色の花を碾き出してあげる」

「それにあたしたちは病気と日照りや」とメーニャが同時に歌う。「干ばつの畑と水不足も碾き出してあげる。拳ほどの雹《ひょう》を碾き出して、西から雷雲を巻き込んで、暗闇と稲妻、くすぶる宅地を碾き出してあげる」

「あたしたちは春と青い波を碾き出してあげる」とフェーニャが呻くように言った。「ちゃんと夏を届けて、小鳥でいっぱいの緑の森と、愛と忘却と白夜を碾き出してあげる」

「それから真っ暗闇を碾き出してあげる」とメーニャが苛立った声で歌った。「灰色の雨と葉枯れをもたらし、夏の真っ最中に冬を碾き出してあげる。刈り入れ時の嵐を歌い、地に育つ植物すべてに霜と冷気を降り注ぎ、人の心から温もりを取り上げてやる」

「でもやっぱりあたしたちは新しい春と新しい穀物を碾き出してあげる」とフェーニャがいきり立って歌った。「春分と秋分、鏡のように静かな海を碾き出してあげる。仔馬やじゃれ回る仔犬と南風、若葉の春と信心を碾き出してあげる」

「そうよ、ぎしぎしいうほど臼を回すの」と言ってメーニャが甲高い声を出した。「出産と棺桶、雪と絶望を碾き出してあげる。最後に歌うのはあたしよ」

そこで怒った二人の女巨人は背を丸め、両脚を地面に深く差し入れて、煙をあげる臼を引き回した。フェーニャとメーニャの二人は声を合わせて歌う。

「あたしたちは太陽と月と星にどんどん地球の周りを巡らせる。昼と夜が白黒と目まぐるしく変わり、天空が輪のように回る。夏と冬を熱に浮かされたように碾き出して、灼熱が飛んできたかと思えばすぐにまた酷寒に席をゆずる。でも最後には冬の日を碾き出すわ。何千年も奴隷のように働いても、結局は氷河期を碾き出すの。

あたしたちの頭上にはオーロラが！　目の届く限り氷また氷。一年中北の嵐が吹きまくり、雪が吹きだまる。あなたの希望を細くして、冷気の数字が上昇するような数え方で歌うの。永遠の夜を碾き出し、太陽をずっと遠くの軌道に追いやる。北の国から音を立てて割れる氷山を、岩とともに碾き出して豊沃な平野に送り、氷河の下で町々を破壊して豊穣なものを粉々にするの。

そしてあなたの頭を化石にし、荒涼を渦巻かせ、臼が破裂するまで、氷のように冷たい心で歌うのよ」

バイオリン弾きのさようなら

ミッケル・チョイアセンは、三月のある朝、国王が様子を見にきた時に死んでいた。かねてから予期していたことだったが、それでも国王は慰めようのないほどに落胆してしまった。

ミッケルの硬直した顔を見るのは実につらかった。動揺させられるとともに、ひどく胸を痛められた。ミッケルの顔が少しも動かない事実に、どうしても馴染めなかった。国王は泣きながら塔の上で行ったり来たりした。ミッケルの方に視線がいくたびに、ミッケルが石のようにじっと横になり、蒼白どころか真っ白なのを目にした。国王の心は変に動かされて狼狽し、息が詰まりそうになった。事態をまったく把握できないでいる。

目の前に横たわっているミッケルの顔が浮かべていたほどの失望の表情を、国王は未だかつて見たことがなかった。顔かたちが死に顔に固定されて、失望がより一層鮮明になっている。高くて荒涼とした額は、もう二度と途切れることのない沈黙の上に被さった丸屋根のようだ。険しい谷底のような眼孔の奥にある目は閉じられていたが、眠ったままで大きな視線を投げかけて見ているようだった。ミッケルの長くて優柔不断な鼻は、今はすっかり白くなっていて、彼は素面だった。生きていた間は彼の顔立てを賢明そうに見せていた鼻の頭の四つの面は、印鑑もしくは軟骨でできた小さな十字架のようだった。ミッケルの白い口髭は、ごわごわして口元からまっすぐ垂れている。口は苦々しげに閉じられたままだ。死んだ口には、声にならない苦痛の世界があった。胸の内の悲痛は語らぬという点に到達した口だった。悲しみの秘密の鍵を隠している神秘的な暗号のようだった。

ミッケルは横になって、知っていることを話さずに黙っていたが、彼の無言の顔つきは非難を表していた。やっぱり思ったとおりだった！——と彼の顔から読み取れた。今さらどうだというのだ！　彼の妄想はもう終わりを告げて、取り消されることはない。おまけにおとなしく横になっている。強い顎の間で頰が窪んでしまっていた。それが男の厳しく悲しい仮面だった。死んだ男の暗黙の告白だ。一生の間なんの役にも立たぬまま歯を食いしばっていた男、呆れるばかりの誤解の渦中で頑強に、けれども不毛のままに自分の立場を守り続けて死んだ男。ミッケルは、死の高潔な謙遜を唇に浮かべて横たわっていた。沈黙。消し去られた反抗心。

ミッケルの可哀想な頭は、まるで七十年もの間型にはめられていたのがようやく冷めて仕上がった鋳物のようだった。七十年間彼の顔は溶けて不定形で、人生の数千の表情を映していた。彼の目も溶けて生きいきとした金属で、光を捉えていたがやがて膜に被われ、なるべくして固まって冷たくなり硬くなった。ミッケルは終末を迎えた。鋳物が出来上がった。

ミッケルはお城の兵器庫で藁の上に置かれた。そして、埋葬されるまでの日々、お城の全員が荘厳さに包まれていた。闇を恐れる使用人たちは、夜になると中庭に出たがらなかった。閉ざされた門の向こうに死体が横たえられていたが、その方向を見るのが怖かったのだ。闇の中に聞こえるちょっとした音にも度肝を抜かれる思いをしていた。けれどもミッケルは、静まり返った兵器庫で誰を傷つけることもなく横たわっていた。兵器庫の煉瓦の壁は武器と旗で覆われ、棺架の周囲の壁に沿って空っぽの甲冑が不気味に並んでいる。

国王はミッケルを見るために毎日そこへ入ってきてさめざめと泣いていた。ミッケルは姿勢を変えていない。額のあたりにカビが生え始めていた。国王は立ったまま、ミッケルを見つめて頭を振り、泣いた。国王は年をとった。不幸せそうな時に、人の目にそれがはっきりと見えた。口のまわりが締まりなく垂れ下がり、前かがみになっている。大地は彼をも招いていた。

ミッケルはセナボーの墓地に埋葬された。国王は吊り上げ橋のところまでしか随行を許されなかった。その後で、ミッケルを追悼して盛大な宴がお城で行われた。国王は中庭にドイツ製のビール樽を二つ出させて、みんなに提供した。夜には一人残らず酔っ払っていた。ミッケルの死に絶望していたバイオリン弾きのヤコブは、すっかり意識を失ってしまい、寝台まで運ばれていった。

こうして一日一日が過ぎていった。そして春になった。若い傭兵たちは、白い外壁の内側で演習をしていた。信号ラッパが鳴っている。タラ、ラ、ラ！

五月の初め、バイオリン弾きのヤコブが怪しい行動をとるようになった。最初は、座って演奏している最中に何かを蹴飛ばすような動きをしてみんなを驚かせていたのだが、やがてじっと隅の方を見つめたり、嫌悪の表情を浮かべて顔をしかめたりするようになった。よく聞いてみると、そこいら中にネズミがうようよしていると文句を言った。ほかの人にはネズミなど一匹も見えなかった。

ヤコブは酒を飲んで乗り越えようとしたが、間もなく今度はウサギが見え始めるようになった。自分にしかない見えないウサギを追いかけ回すので、お城の人々はさんざん彼をからかった。ある日ヤコブは、門のところで巨大なウサギに出会って恐れおののいた。牛のような大きさのウサギで、ヤコブは激しく格闘した。見張りに助けを求め、叫び声をあげ、手足を振り回してのもみ合いを演じ、城の衛兵たちはヤコブを取り囲み、身をよじって大笑いをした。三日ほどにわたって、ヤコブの目に見えない動物との激しい闘いは、お城の最大級の余興となっていた。中庭で何時間もかけて追いかけ回している。害を及ぼすわけではないので、ヤコブは中庭に入ることを許されていた。たくさん殺していたので、庭の隅に死んだネズミとウサギを山のように積み上げていた。ヤコブは勝手に思い込んでいた堆積の上まで届くように、爪先立ちになって手を伸ばしていた。

中庭の一方の端の壁でネズミを潰したかと思うと、別の端でウサギが跳ね上がる。ヤコブはそちらに突進していった。時折勇敢にも中庭の中央まで進み出て、動物との格闘技を披露した。その身振りと腕の抱え方から判断すると、相当な大きさで獰猛な動物のようだった。

日が暮れると、中庭の奥に出る者は一人もいなかった。ミッケル・チョイアセンの亡霊が出るかもしれなかったからだ。ヤコブはそれが気に入らず、人が来て彼を連れ去らない限り、一晩中でも平気でそこにいたがった。

ある日の夕暮れ時、ヤコブは門から中庭へ動物が入ってくるのを目にした。荷車いっぱいに積み上げた干し草の山のような大きさで、やっと門をくぐれるほどだった。ヤコブは縮こまった。見張りも、ヤコブが身に危険を感じているのを耳にした。けれども、仲間の見張りが二、三人付いて来てくれるまでは、中庭に入っていく勇気はなかった。中庭の真ん中の丸石の上でヤコブは見つけられた。寝転がって叫び声を発し、口からは泡を吹き出している。痙攣していたので、寝台に寝かされた。

熱と興奮の発作が何日か続いた後でヤコブは容態が良くなり、少しずつまたバイオリンを弾くようになった。一、二週間おとなしくしていて酒も飲まなくなっていた。木靴を引きずって歩き、鼻は青白く、情けない目つきをしていた。そして五月のある晩、また酔っ払った。それからというもの、毎日深酒を続けた。
聖ハンスの日の前夜である夏至の日は、デンマーク中で焚き火を燃やしてバルダー神が死の世界から再来することを祈る。* 女巨人チョックはただ一人、涙を流さず畑に座っている。

*(訳者注) 北欧神話の主神オーディンの息子バルダーは美男の光の神で誰からも慕われていたが、女巨人チョック(ロキ)に嫉妬され冥界に送られてしまう。彼を呼び戻そうとした神々は、冥界の女王ヘルから「世界中の生きとし生ける者が嘆きの涙を流したらバルダーを返す」と告げられる。ところが、チョックひとりに邪魔されて、冥界にとどまることになった。

聖ハンスの日の前夜、バイオリン弾きのヤコブは有り金をはたいて酒を一樽買い求め、傭兵たちを酒盛りに招いた。ヤコブはその晩体調が良く、陽気に楽しくバイオリンを弾いた。そうして夜も更けてから、しばらく練っていた出来立ての歌を歌った。こんな歌だ。

おやすみを言う時が来た。
俺はもう疲れたよ。

脅したってむだなこと。
中へ行って横になる。

風の戸が開けっ放しの、
溝で寝たこともある。
目が眩んで見えたのは、
天国の神の極楽だ。

自分の大きな部屋の中で、
今はゆっくり眠りたい。
一人ぼっちで眠い時、
大地は優しくしてくれる。

さらば、そしてありがとよ。
いい奴らも、ぐうたらどももも！
俺の生きざまにゃうんざりだろが、

こっちも眠くなってるのさ。
誰にも借りはないはずだ。
みんな支払い済みのはず。
敵に預けた拳骨も、
きっとたっぷり味わえる。

さらばだ、弓とバイオリン！
俺は中へ行って眠りたい。
辛い思いと取り替えたいなら、
俺の楽しみを持って行きな。

さらばだ、ありがと、皆々さん！
やれるものはみんなくれてやった。
この音楽が嫌いなら、
お気の毒様——もうおしまいさ。

次の日の朝、薔薇園の大きなリンゴの木の高いところでヤコブが首を吊っているのが見つかった。頭にはカラスが止まり、鉤爪を彼の灰色の髪の毛に食い込ませていた。

訳者解説

ヨハネス・V・イェンセンについて

ヨハネス・ヴィルヘルム・イェンセンは一八七三年一月二十日に、デンマークはユラン半島（ユトランド半島）北部のヒンマーラン地方の町ファーセで、獣医ハンス・イェンセンの次男として生まれた。近代化の波がようやく訪れようとしていた田舎で育った後、ヴィボーの旧制中学校に入学し、デンマーク現代文学、特にヨハネス・ヨアンセン（一八六六―一九五六）の象徴主義の作品を没頭して読んだ。同じ頃にはキップリング（一八六五―一九三六）の『消えた光』を読み、インドの描写に接し、海の向こうの広大な世界の存在も知って興奮したという。卒業後に大学で医学を学ぶために首府コペンハーゲンに移ったが、二年ほどで学業を放棄、ペンで生きる道を選んだ。

イェンセンは、十九世紀末の芸術至上主義的な傾向から二十世紀初頭のモダニズムへの過渡期に作家となった。この両義的な時代背景が、イェンセンの作品には通奏低音のように流れている。彼の描く主人公たちは、内省的で病的な脆さをもった一面と、健康で陽気で進取の意気込みに溢れた一面を併せもつ複雑な存在として描かれているのが特徴である。世紀末の退廃的な傾向と、楽天的な進歩主義が並存しているのである。また、イェンセン自身も、ジャーナリスト、作家、詩人、批評家、素人科学者の顔を併せもっていた。確たる核が不在なように見えるが、それがイェンセンを近代人たらしめていたと思われる。作品もさることながら、多様な顔を使い分けるイェンセンという人物自身も複雑な存在だったのである。

最初の二篇の小説『デンマーク人』(一八九六)と『アイナー・エルケア』(一八九八)は、伝統のしがらみに生きる田舎での生活からの脱却をテーマに扱い、近代的な都会での生活に直面して味わわされる困難を描いている。繊細で自己分析に鋭い登場人物たちは底知れない危機感に襲われ、後者の主人公のアイナー・エルケアは最後に気が狂って死んでしまう。

若き作家イェンセンは、デカダンスの世紀末にふさわしくコペンハーゲンでボヘミアンのダンディーを演じていたが、一方で、故郷のヒンマーランと家族との葛藤から自由になれないでいた。あとに残してきた旧世界を『ヒンマーランの人々』(一八九八)で描写したイェンセンは、続く『新ヒンマーラン短編集』(一九〇四)において、これでもかというほどに徹底的に幼少年時代を洗い出し、言わば火中に葬り去った。旧世界の没落は一縷の感傷に溺れることもなく描き出され、多様な人物たちの登場する世界が平明で明朗な言葉で語られて、サガ（北欧神話）を想起させる叙事詩になっている。

けれどもイェンセンが目指していたのは消え去った過去と失われた世界を復元することではなく、失われる過程にあったきわめて豊富な題材を、いかに芸術的に再現するかであった。枠にはめられ圧迫された暮らしを営む田舎には、運命に虐げられた特異な人物たちが少なくなく、往々にして劇的な没落と最期を迎えていた。ところが『ヒンマーラン短編集　第三集』（一九一〇）にいたると叙述にフィクショナルな要素が混在するようになり、小説家イェンセンの成熟を誇示することになった。

故郷へのこだわりと反比例するように、この時期のイェンセンは広大な新世界への憧憬を募らせていた。一九〇〇年のパリ万博にレポーターとして参加したイェンセンは、近代的生活を体現する活動的な技術者を賛美し、自然を馴致する機械文明が、保守的な旧世界の限界を破るとして二十世紀の到来に希望を託した。同時に、伝統にこだわり自己愛的な内省に沈むフランス的なデカダンスを、病んだ魂と見なして、北欧人とアングロサクソンの活動力に対比させた。

イェンセンが本書『王の没落』（一九〇〇―〇一）を執筆したのは、彼が都市文化と機械文明を支える技術者に賛辞を送っていた、まさに二十世紀初頭のことである。十六世紀のデンマークで北欧を統一しそこねたデンマーク国王クリスチャン2世の物語は、重苦しいペシミズムに充満されていながらも読者を魅了してやまない。この歴史小説については後述する。

『王の没落』を完成させたイェンセンは、一九〇二年から翌年にかけて世界一周旅行を敢行した。船の旅の途上で日本にも立ち寄り、海上から目にした富士山にいたく感動し、「フジヤマ」というエッセイを残している。

世界旅行から帰って執筆された小説『森』(一九〇四)では、主人公の都会人がマラッカのジャングルで原始的な故郷を追求する姿が描かれている。それは森の中で万物の原初まで辿ろうとする近代人のロマンチックな精神的な旅にほかならないが、尊大な欧米文化が見せる優越感の現れでもあった。さらに分析すれば、自然の中の女性的な仕組みを制圧しようという白人男性の試みなのだった。主人公は探検に失敗し、サンフランシスコに達して、自分の属する石と鉄の森である都会の文明に回帰する。

ニューヨークやシカゴに象徴される近代的な都会のジャングルは、イェンセンの次のアメリカ小説二部作の舞台となる。『ドラ夫人』(一九〇四)は文化的に洗練された主人公エドムンドが、詐欺師の宗教家エヴァンストンの餌食になる話だが、その葛藤に巻き込まれた陽気な歌手ドラ夫人は破滅してしまう。『車輪』(一九〇五)では、スカンジナヴィア系の若き記者リーが今はキャンサーと名前を変えているエヴァンストンに闘いを挑む話で、イェンセンが「悪しきダーウィニズム」と呼ぶニーチェ解釈の一例として悪党キャンサーが描き出されている。その対極であるイェンセンの信奉していた「善きダーウィニズム」では、進歩発展がヒューマニズムに向かっての前進と捉えられていた。アメリカ小説二部作にはイメージとしての新大陸発見者コロンブスのテーマが根底にあり、アメリカに体現される新世界への進出が進化の表象として理解され、リーの口を借りて熱っぽく語られている。

新世界は空間的な拡張発展を象徴していたが、それにはイェンセン自身の旅の経験が裏付けとなっている。旅は感情の高まりに支えられ、出発への衝動と故郷への憧憬を伴っていた。ところが、世界一周の旅からデンマークに戻り、一九〇四年にエルセ・マリー・ウルリックと結婚すると、イェンセンの人生に転機が訪れる。言わば運命に服従したがごとくイェンセンは、世界漫遊者から変身して日常生活者になり、主としてダーウィンの進化哲学に没頭するようになった。それとともに、イェンセンの巨視的な視線は、人類の時間的な発展進化に焦点を合わせるようになったのである。

その成果が、人類の長い進化の軌跡を描いた全六巻に及ぶ『長い旅』(一九〇八―二二)であった。寒さと闘いながら歩んできた北欧人の一族の発展とその気質を、何千年も前の最初の人間の登場からコロンブスが新大陸を目指して新世界を発見した時点まで、延々と語った大作である。新しい世界への絶えざる憧憬、それが進化発展の核として捉えられていた。

一族の発展は時間的な旅とともに空間的な拡張としても語られていて、ノルマン人のイングランド征服、ヴァイキングの遠征、グリーンランド探検、アメリカ大陸発見などが語られている。題材も根源的な火の発見から始まって、永遠のテーマである男と女の出会いが、当然のこととは言え何度もヴァリエーションとして繰り返されている。大作の第一巻『氷河』(一九〇八)には「氷河期と最初の人間についての神話」と副題がつけられているが、イェンセンはそこで壮大な「神話」の構築を目指していたのだった。参考のために各巻の表題を記しておく。第二巻『船』(一九一二)、第三巻『失われた国』(一九一九)、第四巻『ノアネ・ゲスト』(一九一九)、第五巻『キムリー人の遠征』(一九二二)、第六巻『クリストファー・コロンブス』(一九二二)。

イェンセンの文学世界に一貫している「神話」のイメージは、小説作品だけではなく、膨大な数に上るエッセイ類にも終始使われていた。一九〇七年から一九四四年にかけて延々と書き続けられていたおよそ一五〇編ものエッセイ全九巻には、『神話』というタイトルがつけられている。テーマはさまざまであっても、いずれもなんらかの形で「進化」に関わっていて、生誕と死、発展と没落、存続と消滅を扱っている。

さらに進化論に関しても、「神話」のイメージに裏づけされた一般向けの科学読み物として、『動物たちの変身』(一九二七)、『精神の諸段階』(一九二八)、『われらの起源』(一九四二)などを著して啓蒙に努めた。

多岐にわたって「神話」のイメージを展開させていたイェンセンは、自らもその定義を何度も試みていたにもかかわらず、概念の峻別に疑念を抱くようになり、エッセイ『神話』の最終第九巻『風車』(一九四四)に「神話と記述」と副題をつけ、小説作品をも含む自己の著作活動全体に「神話」を位置づけた。新聞への投稿記事としてしばしば書かれていたテキストはいずれもジャーナリスティックな内容で、観察と状況描写、体験に基づいていたが、それが芸術的に組み立てられ形作られる過程で主張が一般化された。その際に、言わば宇宙的な視野が広がり、付加的な意味が添えられ、現実がイメージになって跳躍し、言語的に再構成されて意味が拡大する。そうして「神話」となるのである。

さらに、近代性との関連でイェンセンの『神話』に言及するならば、近代は前近代の世界が保っていた統一性の喪失として捉えられていた。神が死に、機械文明が破竹の勢いで蔓延し、専門化と分業化が進むにつれて世界は確固とした基盤を失い、人々は世界を分割された部分としてしか経験できなくなった。その結果、全体性が視野から外れ、永遠の生を信じる可能性を奪われてしまったのである。この分裂された生を、イェンセンは生涯をかけて癒そうと試みていた。イェンセンの独創である『神話』は、世界が破壊されて統一を欠いた断片的な像としか把握されない近代を描くには、小説という形式が不適当だと判断して発明されたのだった。イェンセンによれば、作家の課題は断片を結びつけ、連鎖させることだった。

『風車』が『神話』の最終巻として発行されたちょうどその年の一九四四年に、イェンセンはノーベル文学賞を受賞した。

『王の没落』について

『王の没落』は、デカダンスの世紀末に作品を書いていたイェンセンが、まさにその退廃的な作風を一方で徹底させつつ、他方でそこから離別するべく構想された一大叙事詩である。デカダンスの特徴は、必死に生きようとしていながら目的が叶えられず、病的な兆候を示す点にある。意欲が消沈に変わり、エロスが変態になり、秩序が混沌になってしまう。作風で言えば、細部へのこだわりが過ぎて全体への目配りがおろそかになり、世紀末の思潮であった終末思想と人生苦にとらわれる。こうした「下降的な」傾向は、表題の「没落」に歴然と記されている。

けれども『王の没落』は十九世紀末の西洋の没落を描いた作品ではなく、十五世紀末から十六世紀初頭にかけての北欧を舞台にした歴史小説である。一九〇〇年から翌年にかけて、文字どおり十九世紀から二十世紀をまたにかけて発表されたこの作品は三部に分かれる。第一部が「春の死」で一四九七年から一五〇〇年まで、第二部「大いなる夏」が一五二〇年から二三年、第三部「冬」が一五三五年以降を描いている。そして、その時代を象徴していた「王」が、ルネッサンス時代のデンマークの国王クリスチャン2世(一四八一―一五五九)だった。

『王の没落』は、中世社会の人間劇を二十世紀初頭の視点で描いた作品である。すでに概観してきたように、クリスチャン2世は一五一三年に即位して以来、スウェーデン攻略の時機を狙い、それが一五二〇年に実現し、自らスウェーデン王として即位する。その際とった手段が、カルマル同盟に反対するスウェーデン人の有力者を大量に処刑するという、いわゆる「ストックホルムの血浴」であった。ここに至って北欧諸国間の平和は崩壊したが、自らの権力を破壊的に利用するまさにその凶暴さによって、クリスチャン2世は没落の第一歩を踏み出すことになる。

『王の没落』の主人公は、学生でのちに傭兵となるミッケルで、その悲劇的な運命は、栄光の絶頂から没落に至った国王クリスチャン2世のそれと重ね合わされ、さらにはデンマークという国、デンマーク人の国民的性格と疲弊の象徴にもなっている。すなわち、ミッケルと国王、デンマーク国との間には、隠喩的、換喩的な相互関係があると言える。その一番の特徴は、過剰な自省による自己分裂である。ミッケルは絶えず自省にふけっていて自己のアイデンティティーを保つことができない。

一方、クリスチャン2世もデンマーク国のアイデンティティーを確定できずにいた。退位させられ、絶望の中であったにしろ、国の指導者たる資格が自分にあることを言葉で伝えるべきか武力で誇示するべきかに迷い、心を決められぬままに国王は海峡を何度も船で往復していた。権力奪回の好機会を逃すことになったその優柔不断こそ、運命的な没落の前兆であった。理想を抱きつつも決断できない国王の迷いは、国の将来に対する不安であり、懐疑者ミッケルの心情にも通じている。

かつて同様の迷いが高じた時、国王は暴力的な行動を選び、それが一五二〇年のストックホルムの虐殺をもたらした。残虐な方法で得たスウェーデン国王という地位だったが、それと匹敵するような惨めな形で王は失脚し、すべてを失って没落することになる。ミッケルの場合は、同郷の若い貴族で下士官になっていたオッテが、ミッケルの密かに恋していた肌の浅黒いユダヤ娘スサンナと同衾したのに嫉妬し、絶望のあまりに故郷でオッテの許嫁アネ＝メッテを強姦して復讐する。その心理的なからくりは国王の行動と共通するところがある。

ミッケルの破滅的な行動は、彼の手の届かないところでさまざまな連鎖反応を引き起こす。オッテとスサンナの間にアクセルという名の男児が生まれるが、傭兵になったミッケルは、成人して有能な兵士になっていたアクセルと偶然出会う。ところがアクセルは女性遍歴を繰り返していて、ミッケルがアネ＝メッテを強姦した時にできたインゲという娘と結ばれて、子供をもうけていた。それを知ったミッケルは、またしても嫉妬と癇癪の発作を起こしてアクセルを殺してしまう。この近親相姦のような凄まじい間柄に生まれてきたのがイーデという女の子で、口も耳もきかないために感覚が視覚に限定されていた。

一方、フィクションである国王の私生子カロルスは、幽霊のように細い腕をしていて、その大きな頭は頭蓋骨が外されブヨブヨだったためにパン種のように目の上、肩の方に垂れ下がっていた。視覚だけのイーデに対して、カロルスは知性の象徴で、託宣者ザカリアスの秘蔵っ子だった。カロルスはきわめて非人間的で、身体から知能と感覚が遊離しているデカダンスの変態を極限まで追い詰めたような存在だったのである。イーデの場合は純粋な視覚のみ、カロルスには純粋な思考と洞察しか残されていなかった。

ミッケルと国王が残した子孫は、ふたりの情欲の結果であり退廃が顕現したものとして描かれる。グロテスクなカロルスは、ミッケルの不注意から人の目に触れるところとなり、やがて火焙りにされ殺されてしまい、国王の血統は断絶する(訳者注参照)。一方、激動の時代に翻弄されながらも生き抜いてきたミッケルは、幽閉されていた国王の従者になっていたが、はるばる訪ねてきた孫娘イーデの存在を認めようとせず、熱病にかかって死んでしまう。そして、天涯孤独のイーデを連れてミッケルを探す放浪の旅をしていたヤコブと呼ばれるバイオリン弾きが、最後に大酒をあおり陽気な俗謡を歌ってから首を吊るとともに、小説世界も自己崩壊する。ここで記憶すべきは、ミッケルの孫娘であったと同時に、肌の浅黒かったユダヤ女性スサンナの孫娘でもあったクオーターのイーデには恋人ができていて、ミッケルの子孫の広がりが暗示されていることである。

(訳者注)『王の没落』はフィクションで、国王クリスチャンの女性関係についてはセナボー城に幽閉された当初に知り合った女性以外に言及がないが、モデルのクリスチャン2世には愛人ドュヴェケと若き妻エリザベスがいた。エリザベスは十四歳で結婚し二十五歳で亡くなるまでの間に子供を六人産み、そのうち三人が出産時に死亡、オランダに亡命した時には息子一人と二人の娘を連れていた。母親を失い、父親が幽閉の身にあった間、子供たちの面倒を見たのはドュヴェケの母親シグブリットだった。

国王とミッケルの運命の終末の部分には北欧神話が取り入れられていて、「死」のイメージが濃厚な影を落としている。主人公たちの絶望感と、救われなかったという思いが時代を超えて浮き彫りにされ、小説世界の「没落」のイメージを鮮やかに際立たせている。けれども、イェンセンがダイナミックなプロットを駆使して描く「没落」には、同時代の象徴主義的なデカダンスがうかがえる。自分の夢を実現させるには優柔不断で、憎しみを通してしか熱情のはけ口を得ることのできない主人公ミッケルの行動、心情、心象風景は、中世的であるよりは十九世紀末的なのである。同様に、背景として描かれている町の様子などにも、中世というよりはもっと時代の下った頃を思わせる描写がある。ミッケルの故郷であるヒンマーランも多分に理想化されているようだ。

いずれにしろ、優柔不断でありながら、いったん決断するといきなり凶暴になって人生を破滅させ、周囲に死をもたらす点で共通しているミッケルと国王は、同じ堕落した兵士として運命を共にしていた。落ちれば落ちるほどこの二人は接近していくのである。死を受け入れようとしないでいるミッケルと、不決断のためにデンマークを歴史の舞台から退かせてしまい、幽閉の身に甘んじて死を待つ国王。その使いとしてドイツに赴く老体のミッケルは、国王のサンチョ・パンサであった。

すべてが地に落ちる没落の様相は、自然描写にも表れていて、小説の構成にとって大事な役割を果たしている。冒頭の部分だけでも、没落を象徴する風景が、日没、星の出ていない夜空などで表現されていて、小説の世界に地下水のように流れているニヒリズムと呼応し、さらには、第一部「春(の死)」から第二部「(大いなる)夏」、やがて「冬」に至る三部の構成を支えている。

暗い内容で禍々しい描写に満ちた小説『王の没落』は、いかにして大成功を収め、デンマーク近代小説の代表作品として選ばれ親しまれてきているのだろうか。主人公が自己発展もしなければ、作品全体を貫く確たる筋もない小説が、なぜ読者の心をつかむのか。生と死に関わる普遍的で実存的なテーマを扱っているのが理由の一つなのはもちろんとして、イェンセンの傑作の秘密は、視覚、聴覚、幻覚を駆使して想像力豊かに生々しい表現をするその語り口と、おどろおどろしい死に様やセックスの場面、暴力や、思いもつかない陰謀などのトリックを、語らぬことも含め、手を替え品を替えて読者に提供してくる語り部の技であるだろう。語り手の視点が複雑に交錯して変化し、多様な比喩が畳み掛けられている。

イェンセンの言語世界は華やかで、デカダンスの時代の名残りを匂わせて誇張があり、色彩も豊かである。しかも表現が簡潔で的確なため、小説言語の喚起力に圧倒されてしまう。おかげで読者は、全編を確実に読まされ楽しまされることになる。そして、描かれた人物像を鏡の中に見るように納得し受け入れてしまうのだ。没落したとはいえ、ミッケルも国王も精一杯生き抜いた。その確信が、怯えてばかりいて生きることをためらい、しっかりと生きていない読者を叱咤し励ましてくれるのである。

中世社会を扱う歴史小説であるために、『王の没落』には古語が多用されている。独特の表現も少なくなく、その出典が『王の没落』である例がいくつも見られる。また、ユランが主人公と作者の故郷のため、方言も頻繁に使われている。デンマーク人でさえ原典を読むにはかなりの教養を必要とされるこの作品を現代日本語に翻訳するにあたっては、大胆な試みがしばしば要求された。訳者は、読者が淀みなく読み進めることができるように、心を配ったつもりである。

『王の没落』は当初、三部が別個に発行された。第一部「春の死」が一九〇〇年三月に、「大いなる夏」が同年十一月、「冬」が翌一九〇一年十一月に発刊され、その直後に三部が一巻にまとめられて『王の没落』(*Kongens Fald*)という表題で刊行された。以後、版を重ねていたが、一九一三年に作者イェンセン自らが各章にタイトルをつけた新版が刊行された。本書はその一九四四年版を底本にしている。なおこの版には、デンマークの著名なイラストレーターであるシッカー・ハンセン(一八九七—一九五五)の手になる挿画が添えられていた。テキストの理解に役立つすばらしい挿絵なのだが、本書では残念ながら割愛せざるを得なかった。

（参考文献）

Johannes V. Jensen: *Kongens Fald* (Med illustrationer af Sikker Hansen). Gyldendal, København 1996 (1944).

Aage Jørgensen: Johannes V. Jensen (Literature 1944) "... A good enough poet and, nowadays, a good enough human being ...". IN Henry Nielsen and Keld Nielsen (eds.): *Neighbouring Nobel. The History of Thirteen Danish Nobel Prizes*. Aarhus University Press, Aarhus 2001. pp. 207–243.

Stefan Iversen: *Den uhyggelige fortælling. Unaturlig narratologi og Johannes V. Jensens tidlige forfatterskab*. Aarhus Universitetsforlag, Aarhus 2018.

Erik Petersson: *Fyrste af Norden, En biografi om Christian 2*. Politikens Forlag, København 2018. Oversat af Hans Larsen fra svensk efter *Furste av Norden, Kristian Tyrann*. Natur & Kultur, Stockholm 2017.

Lars Bisgaard: *Christian 2. En biografi*. Gads Forlag, København 2019.

『ノーベル賞文学全集2　ロマン・ロラン　イェンセン』主婦の友社、一九七〇年
「イェンセン」『集英社世界文学大事典1』集英社、一九九六年
「デンマーク文学」『集英社世界文学大事典5』集英社、一九九七年

訳者あとがき

二〇一八年一月三十一日、長年勤めたコペンハーゲン大学の現役を退いて名誉職になった。まったく予定もないまま一九六八年にデンマークを訪れてから五十年、紆余曲折を経てコペンハーゲン大学の日本学科で教鞭を執ることになり、森鷗外の翻訳文学の研究、翻訳理論と文化理論を基盤にした日本・デンマーク文化交流史の研究を行い、その間にアンデルセンほかの文学作品の翻訳を手がけてきた。日本とデンマークの文化の交流に貢献したということで二〇一八年三月にデンマーク王室からダンネブロ騎士勲章を授与され、これで中仕切り、以後は現在までの仕事のまとめと、ずっと以前から計画してきていながら果たせないでいたデンマーク文学の名作の日本語訳を、ゆったりとしたテンポで試みていくこと。そう決めて『王の没落』の翻訳を始めた次第である。

それはともかくとして、比較文学と比較文化、そのどちらの分野でも核となっている広義の「翻訳」をめぐる論究を行ってきた者として、ここに北欧文学の珠玉の作品を原典訳で紹介する機会を得たことは、至福の喜びである。岩波文庫編集部の英断ならびに本書発行に至るまでのご指導とご助力に対して心より感謝申し上げる次第である。

イェンセンの『王の没落』は、緻密に構成され、高度に圧縮された内容を鋭利な洞察と喚起力豊かな詩的な言語で語った作品である。一語一語、一行一行に込められている情報が網の目の一つ一つとなっており、作品全体の世界に微妙に呼応しあっている。作者は余計な説明を避けているので、読み逃したり、必要な情報を感得できずに読み進んだりしていくと、袋小路に迷い込みかねない。

訳者は、必要な注の類は用意したものの、作者の意図を尊重して解読はあえて行わなかったので、読者の皆様には「精読」を推奨させていただきたい。ゆっくり噛みしめるように読み、作品の細部の相互関係、歴史的存在としての人の運命の浮き沈みに思いを馳せていただければ幸いである。さらに「再読」も一興かと思われる。

ちなみに、二〇一八年にはデンマークにおいて『王の没落』を扱った章を含むイェンセンに関する作家論が上梓されるとともに、スウェーデンの歴史学者によるクリスチャン2世に関する図書のデンマーク語版が刊行され、さらに王立劇場では『王の没落』が初めて舞台化されて上演された。また、二〇一九年に今度はデンマークの歴史学者によるクリスチャン2世の評伝が発行され、彼の人物と時代を二十一世紀の視点から捉え直す試みがなされて話題になった。

最後に、私事になるが、健康上の理由により訳稿の完成が遅れてしまっているうちに、コロナウイルスの惨事が起こり、東京オリンピックの開催も延期になってしまった。地球温暖化による世界的規模の天候異変でも悩まされている。まさにこのような不安な時代に本書を上梓することには何か意味があるような気がするので、記しておく。

エルシノア、クロンボー海岸の新居にて

長島要一

作中略年表

一四五五年　ハンス誕生
一四八一年　クリスチャン(2世)誕生。ハンス、デンマーク国王となる
一四八三年　ハンス、ノルウェー国王となる
一四九二年　コロンブス、バハマ諸島(西インド諸島)に到達。アメリカ大陸を「発見」
一四九七年　国王ハンス、スウェーデン国王となる。カルマル同盟が再現
一四九八年　ヴァスコ・ダ・ガマ、アフリカ南端を回り、インド航路を発見
一五〇〇年　国王ハンス、ディットマールシェンで戦い、敗北。ダ・ヴィンチ、人体を解剖
一五〇二年　スウェーデン人が国王ハンスに反乱
一五一三年　クリスチャン2世、デンマークとノルウェーの国王になる
一五一五年　クリスチャン2世、神聖ローマ皇帝カール5世の妹エリザベスと結婚
一五一七年　マルティン・ルター、九十五箇条の提題を掲出。宗教改革の発端となる

一五一九年　マジェラン一行、世界周航へ出発
一五二〇年　ストックホルムの血浴。クリスチャン2世、スウェーデン国王となる
一五二三年　クリスチャン2世、叔父フレデリック1世にデンマーク王位を奪われ、オランダに亡命。グスタフ・ヴァーサ、グスタフ1世として即位。スウェーデンが独立、カルマル同盟解体
一五二六年　クリスチャン2世の妻エリザベス、出産中に死去
一五三二年　クリスチャン2世、セナボー城に終身幽閉となる
一五三三年　フレデリック1世死去。翌年、息子のクリスチャン3世が即位
一五三四―三六年　デンマークの農民が貴族たちに反乱を起こす
一五三六年　デンマークで宗教改革実施
一五四〇年　スイスの医師・錬金術師のパラケルスス、ホムンクルスを創れると主張
一五四三年　コペルニクス、地動説を主張。ポルトガル船、種子島来航。日本に鉄砲伝来
一五四九年　フランシスコ・ザビエル、鹿児島に上陸、キリスト教の布教を始める
一五五九年　クリスチャン3世死去、クリスチャン2世死去

コペンハーゲン旧市街

①ヴェスター通り，②ガンメルトウ(旧広場)，③聖母教会，④ノアポート(北門)，⑤プスタヴィ小路，⑥ヴェスターポート(西門)，⑦ヴィンメルスカフテット通り，⑧聖霊教会，⑨キョブメーア通り，⑩ミュンター通り，⑪ピーレ通り，⑫聖クララ修道院，⑬ヒュースケン通り，⑭ホイブロ広場，⑮聖ニコライ教会，⑯エスター通り，⑰国王新広場，⑱クリスチャンスボー城

0
100km
スケーエン
イェーテボリ
ビョールム
レス島
スウェーデン
ビョーンスホルム
ヴェンシュセル
リムフィヨルド
オールボー
チュー
スベンストロップ
ヴェスターヴィ
ヒンマーラン
ファーセ(モーホルム)
サリン
アンホルト島
スペトロップ
グロービョーレ
バルプソン
ヴィボー
ラナース
グレーノ
クーレン
ヒンメルビャオ
リュウ
エルシノア(ヘルシンゴー)
サムセー島
ユラン
デンマーク
コペンハーゲン
ブローバンスフック
バイレ
小ベルト海峡
シェラン
ロスキレ
エーレスンド海峡
ミッデルファート
大ベルト海峡
ソーレ
オーデンセ
リングステッド
エクスネビェア
フュン
コアセー
セナボー
アルス島
シュレスヴィヒ

デンマーク全図

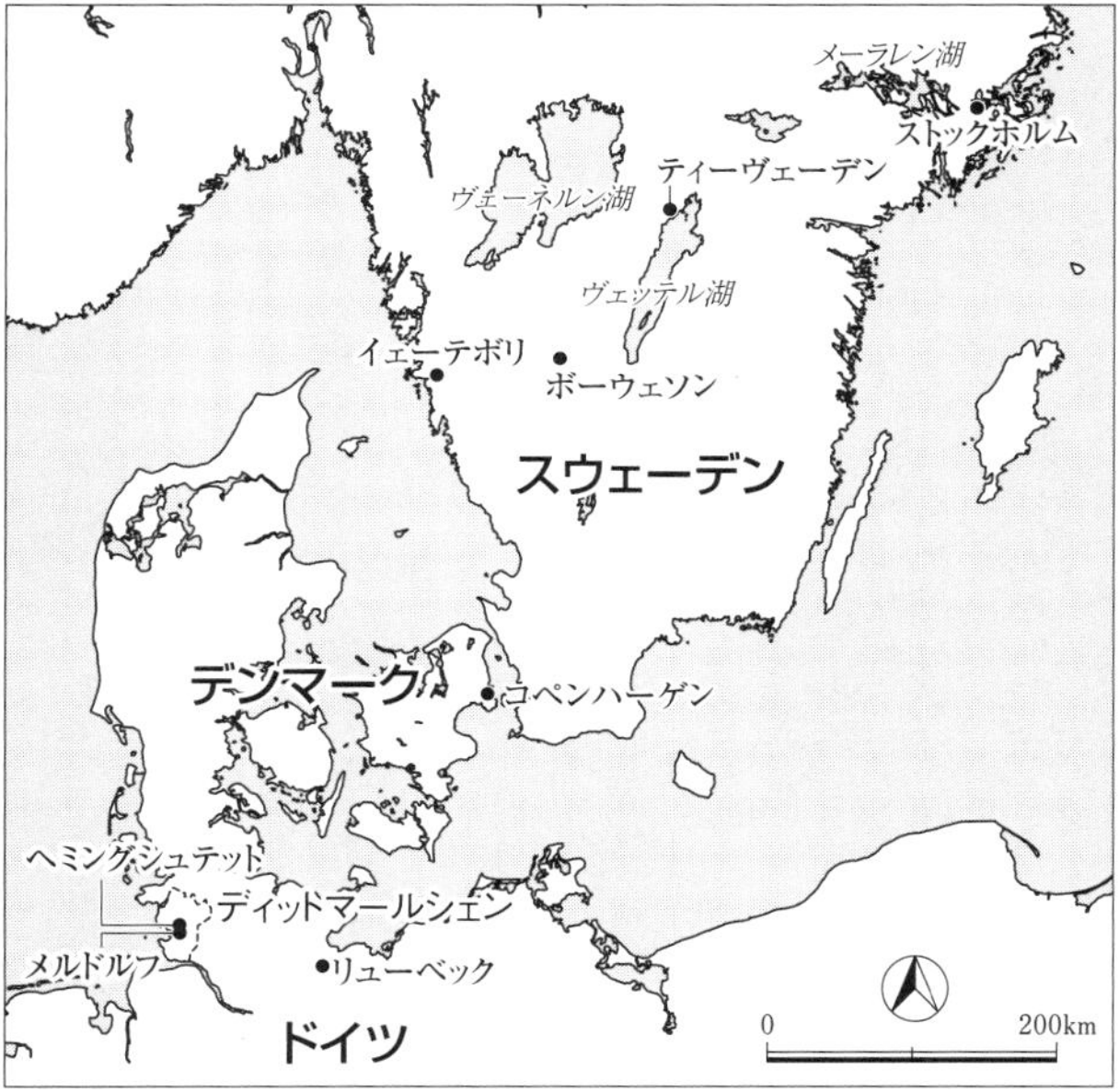

デンマーク・スウェーデン図

本書には今日からすれば不適切な表現が含まれるが、作品の歴史性を考慮し、原著の表現のまま訳してある。

（岩波文庫編集部）

王《おう》の没落《ぼつらく》　イェンセン作

2021年4月15日　第1刷発行

訳　者　長島要一《ながしまよういち》

発行者　岡本　厚

発行所　株式会社　岩波書店
〒101-8002 東京都千代田区一ツ橋 2-5-5
案内 03-5210-4000　営業部 03-5210-4111
文庫編集部 03-5210-4051
https://www.iwanami.co.jp/

印刷・三秀舎　カバー・精興社　製本・中永製本

ISBN 978-4-00-327461-3　　Printed in Japan

読書子に寄す

――岩波文庫発刊に際して――

岩波茂雄

真理は万人によって求められることを自ら欲し、芸術は万人によって愛されることを自ら望む。かつては民を愚昧ならしめるために学芸が最も狭き堂宇に閉鎖されたことがあった。今や知識と美とを特権階級の独占より奪い返すことはつねに進取的なる民衆の切実なる要求である。岩波文庫はこの要求に応じそれに励まされて生まれた。それは生命ある不朽の書を少数者の書斎と研究室とより解放して街頭にくまなく立たしめ民衆に伍せしめるであろう。近時大量生産予約出版の流行を見る。その広告宣伝の狂態はしばらくおくも、後代にのこすと誇称する全集がその編集に万全の用意をなしたるか。千古の典籍の翻訳企図に敬虔の態度を欠かざりしか。さらに分売を許さず読者を繋縛して数十冊を強うるがごとき、はたしてその揚言する学芸解放のゆえんなりや。吾人は天下の名士の声に和してこれを推挙するに躊躇するものである。このときにあたって、岩波書店は自己の責務のいよいよ重大なるを思い、従来の方針の徹底を期するため、すでに十数年以前より志して来た計画を慎重審議この際断然実行することにした。吾人は範をかのレクラム文庫にとり、古今東西にわたって文芸・哲学・社会科学・自然科学等種類のいかんを問わず、いやしくも万人の必読すべき真に古典的価値ある書をきわめて簡易なる形式において逐次刊行し、あらゆる人間に須要なる生活向上の資料、生活批判の原理を提供せんと欲する。この文庫は予約出版の方法を排したるがゆえに、読者は自己の欲する時に自己の欲する書物を各個に自由に選択することができる。携帯に便にして価格の低きを最主とするがゆえに、外観を顧みざるも内容に至っては厳選最も力を尽くし、従来の岩波出版物の特色をますます発揮せしめようとする。この計画たるや世間の一時の投機的なるものと異なり、永遠の事業として吾人は微力を傾倒し、あらゆる犠牲を忍んで今後永久に継続発展せしめ、もって文庫の使命を遺憾なく果たさしめることを期する。芸術を愛し知識を求むる士の自ら進んでこの挙に参加し、希望と忠言とを寄せられることは吾人の熱望するところである。その性質上経済的には最も困難多きこの事業にあえて当たらんとする吾人の志を諒として、その達成のため世の読書子とのうるわしき共同を期待する。

昭和二年七月

岩波文庫の最新刊

カミュ作／三野博司訳

ペスト

突然のペストの襲来に抗う人びとを描き、巨大な災禍のたびに読み直される現代の古典。カミュ研究の第一人者による新訳が作品の力を蘇らせる。

〔赤N五一八-一〕 **定価一三二〇円**

イェンセン作／長島要一訳

王の没落

デンマークの作家イェンセンの代表作。凶暴な王クリスチャン二世と破滅的な傭兵ミッケルの運命を中心に一六世紀北欧の激動を描く。

〔赤七四六-一〕 **定価一一二二円**

ヘーゲル著／上妻精・佐藤康邦・山田忠彰訳

法の哲学(下)
——自然法と国家学の要綱——

一八二一年に公刊されたヘーゲルの主著。下巻は、家族から市民社会、そして国家へと進む「第三部 人倫」を収録。現代にも通じる洞見が含まれている。(全二冊)

〔青六三〇-三〕 **定価一三八六円**

ヴァルター・ベンヤミン著／今村仁司、三島憲一 他訳

パサージュ論(三)

夢と覚醒の弁証法的転換に、ベンヤミンは都市の現象を捉え、根源の歴史に至る可能性を見出す。思想的方法論や都市に関する諸断章を収録。(全五冊)

〔赤四六三-五〕 **定価一三二〇円**

…… 今月の重版再開 ……

田山花袋作

一兵卒の銃殺

定価六一六円
〔緑二一-五〕

ミシェル・ビュトール作／清水徹訳

心変わり

定価一二五四円
〔赤N五〇六-一〕

定価は消費税 10% 込です

2021. 4